KB092851

타임 가디언

푸른도서관 44

타임 가디언

초판 발행 / 2011년 4월 20일

지은이 / 백은영
펴낸이 / 신형건
펴낸곳 / (주)푸른책들
등록 / 제321-2008-00155호
주소 / 서울 서초구 양재천로7길 16 푸르니빌딩 (양재동 115-6) (우)137-891
전화 / 02-581-0334~5 팩스 / 02-582-0648
이메일 / prooni@prooni.com 홈페이지 / www.prooni.com

글 © 백은영, 2011

ISBN 978-89-5798-271-6 03810

이 도서의 국립중앙도서관 출판시도서목록(CIP)은 e-CIP 홈페이지
(http://www.nl.go.kr/cip.php)에서 이용하실 수 있습니다.
(CIP제어번호 : CIP2011000993)

The Time Guardian

타임 가디언

백은영 지음

푸른책들

차례

2060년 6월. **타임 슬립**

　—천천히 부유하며 떠오르는 젊은 남자의 육체. 파란빛에 휩싸인 그는 마치 시체처럼 보이지만 지난 30년간 잠들어 있는 내 어머니의 연인이다.

　아라는 사진 밑에 이렇게 적어 넣고는 살짝 한숨을 내쉬었다. 어제 병원에 몰래 숨어들어 찍어 온 사진이었다. 구식 폴라로이드 카메라로 찍어서인지 소년의 옆모습은 마치 유령처럼 보였다. 하얗다 못해 푸른빛이 감도는 고운 피부에 우뚝 솟은 콧날이 눈부셨다. 자신과 같은 나이, 18세에 잠들어 버린 소년은 눈이 휘둥그레질 정도의 미남자였다. 엄마를 빼다박은 둥글둥글한 얼굴에 외까풀 눈을 한 아라는 그런 소년의 사진 속 얼굴에 살짝 입을 맞췄다.

　'만약 당신이 내 아버지였다면, 나도 엄마도 행복했을 텐데.'

저도 모르게 콧속이 시큰했다. 지금 엄마는 아라 곁에 없었다. 도저히 왜 같이 사는지 이유를 알 수 없는 결혼 생활 끝에 아버지와 이혼한 지 오래였다. 어린 마음에도 어째서 엄마는 아버지와 결혼을 한 걸까 의아했다. 아버지는 하루가 멀다 하고 바람을 피워 대고, 따뜻한 말 한마디 해 준 적이 없는 사람이었다. 아라는 조마조마한 마음으로 하루하루를 보냈었다. 끝이 날 것을 알았지만, 그래도 그날이 오지 않기를 바랐다. 하지만 결국 그날은 왔고 아라의 유년시절은 그렇게 끝을 맺었다. 그때 엄마는 쫓겨나다시피 떠나면서도 속 시원하다는 얼굴을 하고 있었다. 아라는 조금만 어렸다면 엄마를 따라나섰을 거였다. 하지만 그럴 수 없었다. 학비며 생활비가 얼마나 많이 나오는지 알면서 따라나설 수는 없었다. 그 뒤 엄마는 자리를 잡아 지금은 달에 있는 태극 기지에서 베테랑 연구원으로 활동 중이다.

아라는 자리에서 일어나 사진을 들고 창가로 다가갔다. 창문을 열자, 방과 후라 그런지 썰렁한 운동장이 눈에 들어왔다. 황량한 도시 풍경 속에 잔디의 초록빛이 진하게 아른거렸다. 아라는 폴라로이드 사진을 들어 미리 떠 버린 낮달을 향해 흔들어 보였다.

"이 사람이 첫사랑이었어? 그래서 그러고 있는 거야? 나도 버려둔 채 그 고생을 하는 거냐고!"

"야, 최아라. 혼자 웬 청승이냐?"

문이 벌컥 열리더니 현성이가 들어섰다. 뒤에는 가람이와 온주도 함께였다. 모두들 넥타이를 아무렇게나 풀어헤치고 제법 멋스럽게 구멍 난 청바지를 입은 채였다. 요즘은 구하기 힘든 동전을 찾아 난리더니 결국 성공한 모양이었다.

"그거 동전으로 구멍 낸 거 맞지? 재주들도 좋아."

아라는 갑자기 들이닥친 아이들을 향해 한마디 던지고는 붉어진 눈가를 매만지며 얼른 자리로 돌아갔다. 그러고는 사진을 책상 위에 놓아뒀던 사진첩에 잽싸게 끼워 넣었다. 현성이를 비롯한 아이들이 우르르 아라를 둘러쌌다. 눈치를 챈 아라는 허둥대며 사진첩을 가방에 쑤셔 넣었다. 하지만 한 발 늦었다. 녀석들에게 사진첩을 빼앗긴 아라는 어떻게든 말리려 했지만 현성이가 펼쳐 버리고 말았다.

"우와, 이 귀한 걸 다 어디서 구했냐? 세상에, 세상에. 이거 폴라로이드 사진 맞지? 경매 사이트에서 이거 300달러나 하던데."

"이 사진첩도 꽤 하겠는데. 역시나 잘나가는 검사님 딸이구나. 용돈이 또 올랐나 보지?"

가람이가 재미있다는 얼굴로 눈가를 만졌다. 그러자 스캔을 하느라 눈동자가 반짝였다. 아라는 말려 봤자 소용없겠다 싶어 벽에 기대앉았다. 평소에 별말이 없는 온주는 그때까지도 그냥 보고만 있더니 사진 속 얼굴을 보고는 눈이 동그래졌다.

"이 사람 누구냐?"

사진첩 가득 메운 사진들 가운데서도 아버지의 사진을 골라 내며 온주가 물었다. 아라는 역시나, 라는 생각을 하며 쓴웃음을 지었다.

"이야기하면 너희 웃을걸."

"이 밑에 쓰인 글만으로도 충분히 웃겨."

현성이가 사진을 손가락으로 톡톡 두드리며 말했다. 가람이도 온주도 궁금한 눈치였다. 아라는 어깨를 으쓱대곤 별일 아니라는 얼굴로 대답했다.

"우리 엄마 지금 달 기지에 가 계시는 건 알지?"

아라가 말하자마자 아이들의 야유가 터졌다. 모두들 우우, 함성을 지르면서 그런 걸 어떻게 모르겠냐며 화를 냈다. 물론 3년이나 같은 팀으로 지내 온 사이인데 모를 리가 없었다. 아라는 어떻게 말을 꺼내야 할지 난감했다. 친구들의 야유가 좀 작아지자 아라는 어렵사리 다음 말을 이었다.

"에헴, 그러니까 엄마가 달 기지에 가 계시는 동안 엄마 집을 관리하는 일을 내가 맡고 있거든. 뭐, 가끔 가서 청소를 하고 세금을 납부하고 하는 일 말이야. 대신 용돈을 두둑이 받고 있고. 헌데 지난달에 우연히 병원 청구비가 다달이 빠져나가고 있다는 걸 알게 된 거야."

그날 같은 내역이 무려 30년이나 계속되어 오고 있음을 안아라는 무척 놀랐다. 적지 않은 돈이었고, 그 돈을 납부하기 위해 엄마가 일을 쉬지 않은 것은 아닌가, 라는 생각마저 떠오를 정도였다. 궁금증을 못 이긴 아라는 직접 그 병원에 찾아갔다. 혹시나 아버지가 무척 아파 장기 이식용 클론을 만들고 있는 중이 아닌가, 라는 생각을 한 것이었다. 만약 그랬다면 아버지의 바람기도, 쌀쌀맞기 그지없는 그 태도도 모두 이해할 수 있을 것만 같았다.

"하지만 아니었어. 기대와는 달리 식물인간인 어떤 남자를 만나게 되었지."

아라가 말했다. 현성이와 가람이는 놀란 얼굴로 서로를 마주 봤다. 그러고는 눈을 동그랗게 뜨며 황당하다는 낯빛을 지었다. 또 엉뚱한 일을 벌였다며 한마디 늘어놓으려는 현성이를 가로막으며 온주가 물었다.

"그래서?"

아라는 현성이에게 혀를 내밀어 보이곤 말했다.

"그 사람 이름은 진서 프랭클린이야. 열여덟 살 때, 그러니까 2030년 6월 27일 불의의 사고로 식물인간이 되었대. 그리고 당시 식물인간용 보호 캡슐을 개발 중이던 미국의 모 회사에서 실험 모델로 채택, 캡슐에 들어간 뒤 지금까지 잠들어 있다나 봐."

"아, 아. 잠들어 있으면 늙지 않는다는 캡슐 말이지? 그거 요즘 연예인들이 밤마다 사용한다고 인기 폭발이잖아."

가람이가 말했다. 아라는 고개를 끄덕이고는 말을 이었다.

"그래, 맞아. 하지만 당시로서는 그건 어디까지나 실험 모델 캡슐이었고, 유지비만 해도 굉장했어. 늙지 않는다는 효과는 후에 밝혀진 거고, 당시에는 식물인간 상태가 되면서 발생하는 욕창이나 혈관 이상 문제 같은 것을 해결할 의도로 개발되었던 거래. 어쨌든 그 캡슐 유지비용을 지금까지 우리 엄마가 대어 왔더라고. 사고 터졌을 때 엄마 나이가 18세, 지금 내 나이였으니까 정말 장난 아니었을 것 같아. 어떻게 그 큰돈을 마련했는지 상상도 안 간다니까. 어쨌든 그렇게까지 하면서 지키려고 한 이 생면부지의 남자 정체가 궁금해지더라고. 그래서 직접 가서 만나 봤는데, 정말 깜짝 놀랐어."

"놀랐겠네. 정말 이 사진 속 그대로야?"

가람이가 사진을 뽑아들며 물었다. 온주도 다시 한 번 들여다보고는 "흐흠." 하는 신음소리를 흘렸다.

"이런 사람도 화장실을 갈까?"

현성이가 코웃음을 치며 물었다. 아라는 현성이의 손에서 가볍게 사진을 빼앗아 들었다. 그러고는 다시 사진첩에 밀어넣으며 말했다.

"어쨌든 내가 내린 결론은 하나야. 그냥 스치고 지나갈 가벼운 인연이 아니야. 인생을 모조리 바쳐서라도 지키고 싶었던 사람, 그러니까 우리 엄마가 진정으로 사랑한 사람은 바로 이 남자인 거야. 엄마의 연인인 거라고."

"그걸 어떻게 알아? 다른 이유가 있을 수도 있지."

현성이가 물었다. 아라는 어깨를 으쓱거렸다.

"그러지 않고서 피도 안 섞인, 생판 남인 남자를 너 같으면 30년 동안 거액을 쏟아 부으며 돌봐 주겠냐? 웬만해선 엄두도 못 낼 금액이었다고."

"하긴 캡슐 비용이 비싸긴 하지."

가람이는 그렇게 중얼거리면서 온주를 바라봤다. 무뚝뚝한 얼굴로 뒤에 서 있던 온주는 "흠." 하고 앓는 소리를 냈다. 아라는 못마땅한 얼굴로 온주를 노려보며 외쳤다.

"쳇, 내 감이 맞다니까. 게다가 난 이 남자와 깊은 인연이 있을 수도 있단 말이야. 예를 들면 혈연관계일 수도 있다 이거지."

"뭐야?"

현성이가 화들짝 놀라 물었다. 그러고는 교실이 울리도록 소리친 게 창피했던지 얼굴을 붉혔다. 아라는 못 말린다는 얼굴로 고개를 저었다. 그러고는 말을 이었다.

"우리 아버지가 이런 말을 한 적이 있어. 술에 잔뜩 취해서 들어온 날이었는데 다짜고짜 이러더라니까. '너만 아니었다면 너희 엄마를 사랑했을지도 모르지.'라고. 그때가 유치원 때였지 아마? 그 소릴 듣고 밤새 울었다니까. 그런데 이제와 생각해 보니 그게 진실이었던 거야. 틀림없이."

아라의 말에 다들 황당한 표정을 지었다.

"저기, 무슨 소린지 도통⋯⋯."

가람이가 어색하게 웃으며 말했다.

사진첩으로 책상을 톡톡 두드리던 아라는 답답하단 얼굴로 짜증스레 덧붙였다.

"그러니까 내 말은! 이 사람이 내 진짜 아버지일 수도 있다고!"

순간 교실 안으로 차가운 공기가 성큼 들어섰다. 가람이도 온주도 한 방 먹은 얼굴로 말없이 아라를 바라봤다. 그 무거운 침묵을 깨며 현성이가 볼을 긁적이더니 어색하게 웃었다.

"설마 너희 엄마가 식물인간을 덮쳤다, 뭐 이런 이야기는 아니지?"

그 말에 아라는 사진첩을 들어 현성이의 머리를 힘껏 내리쳤다.

"야, 너 딴 세상에서 왔니? 유전자만 가지고도 임신은 얼마든지 가능해!"

"하지만 그건 좀 억지 아냐? 그 정도를 가지고 아버지라고 보기엔."

현성이는 머리를 감싸쥐고 우는 목소리로 말했다. 아라는 의기양양한 얼굴로 외쳤다.

"그럼 이건 어때? 내가 바로 그 캡슐 병원에서 태어났다고! 나도 처음엔 믿기지가 않더라. '캡슐'자만 빼고 그냥 병원이라고만 적혀 있었으니까. 하지만 주소가 같았어. 출생신고된 주소가 그곳이더라, 이 말이지. 그런데도 이게 우연이라고 생각해?"

"뭐냐. 너, 전에는 너희 아버지가 엄마를 임신시키는 바람에 어쩔 수 없이 결혼한 거라고 했잖아."

"그거야 내 생각이었고. 지금 이렇게 엄청난 사실이 드러났으니 그건 아닌 것 같아."

"땡이네. 너랑 너희 아버지, 붕어빵처럼 닮았거든!"

"이게 진짜! 너 죽을래? 상황 파악이 안 돼? 이건 음모가 있었다는 증거야. 착하디착한 우리 엄마가 성격 더러운 그 이중인격자와 결혼하게 된 이유가 바로 이 사진 속 소년 때문일 거라고. 다른 건 몰라도 우리 아버지 돈은 많으니까. 하지만 내가자기 딸이 아니란 걸 알고 나서 본색을 드러낸 거지. 딱 맞아. 딱딱. 분명 그럴 거야."

"네가 초등학생이냐? 그만 좀 해. 아무리 아버지가 미워도 아버지는 아버지잖아."

"넌 몰라."

"뭘 몰라? 네가 하도 욕을 해대서 알 거 다 안다고. 그래, 네 말대로 이중인격자라고 쳐. 그게 네가 화낼 일이야? 그냥 내버려 뒤. 네 아버지가 착하고 다정하고 항상 가족 생각만 하는 사람이 아니라고 그만 좀 투덜대란 말이야."

"안 되겠군. 야, 박현성! 한 판 붙자 이거지?"

"그래. 붙자, 붙어. 저번 검도 시합 때 봐줬더니, 더 날뛰는 거지? 오늘 제대로 맞서 주마."

"자, 자. 그만 해! 내일이 시험인데 이게 뭔 짓들이야? 3년 동안 피눈물 쏟으며 준비한 걸 다 날려 버릴 셈이야?"

가람이가 손을 마구 저어 마치 물고기처럼 퍼덕이며 말했다. 그 바람에 현성이와 아라는 서로 한 걸음씩 물러섰다. 현성이는 마지못한 얼굴로 뒤돌아섰다. 그러더니 척척 빠르게 걸어 교실을 나섰다. 아라는 씩씩대며 그런 현성이의 뒷모습을 노려봤다. 하지만 교실 문이 닫히고 현성이의 모습이 사라지자 어깨가 축 늘어졌다. 손에 주었던 힘이 풀리며 한숨이 절로 나왔다.

현성이 말이 맞았다. 더는 아버지가 어떤 사람인지에 대해 투덜댈 나이는 지났다. 가디언 시험에 합격하면 그대로 독립할 것이니 이젠 신경 쓰지 않아도 됐다. 하지만 아라는 억울했다. 밖에서의 아버지는 가증스러울 정도로 완벽한 인간이었다. 방송이며 신문, 잡지에 연일 오르내리는 스타급 검사, 그것이 아버지가 쓰고 있는 가면이었다. 그 때문에 어린 시절부터 주변 사람들에게 얼마나 많은 질시를 받아 왔던지. 모두들 그런 아버지를 둔 아라가 마냥 행복할 거라 믿는 것 같았다. 아무리 그게 아니라고, 집에서는 영 딴판이라고 항변을 해도 다들 배부른 소리라고 질투어린 핀잔을 주곤 했다. 울며불며 이야기해도 귀 담아 들어주는 사람은 현성이네를 제외하고는 아무도 없었다. 그런데 지금 현성이마저 돌아선 것 같았다.

아라는 왈칵 눈물이 쏟아지려는 걸 가까스로 참으며 사진첩을 아무렇게나 가방에 쑤셔 넣었다. 그러고 있는 아라의 어깨로 온주의 손이 올라왔다.

"부정적인 성향은 시험 점수에 영향을 끼치니까 현성이가 그러는 거야. 알지? 우리 모두 약속했잖아. 다 같이 합격해서 가디언이 되기로."

부드러운 목소리였다. 아라는 고개를 끄덕였다. 가람이가 손을 잡아끌었다. 아라는 가방을 둘러멨다. 현성이가 망설이며 문밖에 서 있을 거라는 것쯤은 눈 감고도 알았다. 하지만 이런 기다림도, 친구들과 왁자왁부하는 시간도 내일이면 끝이었다. 타임 가디언 시험이 끝나고 나면 받은 성적에 따라 배치 부서가 나뉠 테고, 그러면 아무리 친했다 해도 얼굴 보기가 힘들 터였다. 이날 하루를 위해 타임 가디언 학교에 지망한 게 엊그제 일 같았다. 처음 입학했을 때 아라의 별명은 '울보'였고, 그런 아라를 현성이와 온주 그리고 가람이가 감싸고도는 통에 아라는 다른 친구를 한 명도 사귈 수가 없었다. 처음에는 현성이네를 떨쳐 버리려고 애를 쓰기도 했었는데, 지나고 보니 그게 어리석었다는 생각이 들어 스스로도 우스웠다. 아라는 눈으로 온주와 가람이의 뒷모습을 새기며 복도로 나갔다.

"미안해."

문을 열고 나가자 현성이가 툭 내던지는 말투로 말했다. 아라는 있는 힘을 다해 현성이의 허리를 꼬집었다. "아얏!" 소리를 내며 주저앉는 현성이를 향해 아라는 손을 내밀었다.

"저녁은 내가 쏠게."

"비싼 거 먹을 거야."

눈물이 찔끔 고인 눈을 하고는 현성이가 툴툴댔다. 그런 아라 옆에 서 있던 가람이가 낮게 코웃음을 치며 중얼거렸다.

"간 떨려서 퍽이나 비싼 걸 먹겠다."

"뭐야!"

두 팔을 들고 외치는 현성이를 보곤 약속이라도 한 듯 세 명의 웃음이 동시에 터졌다. 수업 중인 2학년 교실까지 들리는 커다란 웃음소리가 오래도록 복도에 메아리쳤다.

아라는 시험에 필요한 것들을 잔뜩 사들고 집으로 들어섰다. 이러니저러니 해도 시험 장소로 선택된 19세기 말 미국의 옷들은 상당히 비실용적이었다. 특히 아라는 자기 옷에 불만이 많았다. 다른 아이들은 남자라고 그냥 멜빵 달린 청바지도 준비하던데, 아라는 혼자 여자라서 곧 죽어도 치마를 입어야 한다는 사실이 끔찍했다. 투덜대며 들어서던 아라는 갑자기 터져 나오는 목소리에 놀라 들고 있던 짐들을 모두 떨어뜨렸다. 우당탕 소리를 내며 상자들이 이리저리 흩어졌다. 알고 보니 거실에 있는 홀로그램 창에서 흘러나오는 소리였다.

'센서를 켜 놓고 나갔던가?'

아라는 고개를 갸웃거리며 어두운 거실을 밝히고 있는 홀로그램을 바라보았다. 화면 가득 기이한 형태로 일그러진 사람들이 나와 목소리를 높이고 있었다. 아무래도 수리남 바이러스 피해자들이 보상 대책을 요구하는 시위인 모양이었다. 한쪽 팔이

뭉그러져 떨어져 나간 여자, 눈 주위의 살이 짓뭉개져 흘러내린 소년, 팔다리 모두가 성치 않아 휠체어에 가까스로 몸을 의지하고 있는 남자가 눈에 들어왔다. 그리고 그 사람들을 검은 헬멧을 쓴 시위 진압대가 무시무시한 분위기를 뿜으며 둘러싸고 있었다. 헬멧과 헬멧 사이로는 언제나 그렇듯 시위를 구경하고 있는 사람들이 보였다. 반짝반짝 빛나는 눈빛들은 웃음까지 머금고 있어 아라는 고개를 돌려 얼른 외면했다. 머릿속에서 며칠 전 전철에서 유치원 꼬마들이 떠들어 대던 소리가 울렸다. "서커스 시위, 서커스 시위를 봤니?" 하면서 히죽대던 꼬마들.

'장애가 심하지 않은 사람들은 아예 시위에 나오지조차 않는 것 같네. 하긴 사람들이 무슨 대단한 구경났다, 하면서 몰려드니까 나오기 싫겠지. 발등에 불붙은 사람들만 이리 뛰고 저리 뛸 뿐이니 뭐가 되겠어. 인권단체들은 도대체 뭐 하는 거야.'

속으로 그렇게 툴툴대면서도 아라는 얼핏 별명 한번 잘 지었다는 생각을 했다. 19세기 말 기이한 형태의 사람들을 간판 삼아 연 서커스에 벌떼처럼 사람들이 몰려들었던 광경과 똑같다 해서 붙여진 별명이라니 딱 어울렸다. 때문에 모두들 남아메리카 수리남 강에서 처음 발생했다고 붙여진 이름은 잊어버린 것 같았다. 다들 너무나도 가볍게 서커스 바이러스를 들먹이곤 했다. 코미디 프로그램에서도 뉴스에서도. 전염성이 없다는 사실이 밝혀졌기 때문일까? 아니, 그보다는 비웃을 거리가 부족한 사람들에게 그들은 좋은 먹잇감인 것 같았다. 아예 대놓고 괴물이라고 부르며 격리해야 한다고 주장하는 사람들이 늘어나고 있는 걸 보면.

작게 한숨을 내쉬며 발치에 떨어진 상자를 주우려던 아라는 멈칫했다. 시위대의 격렬한 함성에 섞여 사과를 깨물어 씹는 소리가 들려왔다. 그제야 아라는 홀로그램 앞 작은 탁자 위에 놓인 사과 바구니를 보았다. 최근 들어 재배하는 곳이 드물어 구하기도 어렵다던 진짜 사과였다. 너무 비싸 다들 사과맛 알약으로 아쉬움을 달래는데, 저걸 저렇게 별거 아니란 듯 먹고 있을 사람은 한 사람밖에 없었다. 아라는 보란 듯이 얼굴을 찌푸리며 거실 불을 켰다. 그러자 기대했던 대로 아버지가 소파에 앉아 있었다. 아버지의 취향대로 지어진 높은 천장을 인 거실이 오늘따라 무척 눈에 거슬렸다. 아라는 한 달 만에 보는 아버지의 얼굴에 무뚝뚝한 목소리로 인사를 했다.

"다녀오셨어요. 이번 출장은 좀 길었네요."

"꼬락서니 하곤. 어째서 넌 삐뚤어지지 않는 거냐? 네 얼굴엔 그게 더 어울릴 텐데."

다짜고짜 아버지가 말했다. 아라는 못 들은 척 바닥에 떨어진 상자를 그러모았다.

"저 내일 시험 봐요."

"테스트 잘 치르길 바란다. 시험에 떨어졌다고 뒤를 봐 줄 생각은 없으니까. 졸업하고 나면 제 앞가림은 해야지? 몸을 팔든 구걸을 하든 어쨌든 네가 벌어먹고 살아야 할 게야."

심드렁한 낯빛으로 아버지가 말했다. 몇 번이고 들어온 그 소리에 아라는 부르르 치를 떨었다. 마흔 살도 안 된 나이에 서울 검찰청 부장검사로 파격 승진하며 승승장구해 온 아버지는 정치계로 진출할 계획을 세우고 있는 것 같았다. 그 길에 혹여

걸림돌이 될까 봐 그런 말을 하는 건지 묻고 싶어졌다. 하지만 이런 상황에서 그런 생각을 입 밖으로 냈다가는 지고 만다는 생각에 아라는 애써 숨을 죽이며 말했다.

"졸업하는 대로 내가 알아서 살 테니까 나중에 자식이라고 귀찮게나 하지 마세요."

아라는 차갑게 내뱉고는 상자들을 부둥켜안고 2층으로 올라갔다. 애써 참았던 분노가 방문을 닫자마자 폭발했다.

"이 인간아! 난 이미 충분히 삐뚤어져 있다고!"

미친 듯이 상자를 집어던지다가 가방이 열린 모양이었다. 헉헉대고 있는 아라 앞으로 사진첩이 툭 하고 떨어졌다. 울음은 나오지 않았지만, 가슴속에서 어떤 뜨거운 것이 흘러나가는 기분이었다. 아라는 그 자리에 주저앉은 채 중얼거렸다.

"저 남자는 절대 내 아버지가 아니야. 절대 아니야. 절대 아니라고."

그날 밤 아라는 꿈을 꿨다. 캡슐 속의 그 소년이 자신에게 손을 내밀고 있었다. 푸른 불빛에 둘러싸인 그 소년은 너무나 따뜻하게 웃고 있어서 하마터면 울 뻔했다. 어느 틈에 아라는 자신이 4세쯤 된 어린아이로 돌아가 있는 걸 알았다. 빨간색 하트가 달린 신발이 예뻤다. 바로 옆에는 엄마가 서 있었는데, 아라의 손을 꼭 잡은 채 멍하니 그 소년을 보고 있었다. 소년이 애써서 손을 흔드는데도, 엄마는 그저 울면서 말없이 서 있을 뿐이었다.

"뭐야, 꿈까지!"

현성이가 호들갑을 떨며 외쳤다. 셔틀 앞쪽에 앉아 있던 아이들이 흘끔 뒤돌아봤다. 온주가 눈치를 주자 현성이는 얼른 숨죽여 속삭였다.

"야, 너 망상 폭주에 걸리면 타임 가디언 따원 물 건너가는 거 알지?"

"걱정 붙들어매시지그래. 난 너보다 필기 점수가 월등히 좋으니까. 실기도 너보단 자신 있다고."

아라는 짜증난 얼굴로 대답했다.

"그런 게 아무리 높아도 정신감정에서 걸리면 끝장이라고. 과거로 갔다가 미쳐 버린 요원이 한둘인 줄 알아?"

"아, 잔소리 좀 그만 해. 우리 엄마도 안 그러는데 네가 왜 난리니? 그리고 내 이야기 안 끝났거든."

그래도 지지 않고 툴툴대자, 아라는 못 참겠다는 듯 현성이를 와락 떠밀며 외쳤다.

"그래서?"

옆자리에 앉아 있던 가람이가 궁금하단 얼굴로 물었다. 아라는 살짝 헛기침을 하고 말을 이었다.

"그래서 엄마가 왜 자꾸 울기만 하고 모른 척을 하나 답답해서 뭐라 하려고 하는데, 그때 갑자기 하얀 옷을 입은 사람들이 나타나는 거야. 그러더니 캡슐에 약을 투여하더라. 주사기로 직접 캡슐 안에 든 용액에 약을 넣는 거야. 그랬더니 진서 프랭클린이 잠잠해지더라고. 마치 죽은 것처럼 다시 잠에 빠졌어. 그 모습을 보더니 엄마가 아예 바닥에 주저앉아 울더라. 나까지 괜히 심란해서 막 울었어. 깨어 보니까 진짜 울고 있었다니까."

"꼭 있었던 일 같네."

가람이가 중얼거렸다. 현성이는 일부러 크게 소리 내어 웃으며 아라의 어깨를 마구 쳐댔다.

"개꿈이야, 개꿈. 완전 개꿈이구먼."

"개꿈이면 개꿈이지, 왜 때리고 그래?"

아라는 짜증스레 현성이를 밀치며 말했다. 현성이가 다시 장난을 치려고 손을 뻗는 그때, 앞쪽에 앉은 아이들의 환호성 소리가 터져 나왔다.

"타임 홀이다!"

순간 아라도 가람이도 그리고 현성이도 벌떡 일어났다. 온주만이 그저 침착하게 창가에 팔을 기댄 채 밖을 내다보고 있었다. 하지만 아라는 참을 수 없어 좌석 가운데에 난 통로를 뛰어 달려 나갔다. 입학식 때 한 번 와 보고는 3년 만에 와 보는 거였다. 가디언의 존재 이유이며, 세기를 통틀어 가장 위대한 우연으로 불리는 타임 홀이 티타늄으로 된 육중한 방어막을 자랑하며 그곳에 서 있었다. 그리고 여느 때와 다름없이 그 주변은 얼음물이 가득 채워진 투명 강화유리막으로 둘러싸여 있었다. 때문에 타임 홀은 꼭 물기둥 안에 갇힌 오벨리스크처럼 보였다.

그것은 하루에 한 번 우주공간 속에 우뚝 서게 된다. 그건 말 그대로 장관이었다. 활주로 역할을 하는 얼음물이 타임 홀이 열리는 순간 그것이 찢어 놓은 시공간을 거울처럼 비추기 때문에 일어나는 현상이라고 배워서 알고는 있었다. 그러나 그건 단순히 거울 이상의 그 무엇이었다. 금방이라도 신이 강림을 할 것만 같은 신성함이 흘러나왔다. 때문에 그 광경을 본 사람들 중

무릎 꿇지 않는 자가 없을 정도였다. 아라는 3년 전 처음으로 타임 홀이 열리는 광경 앞에서 저도 모르게 흘렸던 눈물을 기억했다. 그리고 오늘 그것은 아라 바로 자신을 위해 준비되어 있었다.

"우와!"

셔틀이 점점 속도를 줄여나가자, 타임 홀 주변을 가득 메운 사람들의 환호성 소리가 들려왔다. 시험을 보러 가는 이들을 응원하러 온 사람보다는 타임 홀이 열리는 것을 구경하러 온 사람들이 대부분이었다. 가디언 시험 때문에 오늘 단 하루, 타임 홀은 수차례 열렸다가 닫힐 터였다. 원 없이 그 신비한 광경을 구경할 수 있는 절호의 기회다. 때문에 일반 사람들에게 가디언고 졸업시험 날은 축제나 다름없었다. 그에 발 맞춰 이날 타임 홀로 가는 길목에는 평소라면 사 먹을 엄두도 못 낼 과일이며 먹을거리들이 넘쳐났다. 모두 가디언사의 지원으로 열린 장터 덕분에 지금 이곳은 그 어떤 축제보다도 화려하고 감미로운 분위기로 들끓고 있었다.

아라는 조금 으쓱해져서 살그머니 웃었다. 그러다 문득 셔틀 창밖으로 열심히 손을 흔드는 아이들의 모습이 눈에 들어왔다. 아라는 저도 모르게 손을 들어 마주 흔들었다.

"상가 앞에 서 있는 바보 로봇들 같아."

어느 틈에 뒤에 와 서 있던 현성이가 질렸다는 목소리로 중얼거렸다. 아라는 흔들던 손을 멈췄다. 그러고 보니 앞쪽에 서 있는 동기들이 모두 똑같은 동작으로 밖을 향해 손을 흔들고 있었다. 아라는 겸연쩍은 얼굴로 혀를 내밀어 보이고는 얼른 제자리로 돌아갔다. 아라는 자리에 앉다가 온주와 눈이 마주쳤다. 순간 깊은 생각에 잠겨 있는 온주의 눈빛에 의아했지만, 마이크를 통해 들려오는 교관의 목소리에 입을 다물고 말았다.

"3차 타임 가디언 채용 시험에 온 제군들을 환영한다. 호명하는 반부터 하차를 시작한다. 일단……."

배정받은 강의실에 들어서자 강단에 있는 창에 불이 들어왔다. 뿌연 홀로그램 영상으로 모습을 드러낸 인물은 평소에 자주 보던 김치성 교장이었다. 한국 타임 가디언 고등학교의 교장이면서, 세계 최초로 타임 슬립에 성공한 역사적인 인물이었다. 그의 이름을 모르는 사람은 거의 없었다. 그런 인물이 나타나자 모두들 숨죽여 주목했다. 김치성 교장은 살짝 미소를 머금은 얼굴로 입을 열었다.

"제군들. 이번 시험은 예고했던 대로 1901년 미국 샌프란시스코에서 실시된다. 그곳에서 타임 오버된 어떤 물건을 찾아내는 것이 너희 임무다. 나눠 준 자료를 모두 숙지했으리라 믿는다. 그리고 이번 시험에서만 예외로 지난 2년 동안 함께 생활해 온 조원들과 치르게 될 것이다. 건투를 빈다. 이상."

김치성 교장의 마지막 말에 강의실 전체가 소란스러워졌다. 원래대로라면 무작위로 짜서 배치되었어야 할 텐데 그동안 같이 지내 온 조라니 모두들 안심이 되는 눈치였다. 아라는 일부러 뿌루퉁한 표정을 지으며 현성이와 가람이를 바라봤다. 현성이 옆에 앉은 가람이는 입만 벙긋대며 잘됐다고 말했다.

"자, 이제부터 호명하는 조는 앞으로 나온다. 미리 준비한 물건은 타임 슬립 하기 전에 모두 착용토록 한다. 자, 그럼 일단

1조 앞으로."

소란스러움을 뚫고 한 남자가 외쳤다. 시험 담당 교관이었다. 억세 보이는 그의 인상에 수험생들 모두가 바짝 긴장했다. 교관은 감정이 하나도 묻어나지 않는 담담한 목소리로 각 조를 호명했다.

얼마 지나지 않아 11조였던 아라네 조 차례가 되었다. 그때까지 꼼짝 않고 다시금 자료집을 읽고 있던 네 명은 거의 동시에 "네!" 하고 대답을 제창하며 일어섰다. 이젠 머릿속으로 외운 것이 다였다. 과거로 가는 데는 렌즈형 컴퓨터도. 위급시 자동으로 몸을 치유해 주는 피부장착용 칩도 모두 두고 가야만 했다. 그야말로 20세기 초 인간으로 돌아가는 것이었다. 그런 악조건을 뚫고 반드시 타임 오버된 물건을 추적해서 되찾아 와야만 했다.

"5분 내에 장착을 마친다. 실시!"

문 너머 방으로 들어서자마자 교관이 외쳤다. 아라는 자신의 이름이 번쩍이는 팻말이 달린 칸막이 안으로 뛰어들어갔다. 남자아이들보다 걸쳐야 할 게 더 많았기 때문에 재빠른 몸놀림으로 코르셋을 입고 페티코트를 발에 끼웠다. 로봇들이 머리며 여러 가지 것들을 도와주긴 했지만 거추장스러운 옷을 입느라 4분이나 소비했다. 이윽고 커다란 가방을 옆에 세우고 손에 양산까지 들고 나자 칸막이가 올라갔다.

바로 옆에는 각각 남루한 옷차림을 한 현성이와 부유한 신사가 된 온주 그리고 어린아이처럼 꾸민 가람이가 서 있었다. 현성이는 아무래도 당시 미국에 흔하게 돌아다니던 일본인으로 분장한 모양이었고, 온주는 중국인 그리고 가람이는 국적을 모르는 혼혈인인 것 같았다. 가람이의 눈만이 렌즈를 껴서 파란빛으로 번쩍였다.

"너희에게 주어진 시간은 무제한이다. 다만 돌아오는 버튼은 오직 한 번만 누를 수 있다. 돌아오고 나면 시험이 자동 종료된다. 가방 안에는 각자에게 지급된 당시의 돈이 들어 있다. 이쪽에서는 너희를 계속해서 모니터하겠지만 위급 상황시의 대처는 스스로 할 수밖에 없다. 그 외의 것들은 평소 배운 대로 하면 된다. 자, 마음의 준비가 됐으면 저 발판으로 가서 서라."

교관이 말했다. 네 사람은 바퀴가 달린 커다란 가방을 끌고 앞으로 걸어갔다. 그러자 아름다운 무지갯빛이 번쩍이는 네 개의 원이 나타났다. 그 위에 올라서자 방 저 너머에 또 다른 방이 있는 것이 보였다. 그 방에는 어떤 남자가 서 있었는데, 머리 위에서 떨어지는 조명 때문에 얼굴이 그림자에 묻혀 있었다. 왠지 모르게 음산한 분위기가 느껴졌다. 그 자를 보고 있던 아라는 앞으로 다가오는 김치성 교장에게로 눈을 돌렸다.

"행운을 빈다."

경례를 붙이며 김치성 교장이 말했다. 아라네도 일제히 경례를 붙이며 차렷 자세를 취했다. 발아래에 불이 들어오며 방 안전체가 환히 빛났다. 순간 어둠에 묻혀 있던 남자가 얼굴을 드러냈다. 중년의 남자는 기이할 정도로 웃고 있었다. 다른 사람도 아닌 바로 아라를 바라보면서.

"기분 나빠."

하지만 그와 동시에 이동 버튼이 눌렸기 때문에 아라의 목소리는 미처 들리지 않았다. 대신 온몸으로 빠르게 번져 오르는 차가움에 모두들 몸서리를 쳤다. 이것이 활주로가 열린다는 의미구나, 하고 아라는 아무렇지 않은 척하려 했지만 바늘로 찔린 것처럼 온몸이 따끔거리는 통에 입술을 깨물어야 했다. 그리고 어느 순간 갑자기 고요해졌다. 무음의 세계에 들어선다 싶은 순간 미끄덩거리는 것에 집어삼켜졌다. 구역질이 치밀어 오른다고 느꼈을 땐 이미 네온사인 불빛이 어스름한 뒷골목에 서 있었다.

2030년 6월 24일. **좌초**

"괜찮아?"

"아니, 안 괜찮아. 이상한 사람이 방 안에 있었어."

부축하려 드는 현성이를 밀며 아라가 외쳤다. 가람이가 뭔가 불길한 듯 아라 곁으로 다가와 섰다. 현성이도 놀란 듯 말했다.

"잘못 본 거 아니야? 관계자 말고 타임 홀 안에 들어올 리가 없잖아."

"그런가? 그렇겠지. 하지만 정말 기분 나쁜 얼굴이었어. 꼭 뱀이 쥐를 바라보는 그 역겨운 눈길 말이야……."

어쩌면 시험 때문에 너무 긴장해서 그랬을지도 모르겠다 싶어 아라는 말끝을 흐렸다. 현성이는 멋쩍은 얼굴로 볼을 긁적였다. 그러고 있는데 주변을 살피던 온주가 목소리를 낮췄다.

"쉿, 들어 봐."

그제야 숨을 죽인 아라 일행은 어디선가 흘러나오는 걸 고운 노랫소리를 들었다. '아베 마리아'라는 말이 섞인 것으로 보아 찬송가인 모양이었다. 그걸 부르는 건 분명 소년으로, 아라는 귀를 의심할 정도로 아름다운 목소리에 저도 모르게 발걸음을 옮겼다.

여기저기 쓰레기통이 즐비한 어두컴컴한 골목을 빠져나가자 화려한 불빛에 감싸인 거대한 건물이 눈에 들어왔다. 그걸 본 네 사람은 깜짝 놀랐다. 건물 맨 위에는 '서현역'이라고 한글로 쓰인 글자가 크게 붙어 있었다. 노랫소리는 바로 그 서현역 안에서 흘러나오고 있었다. 네 사람은 어찌할 바를 몰랐다. 뭔가 대단히 잘못된 것 같았다. 모두들 촌스럽긴 하지만 2060년과 크게 다르지 않은 옷차림들을 하고 있었다. 그들 네 사람만이 요란스러울 정도로 치렁치렁한 옷차림이었다. 지나가던 사람들이 킥킥대는 소리가 들려왔다. "가장 무도회라도 있나?", "패션쇼나 거리 홍보 아냐?"라고 말하는 사람들도 있었다. 아라는 그 따가운 시선이 너무 창피해 노랫소리가 나오는 곳으로 들어섰다. 거대한 건물 안은 커다란 광장이었는데, 시장 같아 보였다. 여기저기에 판매대가 설치되어 있고, 사람들이 몰려 서 있었다. 하지만 다들 시선은 아라가 들어서는 그곳에 꽂혀 있었다. 그곳은 화려한 스테인드글라스를 배경으로 선 무대 위였다. 그 무대 위에서 한 소년이 노래를 부르고 있었다.

"성남 극빈결손가정 아이들을 돕기 위한 기금마련 자선공연."

무대 아래에 적힌 글을 현성이가 읽어 내려갔다.

"산타 마리아, 산타 마리아, 마리아. 오라 프로 노비스."

현성이의 말을 듣는 둥 마는 둥 아라는 고조되는 노랫소리에 귀를 기울이며 두 손을 모았다. 무척 불안했지만, 소년의 목소리는 그걸 모두 날려 주는 기분이 들었다. 게다가 왠지 모르게 그리운 느낌마저 들었다. 어디선가 들어 본 듯한. 그런 생각에 빠져 있는 아라 뒤로 온주가 붙어 섰다. 멋으로 쓴 동그란 안경을 손가락으로 밀어 올리며 온주가 말했다.

"저 사람 얼굴 굉장히 낯이 익는데."

"어디, 어디?"

주변을 구경하느라 정신을 빼고 있던 가람이가 고개를 돌리며 물었다. 그러고는 모자란 키를 메우느라 온주 옆에서 통통 뛰어오르며 외쳤다.

"히야, 꼭, 꼭 생긴 게……."

"젠장, 우리 완전히 바보 됐다."

순간, 뒤에 있던 현성이가 말했다. 모두들 놀라 바라보니 현성이가 종이로 만든 전단지를 앞으로 내밀었다.

"우리 30년 전에 와 있어. 지금은 2030년이라고!"

하지만 아라를 비롯한 아이들의 눈은 전단지 위에 적힌 '2030'년이란 글자보다는 그 아래로 쏠려 있었다. 아라의 안색이 파리해졌다. 온주도 가람이도 흠칫하는 얼굴이었다. 뭔가 싶어 전단지를 다시 돌려 본 현성이는 비명을 지르고 말았다.

"최명호?"

아라 아버지의 이름이 크게 박혀 있었다. 그 글자 위로는 지금 무대 위에 서 있는 소년이 환한 얼굴로 어떤 남자와 악수를 하고 있는 사진이 실려 있었다. 그리고 성남시 교육위원회에서 최명호 군을 비롯한 극빈결손가정 아이들 중 성적이 우수한 학생들에게 장학금을 전달했다는 기사가 이어지고 있었다. 모여들어 그것을 읽던 아라들은 크게 숨을 들이켰다. 가람이는 길게 흘러내린 머리를 매만지며 작게 속삭였다.

"진짜 아라 아버지네. 생긴 게 어째 눈에 익다 했더니만."

"만약 아라 아버지가 아라에게 반하기라도 하면 어떻게 되는 거냐? 아니, 그 미소년이랑 그랬다면?"

현성이가 킥킥대며 말했다. 그러자 가람이가 어이없다는 듯 코웃음을 치며 말했다.

"어디서 본 옛날 영화 이야기냐? 큰일 날 소리 하지 마. 우연과 필연의 법칙 몰라?"

법칙이란 말에 현성이는 입을 다물었다. '우연과 필연의 법칙'이란 타임 가디언 제1장에 나오는 말이었다. 모든 가디언들이 줄줄 외우는 가장 기본 법칙. 불과 5년 전 타임 슬립이 가능해진 이후, 수많은 시행착오를 거치면서 새롭게 밝혀진 사실이었다. 그건 필연적으로 일어나야 하는 일은 어떤 경로를 거쳐서건 실행되며, 우연히 벌어진 일의 경우는 변경이 가능하다는 것이었다.

하지만 어떤 것이 필연인지, 우연인지 알 길은 전혀 없었다. 만약 필연을 방해했다가는 끔찍한 일이 벌어졌다. 그 종류에는 결혼도 포함되어 있었다. 반드시 맺어져야 하는 인연이라는 게 절대적으로 존재했다. 깨지지 않는 이 법칙 때문에 2060년의 세계에는 '신이란 존재하지 않는가?'라는 가설이 가장 인기를 끌었다. 찾아보기 힘들 정도로 줄어들었던 각 종교의 세력이 다시 위세를 떨치기 시작한 것이다. 현성이는 멋쩍은 얼굴로 볼을 긁적이며 아라를 바라보았다.

"뭐, 하긴 그게 가능해도 아라가 싫어하겠지만."

하지만 아라는 하나도 듣고 있지 않았다. 그저 현성이 등 너머로 보이는 한 소년을 멍하니 보고 있을 뿐이었다. 그제야 무슨 일인가 고개를 돌린 현성이는 사진으로만 봤던 그 미소년을 알아봤다. 단정하게 차려입은 짙은 고동색 교복에 어울리지 않을 정도로 짧게 자른 머리, 그리고 눈이 핑핑 돌아갈 것처럼 보이는 두꺼운 안경을 썼지만 한눈에 알아볼 수 있었다.

"어, 진서다."

"야, 너! 진서가 뭐야. 진서가! 우리 아빠일지도 모른다고 내가 그랬지!"

아라가 현성이의 얼굴로 주먹을 날리며 말했다. 현성이는 가까스로 두 손으로 아라의 주먹을 받아내며 웃었다.

"뭐, 어때. 어차피 우리랑 같은 나이인 거 아냐? 2030년이면."

장난처럼 외치는 현성이의 말에 순간 온주와 가람이의 얼굴이 굳었다. 아라 또한 깜짝 놀란 눈빛이었다. 그제야 아뿔싸, 하는 얼굴로 현성이는 손을 저어댔다.

"야, 야. 너 꿈도 꾸지 마. 필연을 한 번 방해하면 끔찍한 일이 벌어지는 거 알지?"

"너야말로 목소리 좀 낮춰. 다 듣겠다."

분하다는 얼굴로 아라가 말했다. 그렇게 핀잔을 주던 아라는 문득 진서의 시선이 느껴져 고개를 들어 현성이의 어깨 너머를 보았다. 맑디맑은 눈동자가 쏟아지듯 들어왔다. 살아 있는 눈빛. 하지만 진서는 이내 별일 아니라는 듯 고개를 돌려 무대 위아라 아버지를 올려다보았다. 환하게 웃는 그 얼굴은 마치 천사라도 본 것처럼 감격에 젖어 있었다. 우레와 같은 박수소리와함께 아라의 아버지가 자리에서 내려갔다. 진서는 있는 힘껏 박수를 쳐대고 있었다. 아라는 살짝 아쉬움을 느끼며 돌아섰다.

"자, 얼른 본부와 교신해 보자."

아라는 치마를 두 손으로 움켜쥐고는 쿵쿵대며 서현역을 빠져나갔다. 현성이는 한숨 돌렸다는 얼굴로 아라의 짐을 들고 뒤를 따랐다. 온주와 가람이도 바라보는 사람들의 시선에 당당한척 굴며 걸어 나갔다.

다시 아까의 골목으로 돌아온 네 사람은 자신들의 관찰력 부족에 웃고 말았다. 길거리에 놓인 커다란 대형 쓰레기통은 20세기 초 미국에서는 볼 수 없었을 게 뻔했다. 애초에 거리 풍경자체가 달랐다. 이렇게 거대한 건물들이 서 있을 리가 없었는데.

"그러니까 위급한 경우 교신을 원할 때는."

가람이가 책자를 넘기며 중얼거렸다. 언뜻 보기에는 20세기초에 발행되던 손바닥만 한 얇은 성경처럼 보이지만 속은 전혀아니었다. 불과 20쪽에 불과하지만, 넘기는 횟수에 따라 내용이 달라졌다. 그래서 그 안에는 모든 상황에 대한 대처 방법이담겨 있었다.

"249장에 있다. 어디 보자. 위급 시 교신은 귀환버튼을 동시에 한 번만 누른다."

"아, 뭐야. 그래서 귀환할 때 재빠르게 두 번 누르라는 거였어?"

현성이가 코웃음을 쳤다. 아라도 좀 어이가 없긴 했지만 옷에 달았던 브로치를 떼어냈다. 브로치는 20세기 미국풍으로 화려한 공작 깃털이 달려 있었고, 가운데는 커다란 보석이 달린 작은 함으로 장식되어 있었다. 그 함을 열자 노랗게 생긴 버튼이 보였다. 그걸 꺼내들자 현성이의 입이 함지박만 하게 벌어졌다.

"왜?"

아라가 묻자 현성이는 어깨를 으쓱하고는 자신의 가방을 힘들게 열었다. 안에 잔뜩 쑤셔 넣은 것들을 헤치자 가장 안쪽에 잘 숨겨 둔 둥근 상자가 보였다. 꼭 보석함처럼 생긴 작은 목각 상자에 귀환버튼이 들어 있었다. 가람이는 옷에 달린 단추에, 온주는 목에 맨 넥타이 핀 안이었다. 다들 금세 꺼내들고는 현성이를 보며 키득댔다. 겨우 상자를 꺼내든 현성이는 귀까지 새빨개진 채 둥글게 모여선 아이들 곁에 와 섰다. 네 사람이 둥글게 서서 단추를 내밀고는 동시에 눌렀다. 그러자 발아래가 환해지며 홀로그램이 떠올랐다.

"도착한 지 20분 만에 위기 상황이라. 기록이로군."

김치성 교장이 말했다. 아라도 현성이도 당황하며 말을 잇지 못했지만, 다행히 온주가 침착하게 외쳤다.

"지금 11조는 시험 장소가 아닌 2030년, 한국에 와 있습니다. 긴급 상황이라 연락드렸습니다."

"2030년? 한국? 그럴 리가. 우리 쪽에서 너희를 스캔중이야. 너희는 무사하게 샌프란시스코에 도착한 것으로 기록에 나와 있다."

"확실합니다. 방금 거리에 나가 확인하고 왔습니다. 게다가 증거도 있습니다."

현성이가 아까 받아든 전단지를 들어 보이며 말했다. 그걸 스캔하는 모양인지 빛이 요란스레 전단지 위에서 번쩍였다. 잠시 뒤 결과가 나온 듯 김치성 교장의 얼굴이 딱딱하게 굳어졌다.

"지금 막 마더콤이 오류를 인정했다. 방금 전에 시스템 장애가 있었는데, 그로 인해 생긴 오류라고 한다. 오류는 수정되었고, 너희의 현재 위치가 파악되었다. 그곳은 2030년 6월 24일, 서울 근교 분당이라는 곳에 있는 서현역이라고 한다. 지금 시간은 6시 10분. 사건 직전이군. 좋아. 11조는 당장 귀환하라."

무겁게 내리깔리는 목소리에 아라는 흠칫 놀란 얼굴로 김치성 교장을 바라봤다. 하지만 그때 김치성 교장에게 누군가 쪽지를 건네는 것이 보였다. 본부로부터의 긴급 전신인 듯했다. 그걸 읽는 김치성 교장의 얼굴이 매섭게 변했다. 고개를 든 김치성 교장은 아무 말도 없이 무언가를 기다리는 얼굴로 아라 일행을 바라봤다. 침묵 끝에 현성이가 불안한 목소리로 물었다.

"그럼 시험은 어떻게 되는 겁니까?"

"안됐지만 제군들. 수험생 한 명을 시험 장소로 보내는 데 드는 돈은 정해져 있다. 만만치 않은 금액이란 걸 자네들도 알고 있겠지? 최선을 다해 내년에 다시 치를 수 있도록 학교에서 선처하도록 하지."

"잠깐만요. 그냥 돌아갈 순 없어요. 내년이라니요! 이건 우리 잘못이 아니라고요. 컴퓨터 조작에서 생긴 문제잖아요!"

아라가 흥분하며 외치는 걸 온주가 손짓으로 막았다.

"저기 교장 선생님, 시험을 이곳에서 치를 수는 없을까요? 이 시대에 혹시 타임 오버된 물건은 없습니까?"

"저도 부탁드립니다. 이곳에서 시험을 치르도록 해 주세요! 내년은 너무 멀다고요!"

가람이도 애절한 목소리로 외쳤다. 하지만 김치성 교장은 묵묵히 서 있을 따름이었다. 그렇게 1분, 2분, 5분이 흘렀다.

그때까지 아무 말이 없던 김치성 교장이 천천히 고개를 돌려 옆을 바라봤다. 곁에서 누군가 하는 이야기를 듣고 있는 듯 고개를 끄덕이는 게 보였다. 모두들 김치성 교장의 얼굴에 주목한 채 아무 말도 나누지 않았다. 평소에도 무표정하기로 유명한지라, 그의 표정만으로 어떤 이야기를 들은 건지 추측하기란 거의 불가능했다. 김치성 교장이 뭔가를 묻는 듯 입을 벙긋거렸다. 그러더니 생각에 잠긴 듯 뒷짐 진 손을 쥐었다 폈다 하며 심호흡을 하는 것이 보였다.

이윽고 무언가 결심한 얼굴로 김치성 교장이 말했다.

"좋다. 그곳을 나와 택시를 타고 내가 알려주는 주소로 가라. 그곳에 현재 본부에서 파견 중인 타임 가디언이 일하고 있다. 그의 일을 도와 사건을 해결한다면 시험에 합격한 것으로 하지."

그 말을 듣는 순간 현성이는 "다행이다!" 하고 외쳤고, 가람이는 안도의 한숨을 내쉬었으며, 아라는 두 손을 꼭 마주잡은 채 감사의 기도를 올렸다. 온주만이 조금 꺼림칙한 얼굴로 김치성 교장을 바라보았다. 아니나 다를까 김치성 교장은 걱정이 담뿍 담긴 목소리로 말을 이었다.

"대신 지금 그 현장에서는 아무 짓도 해선 안 된다. 바로 그곳을 나와라. 이상."

뭐라 물을 틈조차 주지 않고, 김치성 교장의 모습이 사라졌다. 그리고 동시에 골목 바로 옆에 있는 서현역에서 터져 나오는 비명소리가 공중 가득 메아리쳤다. 저도 모르게 뛰어가려는 아라를 온주가 잡았다. 아라가 놓으라는 얼굴로 바라봤지만 현성이와 가람이마저도 앞을 막아섰다. 어쩔 수 없이 아라는 치렁치렁한 치마를 부여잡고 서현역 방향이 아닌 반대쪽 골목으로 걸어 나갔다.

택시를 타고 도착한 곳은 이루 말할 수 없이 낡은 아파트 앞이었다. 고만고만한 지붕을 인 다 쓰러져 가는 낡은 집들 사이에 혼자 우뚝 서 있는 아파트였다. 그래도 미리 연락을 받은 모양인지 한 남자가 뛰어나와 아라 일행을 반겼다. 하지만 아라로서는 기분이 상당히 나빴다. 보자마자 웃기 시작한 데다가 엘리베이터도 없어 5층까지 걸어 올라가야 했기 때문이었다. 치마를 끌고, 무거운 짐까지 이고,—가디언은 그건 내 일이 아니라는 얼굴로 먼저 가뿐하게 뛰어 올라가 버렸기 때문에— 5층에 오르고 나니 온몸이 땀투성이였다. 게다가 원래는 11월의 추운 샌프란시스코에 갔어야 하건만 6월의 초여름 날씨 복장으로는 입고 있는 옷이 너무 더웠다.

"짠, 환영한다. 이곳이 가디언의 아지트다."

문을 열며 남자가 외쳤다. 자신을 제리라고 소개한 남자는 백인과 동양인의 혼혈인 모양이었다. 생긴 건 동양인인데, 머리 색은 칙칙한 금발이었다. 게다가 귀에는 웬 고리를 그리도 많이 달아 놓았는지, 아라는 보는 것만으로도 아픔이 느껴지는 것 같았다. 사실 토박이 혈통이 드문 2060년의 세상에서는 흔한 모습이었다. 방에 들어서자마자 남자는 "탈색 중이었거든."이라고 말하며 커다란 망토 같은 것을 둘러썼다.

"그러니까 좀 기다려 줄래?"

도대체 뭘 탈색한다는 건지 설명도 해 주지 않은 채 제리는 욕실로 뛰어들어가 버렸다. 안에서 샤워기 물 뿜는 소리가 요란 스레 들려왔다. 아라네는 멋쩍은 얼굴로 달랑 방 하나에 좁은 거실 그리고 욕실이 다인 작은 집 안 여기저기에 흩어져 앉았다. 가람이는 때가 덕지덕지 낀 싱크대를 보며 구역질하는 시늉을 했다. 현성이는 자리에 앉았다가 바로 옆으로 기어오는, 책에서만 보았던 시커먼 벌레에 기겁을 하며 일어섰다. 아라는 그것의 이름이 바퀴벌레라는 건 알고 있었지만 입 밖으로 내지도 못하고 달달 떨었다. 그러자 온주가 옆에 놓여 있던 잡지를 둘둘 말아 벌레를 내리쳤다. 진득한 초록색 진액이 잡지에 묻어났다. 모두들 곁에 놓인 책들을 말아 들었다. 말도 없이 다가오는 바퀴벌레를 노려보다가 몇 마리쯤 죽이고 났을 때 욕실 문이 열렸다.

아까보다 더욱 괴상하게 밝아진 금발머리를 하고 제리가 욕실을 나왔다. 아라는 설마하니 탈색이 머리 탈색을 이야기하는 건 줄 생각도 못했던 터라 황당한 얼굴로 올려다봤다.

'빗으로 빗기만 하면 되는 거 아니었나?'

해 본 적은 없지만, 친구들이 종종 학교에서 머리 색깔을 바꾸는 것을 봤던 터라 아라는 속으로 이렇게 중얼거렸다. 그러다가 아차 싶었다. 생각해 보니 지금은 2030년이었다. 뭘 어떻게 하는지 몰라도 2060년과는 비교도 안 되는 방식으로 염색을 하고 있을 시대였다. 정말 과거는 과거구나 싶어 아라는 쓴웃음을 지었다. 그 사이 개운한 표정으로 머리를 털던 제리가 갑작스레 크게 웃음을 터트렸다.

"그건 죽이면 1,000마리로 늘어나. 그 사실은 알고 있는 거냐?"

"1,000마리요?"

바퀴벌레를 내리치려던 손을 거두며 현성이가 자리에서 펄쩍 뛰었다. 그 바람에 입고 있던 기모노 자락이 펄럭여 속이 훤히 들여다보였다. 제리는 안을 힐끔 보더니 느끼한 미소를 지었다.

"몸이 좋군. 좋아, 좋아. 아주 좋아. 여차하면 이모저모로 써먹을 수 있겠군."

"그게 무슨?"

현성이가 당황해하며 뒤로 물러섰다. 그러자 온주가 한숨을 내쉬며 물었다.

"저흰 시험을 치르러 왔습니다. 사건 설명이나 해 주세요."

"그 전에 너희가 가진 돈이랑 20세기 초의 물건들이나 꺼내봐. 팔아서 지금 돈으로 바꿀 만한 게 있나 보게. 활동을 하려면 자금이 필요하잖아. 자금이."

아라네는 제리가 귀 청소를 하고 발톱을 깎고 있는 사이, 가지고 있던 것들을 모두 한곳에 쌓아 놓았다. 20세기 초의 돈이며, 그 시대에서 사용했을 만한 카메라며, 연필과 옷 등이었다. 그것들을 보던 제리는 휘파람을 불더니 한쪽 눈을 깜빡였다. 손톱깎기를 흔들어대며 제리가 물었다.

"꽤 목돈이 들어오겠군. 특히 그 카메라는 '라이카'라고, 지금은 몇백만 원 대거든. 이런 걸 어디서 구했지?"

"아버지가 선물로 준 겁니다."

온주가 대답했다. 온주는 학교 다닐 때도 입는 옷이나 몸에 걸친 액세서리들이 예사롭지 않았다. 그러니 아버지가 온주의 시험을 위해 이런 고가의 선물을 했을 법도 했다. 제리는 다시 한 번 휘파람을 날리며 손톱깎기를 냅다 뒤로 던졌다. 그러고는 마치 어린아이처럼 물건들로 뛰어들더니 단숨에 안아들었다. 카메라는 목에 걸고 아라가 가져온 화려한 레이스 드레스는 어깨에 걸고 현성이가 애지중지했을 법한 회중시계까지 챙겨서 나가 버렸다. 가람이는 연필이 아쉬웠던 듯 끝까지 눈길을 떼지 못했다.

"저 연필이라는 건 이제 구할 수도 없다던데."

"이 시대에는 아직 쓰고 있을걸."

온주가 말했다. 그래도 아쉬운 듯 가람이는 입을 삐죽댔다. 흑연의 농도가 틀리다는 둥 어쩌고 중얼대면서. 아라는 불안한 눈길로 제리가 나가면서 제대로 닫지 않아 살짝 열린 문을 바라봤다.

"괜찮을까? 우리 저 사람 믿어도 되는 거겠지?"

"걱정 마. 김치성 교장 선생님이 있잖아. 딴짓했다가는 교장 선생님에게 죽을지도 몰라."

목이 졸리는 시늉을 하며 현성이가 말했다. 그때 가람이가 돌아서며 무언가를 건드렸던지 방 한구석에 걸려 있던 커다란 액자가 깜빡였다. 그걸 보던 현성이가 손가락질하며 외쳤다.

"아! 나 저거 뭔지 알아. 텔레비전이야, 텔레비전."

"쉿!"

아라가 입에 손가락을 대며 화면에 나타난 여자의 목소리를 들으려 애썼다. 그제야 현성이는 방금 전 빠져나왔던 서현역이 나오는 걸 보고는 눈이 휘둥그레졌다.

"오늘 저녁 6시 20분경 서현역에서 원인을 알 수 없는 폭발 사건이 일어나 경찰이 수사에 나섰습니다."

아나운서가 말을 마치자 화면이 바뀌며 들것에 실려 나가고 있는 사람들의 모습이 보였다. 모두들 방금 전까지 멀쩡하게 공연을 지켜보고 있던 사람들이었다. 사람들은 하나같이 피투성이였다. 살짝 피부를 긁힌 사람부터 팔이나 다리에 관통된 작은 구멍에서 피를 쏟는 사람들이 화면 속을 스치듯 지나갔다. 그러다가 볼에 심하게 긁힌 상처가 있는 한 남자의 얼굴이 잡혔다. 남자는 흥분된 목소리로 말했다.

"갑자기 후드득 모래 떨어지는 소리가 들리더니 비명이 터지더라고요. 뭔가 싶어 보니까 시커먼 모래 알갱이던데, 그 모래가 뭐시기냐 땅에 떨어지니까 쑥 흡수되어 사라져 버렸다니까요."

그 뒤로도 말이 이어지는 것 같았지만, 장면은 그 말을 끝으로 바뀌고 다시 아나운서가 등장했다. 다소 심각한 얼굴로 아나운서는 말을 이었다.

"경찰에서는 피해자들의 증언에 따라 정체불명의 모래를 수거하기 위해 경찰들을 투입해 수색을 하고 있지만 현재까지 발견된 물질이 없고, 그 상해 정도로 보아 생화학 테러 무기일 가능성에 수사의 초점을 맞추고 있습니다."

연이어 다음 뉴스가 시작되었지만 아무도 귀 기울여 듣지 않았다.

"교장 선생님이 절대 끼어들지 말라고 한 일이 저건가?"

가람이가 입으로 손톱을 물어뜯으며 말했다. 뭔가 찜찜한 일이 생겼을 때 나오는 버릇이라 다들 한 번 흘끔 보고는 고개를 돌렸다.

"끼어들고 말고 할 게 뭐 있어? 원인을 알 수 없는 소동인데. 우리가 저기 있었다 한들 뭐가 달라졌겠어?"

현성이가 손에 턱을 괴며 진지한 척 말하고는 씩 웃었다. 하지만 온주도 아라도 말이 없었다. 현성이가 아라의 어깨에 손을 얹으며 외쳤다.

"걱정 마. 너희 아버지들은 모두 잘 도망갔을 테니까. 만약 그 미소년이 맞았어 봐라, 카메라가 당장 그곳으로 달려갔을 걸."

"아버지들이라니? 난 자연산이거든!"

짜증난 목소리로 아라가 대꾸했다. 2060년의 세상에선 아버지들이나 엄마들 사이에서 태어난 아이들이 흔했다. 아기를 유전자 배양으로 임신하는 것이 가능해지면서 남자들끼리 대리모를 통해 아이를 낳거나, 여자들끼리 아이를 가지는 경우가 너무나도 흔했다. 그런 걸 아무도 신경 쓰지 않았던 시절이 분명 있었다. 그러던 것이 요즘 들어선 종교의 영향 때문인지 금기시되고 있었다. 코미디 프로그램에서 자연산이니 인공산이니 우스갯소리를 할 때를 제외하고는 다들 쉬쉬하는 주제였다. 아라가 신경질을 부린 것도 당연했다. 타임 가디언사에서는 분명 그런 점을 좋게 볼 리가 없었으니까. 현성이는 황급히 손을 내저으며 "앗! 실수."를 연발했다. 가람이가 물어뜯은 손톱을 뱉으며 말했다.

"우리더러 최대한 빨리 몸을 피하라고 한 건 저 사건 때문일까?"

"아마도. 필연적인 사건일 경우 우리라는 불확정 요소가 개입되면 사건은 두 배로 커지게 될 테니까."

"불확정 비례의 법칙."

온주의 담담한 대답에 아라는 그렇게 중얼거리고는 무릎을 그러모아 앉았다. 타임 가디언의 일이 위험한 건 사건, 사고에 휘말릴 수 있기 때문이 아니었다. 그보다는 반드시 일어나야 하는 일을 방해했을 경우, 다시 그 일이 발생하기 위해 생기는 필연의 폭풍이 두려운 거였다. 그건 생각지도 못한 사건들을 불러왔고, 비록 그 자리를 빠져나왔다고는 하지만 아라들이 정말 빠져나온 건지는 아직 알 수 없는 것이었다.

'우리가 그곳에 나타났다는 사실만으로도 이미 뭔가를 방해한 건지도 몰라. 게다가 하필 6월 24일이라니. 3일 후면 진서

는…….'

아라는 속으로 이렇게 중얼거리고는 그러모은 무릎에 얼굴을 가져다댔다. 모두들 아라와 똑같은 생각에 잠겨 있었다. 바퀴벌레 따윈 모두들 잊은 터였다. 여기저기 기어다니는 바퀴벌레를 보면서도 다들 묵묵히 지켜만 보고 있었다. 가끔씩 텔레비전을 바라보기도 했는데, 그건 혹시나 긴급 속보가 뜨는 건 아닐까 하는 조바심 때문이었다.

제리가 돌아온 것은 한 시간이 훨씬 지난 뒤였다. 그때까지 꼼짝도 안 하고 앉아 있던 아라 일행은 그제야 몸을 펴며 일어섰다.

"이야, 너희 꼭 일 나간 엄마 기다리는 꼬맹이들 같은데."

손에 이거저것 담긴 쇼핑백을 잔뜩 들고 들어서며 제리가 말했다. 제리는 다짜고짜 쇼핑백들을 하나씩 아이들 품에 던져 주었다.

"자, 일단 너희 옷차림부터 해결하자고. 그 다음에는 최고로 맛있는 거시기를 먹으러 가는 거야. 실시!"

말투도 하는 행동도 영 믿음이 가질 않았지만 어쨌거나 제리는 선배 가디언이었으므로 아이들은 모두 부리나케 옷을 갈아입기 시작했다. 아라는 옷가방을 들고 욕실로 들어가 갈아입었다. 무언가 덕지덕지 묻은 거울 너머로 아라는 오늘따라 자신의 얼굴이 슬퍼 보인다고 느꼈다.

'천사가 악마한테 반했다인가?'

진서가 최명호라는 인간을 바라보던 눈길은 딱 그거였다. 반했다. 아라는 같은 피가 흐르기 때문에 한눈에 알아볼 수 있었던 거라고 속으로 중얼댔다. 그러면서도 한편으로는 좀 믿기지 않는 부분도 있었다.

"지금은 완전히 맛이 간 그 인간이 소년 시절에는 그렇게 아름다운 목소리를 내다니. 이건 말도 안 돼. 정말 말도 안 돼."

옷을 다 입은 아라는 툴툴대며 욕실을 나섰다.

"혼자 뭐라고 중얼대는 거냐?"

제리가 놀리듯이 물었다. 아라는 어깨를 으쓱대곤 신발장으로 갔다. 하지만 제리는 그리 꼼꼼한 인간은 아니었다.

"아차, 신발!"

제리는 자신의 이마를 탁 하고 치고는 혀를 끌끌 찼다.

"어쩔 수 없지. 그냥 신어야겠구나."

다행히 온주는 구두였기 때문에, 그것도 발에 맞춘 고급 구두였기 때문에 비록 청바지 차림이어도 어울렸다. 하지만 현성이는 나무로 만든 요상하게 생긴 신발이었고, 가람이의 신발은 한술 더 떠서 다 찢어진 가죽신이었다. 가장 안 어울리는 건 아라의 신발로, 커다란 꽃무늬가 가득 박힌 통굽 구두였다. 아라는 다리 두 개는 너끈히 들어갈 법한 청바지를 질질 끌며 구두에 발을 밀어넣었다. 있는 대로 제리를 노려보면서.

"자, 자. 밥 먹고 신발 사 줄 테니까 고런 표정은 그만 지으라고. 알겠지?"

제리는 유쾌하게 소리치고는 앞서 나갔다.

한 번 먹으면 계속 먹고 싶어서 어쩔 수 없이 가디언 일을 할수밖에 없다는 그 유명한 떡볶이 가게는 산 너머에 있었다. 아니, 정확히는 옆에 있는 달동네 어귀에 있었다. 다 쓰러져 가는 집들이 줄줄이 아래로 이어지다가 위로 올라가나 싶었을 때 그 가게가 나타났다. '떡볶이만 팔아요.'라고 페인트로 대충 쓰인 글자가 초라했다. 그래도 가게 안은 깔끔했다. 장사가 제법 되는 듯 탁자들이 빼곡하게 공간을 차지하고 있었다. 천장에 달린 등에서 내뿜는 열기가 후끈했다. 더운데도 사람들이 반이나 들어차 가게 안은 시끌시끌했다.

자리에 앉자마자 제리는 "평소 시키던 대로 5인분!" 하고 외쳤다. 주문을 받으러 왔던 아줌마는 넉살 좋게 웃으며 주문 표에 표시를 하고는 주방 쪽으로 사라졌다. 오존층의 농도가 너무 약해져서 특별한 때가 아니고는 건물이나 건물 사이를 잇는 통로에서 지내는 아라네는 찜통 같은 열기에 숨이 턱턱 막혔다. 언제나 100퍼센트 온도 조절이 되는 곳에서만 있던 아라네에게는 살인적인 습도였다. 하지만 다른 사람들은 전혀 덥지 않은지, 아니면 못 느끼는 건지 유쾌해 보였다. 제리는 손을 깍지 껴 탁자 위에 올려놓고는 아라들의 얼굴 표정을 살폈다.

"죽을 것 같지?"

다들 대답도 못하고 고개만 끄덕였다. 제리는 깍지 낀 손에 머리를 기대며 껄껄 웃어 댔다.

"그래그래. 나도 처음엔 그랬어. 1,000대 1의 경쟁을 뚫고 기껏 가디언이 됐는데, 이거 이러다 여기서 꼴까닥하는 거 아닌가 싶더라고. 참고로 난 말이지, 너희 학교 선배란다. 3년 위의 선배. 그러니까 나를 선배라고 불러도 돼."

어서 불러 보란 얼굴로 제리가 모두를 바라봤다. 하지만 아라도 현성이도 온주와 가람이도 멀뚱멀뚱 바라만 볼 뿐 아무도 입을 열려고 하질 않았다. 그러자 제리는 팔짱을 끼며 툴툴댔다.

"뭐야, 날 제리 아저씨라고 부를 셈이야? 난 고작 스물한 살이라고!"

"저기, 저희 임무가 뭔가요? 여기서 말씀해 주실 수 있을까요?"

목덜미로 흘러내리는 땀을 닦으며 온주가 물었다. 다들 몸이 내뿜는 땀 때문에 허덕이고 있었다. 제리는 킥킥대며 고개를 끄덕였다.

"별거 아냐. 듣고 나면 너희가 가디언의 실체를 알고 시험을 당장 때려치우겠다고 할까 봐 그게 걱정일 뿐이지."

"말씀해 주세요."

온주가 다시 말했다. 제리는 아라들을 찬찬히 훑어보고는 마치 김치성 교장 선생님을 흉내 내는 듯 미간에 주름을 잡고 걸걸한 목소리를 내며 말했다.

"제군들은 지금부터 개를 찾는 중대한 임무를 맡았음을 알리는 바이다."

순간 아라를 비롯한 모두의 눈이 동그래졌다. 귀를 의심하는 얼굴로 현성이가 말했다.

"저기 개라 하면, 멍멍 개?"

"그럼 내가 설마 옆으로 기어다니는 게를 찾으라고 하겠냐? 바다라곤 보이지도 않는 이 도시 한복판에서?"

제리는 어이없다는 얼굴로 팔을 들어 허공을 마구 휘저으며 외쳤다.

그때 아까 주문을 받았던 아줌마가 커다란 쟁반을 들고 나타났다. 쟁반 위에는 양철냄비 5개가 있었는데, 사진 속에서만 봤던 오뎅과 쫄면, 계란이 잔뜩 얹어진 떡볶이가 그야말로 푸짐하게 담겨 있었다. 그리고 그것들 위로는 시뻘겋다 못해 지옥을 연상시키는 국물이 걸쭉하게 덮여 있었다. 그런 그릇이 한 사람당 하나씩 놓였다. 다들 어마어마한 양에 입을 떡 벌리고 바라봤다. 알약 형태로 압축되어 몇 번 씹으면 끝인 음식에 익숙한 2060년에서는 상상도 못할 정도의 양이었다.

"양뿐만 아니라 맛도 최고지. 자, 먹어 봐. 어서!"

다들 조심스레 중간에 놓인 젓가락을 뽑아들었다. 그러고는 서로 눈치를 보고 있는데 용감하게 현성이가 젓가락을 놀렸다. 떡볶이 하나를 베어 물더니, 우물거리며 현성이가 외쳤다.

"우와, 최고다. 이렇게 쫄깃쫄깃하다니."

"그럼, 그럼. 이게 진짜 떡 맛이지. 쫄깃쫄깃, 짝짝, 달라붙는 맛이 일품이지?"

"예전에도 먹어 본 적이 있는데, 이거랑은 씹는 맛이 완전 달랐는데."

가람이도 떡볶이를 입에 물고는 말했다. 제리는 젓가락을 저어대며 말했다.

"너 용돈이 두둑한가 보구나. 그 비싼 걸 먹어 봤다니. 하지만 어쩌냐, 그건 땡이야. 땡! 그 쫄깃쫄깃을 끈적끈적으로밖에는 이해 못하는 외국인 입맛에 맞추겠다고 떡을 바꿔 버렸거든. 서울이 프랑스에서 이어지는 철도의 종착역이 되면서 세계화에

발맞추겠다고 그렇게 만들더니만 결국 그 지경이 된 거지. 그 맛을 이해시켰다면 아주 특별한 음식이 되었을 떡볶이를, 맛을 어중간하게 만들어 버려서 그저 그런 음식으로 만들어 버리다니. 슬픈 일이지. 뭐, 그것도 없어서 못 먹긴 했지만 여기선 다르다 이거야."

그렇게 말하고는 제리는 신 나게 떡볶이를 먹어 댔다. 아라도 먹기 시작했지만 끈적거리는 떡 느낌이 어색해 목구멍으로 잘 넘어가지 않았다. 그래도 다들 맛나게 먹는데 뭐라 하기도 그래서 억지로 입 안에 밀어넣었다. 결국 반도 채 먹지 못하고 아라는 남겼지만, 현성이나 가람이는 몽땅 먹어치웠다. 그나마 온주만이 평소 먹던 양만 먹은 듯했다.

"자, 자. 그럼 이제 뱃속도 든든해졌으니까 너희 신발을 사러 가 볼까나."

제리는 두툼한 지갑을 꺼내들며 외쳤다.

그곳을 나와 모퉁이를 돌아서도록 네 명 다 방금 먹은 떡볶이 때문에 말이 없었다. 신기한 맛의 떡들이 아무래도 몸에 이상한 작용을 하고 있는 것 같았다. 그러자 제리는 손가락을 저으며 말했다.

"아니야, 그게 아니지. 너희는 과식한 거야. 나처럼 평소에 위를 늘려놓지 않으면 못 먹거든. 뭐, 비상약들은 다 챙겨 왔겠지?"

"저기 그것보다 정말 우리가 찾아야 할 게 개 맞아요?"

"쯧쯧, 몇 번을 말해야 알겠니. 진짜 개라니까."

아라의 말에 제리는 혀까지 차며 대답해 주었다. 현성이는 아파 오는 배를 문지르며 물었다.

"그게 혹시 특별한 개?"

"뭐? 특별? 흠, 특별하다면 특별하다고 할 수도 있지. 프랭크 프랭클린 유엔 사무총장의 마나님이 불법으로 데리고 온 메리라는 개니까."

"하지만 개가 뭘 어쩌겠어요. 기껏해야 우연의 요소를 늘릴 뿐이지, 필연을 방해하거나 할 것 같지는 않은데요. 그리고 가디언이 고작 개나 찾으러 다닌단 말이에요? 다른 일도 많을 텐데."

현성이가 말했다. 그러자 제리는 지나칠 정도로 크게 한숨을 내쉬더니 현성이의 어깨에 팔을 둘렀다.

"현성 군. 현성 군 맞지? 내가 받은 정보에 따르면 온주, 가람, 그리고 아라 양이고. 잘 들으라고. 어떤 일이 벌어졌을 때 그것이 우연인지, 필연인지는 오직 신만이 아신다고. 우리 가디언은 말이야. 과거에 남겨진 그 어떤 불확정 요소라도 제거해야 할 의무를 가지고 있어. 메리도 그 중 하나지. 게다가 메리 녀석의 목에는 사무총장 부인의 약이 들어 있단다. 그 약은 이 시대에는 아직 개발이 안 된 신약이고. 그 신약이 만약 우연에 의해 제약회사 직원의 손에 들어갔다 치자, 그럼 어떻게 될까?"

"그래봤자 필연의 법칙에 의해 그 약을 개발해야만 하는 사람이 그 약을 개발할 때까지는 별일 없을 텐데요."

현성이가 대답했다. 하지만 온주는 달랐던지 침착한 목소리로 입을 열었다.

"만약 먼저 개발했을 경우 필연의 법칙에 의해 그 약을 개발

한 사람들은 사고를 당하겠군요. 개발되지 못하도록."

"그래, 딩동댕. 역시나 우등생답군. 자, 거기 꿀 먹은 벙어리 둘. 너희도 재깍재깍 대답 좀 해 보지그래."

아라와 가람이를 바라보며 제리가 말했다. 아라는 심통이 나 입을 앙다물었다.

"쳇, 그래. 봤자 높으신 어르신들 뒤치다꺼리하는 거잖아요. 왜 개를 데려온 거래요? 그건 금지되어 있잖아요."

가람이 툴툴대며 말했다. 제리는 뜨끔했는지 놀란 얼굴을 해 보이곤 피식 웃었다.

"타임 가디언사가 무엇으로 돌아가는 줄 아니?"

"세계 정부의 재정 지원이잖아요."

아라 역시 볼멘 얼굴로 말했다.

"땡! 틀렸어. 부잣집 어르신들의 오락 여행에서 나오는 돈이란다. 요즘 시간여행이 유행이라, 다들 오고 싶어서 안달이거든. 거액을 치르고서라도 말이다. 달나라 여행은 다들 갔다 왔겠다, 화성에 편하게 갈 수준이 되려면 아직 멀었고. 그런데 웬일이래, 시간여행이 생겨 버렸네! 그 바람에 일이 점점 복잡해지고 있긴 하지. 타임 슬립 할 수 있는 시간은 겨우 200년 남짓인데, 점점 더 많은 미래인들이 과거로 오고 있으니까. 그러다 보니 개 흘리는 건 별일도 아니야. 어떤 때는 사람이 실종되기도 하고."

"사람이 실종돼요? 어떻게 그게 가능해요? 미래인이 과거로 오면 시공간 뒤틀림 현상이 일어나기 때문에 마더콤이 쉽게 위치 추적을 한다고 배웠는데 아니었어요?"

아라의 물음에 제리는 아차 싶은 얼굴로 입을 꾹 다물었다. 그러고는 살짝 헛기침을 하며 말을 이었다.

"그런 건 선생님에게 물어봐라. 어쨌든 타임 가디언사의 재정이 넉넉해질 때까지 우린 영락없는 뒤치다꺼리 신세란다. 그래도 가디언이 될 생각이니?"

다들 꿀 먹은 벙어리처럼 제리만 바라보았다. 제리는 씩 웃고는 가던 걸음을 멈추었다. 유연하게 휘어지는 부메랑 모양의 상표가 크게 그려진 가게 앞이었다. 눈이 아플 정도로 강렬한 불빛으로 들어찬 가게 안에는 수백 가지의 신발들이 천장에 둥둥 매달려 이리저리 흔들리고 있었다.

"자, 멋진 신발로 골라들 보라고."

언제 그런 질문을 던졌냐는 얼굴로 제리가 박수를 치며 말했다.

2060년 11월 11일. D-포인트

"마더콤은 99퍼센트 필연에 의해 발생된 오류라고 확신하고 있습니다. 단순 좌표 조작이 아니라는 것은 시간여행 기술에 해박한 자가 이 일을 꾸몄다는 걸 의미합니다!"

손 안에 든 긴급 전신을 와락 구기며 김치성 교장이 소리쳤다. 전신에는 마더콤이 11조의 귀환을 거부하고 있다는 짤막한 글귀가 적혀 있었다. 그 말은 곧 11조가 사상 초유의 위험에 빠져 있다는 걸 의미했다. 그런데도 모두들 떠들어 대고 있었다. 마치 아무 일도 없다는 것처럼. 김치성 교장은 더는 참을 수 없어 책상 위를 손바닥으로 있는 힘껏 내리쳤다. 긴급회의 때문에 소집된 타임 가디언사 서울지부의 임원진들이 일순간 조용해졌다. 방금 전까지 별것도 아닌데 모이라고 했다는 둥, 골프 치러 모처럼 달에 갔는데 불려 왔다는 둥 말이 많던 임원진들이었다. 이글이글 끓어오르는 김치성 교장의 눈동자에 기가 꺾인 듯 모두들 삐딱하게 앉아 있던 자세를 고쳐 잡았다.

"지금 자넨 그 애들이 좌초된 게 우리 가디언사 내부 소행이란 소릴 하고 싶은 건가?"

가디언사의 서울지부장이 입을 열었다. 김치성 교장은 화를 억누르는 목소리로 대답했다.

"100퍼센트 그렇게 단정지을 순 없다는 거 압니다. 11조에는 검찰청 국제 범죄대책반 차장검사를 맡고 있는 최명호의 외동딸인 최아라가 끼어 있습니다. 다들 아시다시피 최 검사는 현재 중국 마약 밀매 조직을 상대로 한 재판을 진행 중에 있고요. 그러므로 이 일은 최 검사의 수사를 방해하기 위한 공작일 가능성을 배제할 수 없습니다. 학생들의 좌표 입력을 담당하고 있는 가디언고의 통제실은 허점이 많으니까요. 하지만 그건 그거고, 11조의 생환은 전혀 다른 문제입니다. 그들이 되돌아올 수 있도록 우리 가디언 서울지부 전 요원이 힘을 쏟아야만 합니다."

"그 애들에게는 말했나? 좌초되었다는 사실을?"

"어떻게 말할 수 있겠습니까! 귀환을 거부당하고 있다는 걸 알면 그 애들은 공황 속에 빠질 텐데요."

"알겠네, 알겠어. 그렇게 흥분하지 말고 지금 우리가 해야 할 일을 말해 보게."

"마더콤이 11조의 귀환을 거부하고 있는 이상, 지금 11조 전원이 시간 미아가 된 상태입니다. 즉시 요원을 파견하여 그들을 보호하고 그 아이들이 더는 필연의 폭풍에 휘말리는 걸 막아야 합니다. 더불어 누가 개입해서 11조를 좌초시킨 건지 알아내는 데 전력을 쏟아야 합니다."

"듣기론 그 애들이 휘말린 사건이 D-포인트라고 들은 것 같은데. 그것도 3등급을 달고 있는."

서울지부장이 물었다. 김치성 교장은 잔뜩 굳은 얼굴로 고개를 끄덕였다.

'D-포인트(Dangerous-Point)'란 필연의 폭풍 때문에 생겨난 사건들을 의미하는 말이었다. 그것을 5단계로 구분짓는데, 5등급은 가장 위험한 사건들을 의미했다. 어디서부터 시작된 폭풍이 원인인지 알지 못하고, 시간여행자가 늘어날 때마다 그 피해가 나날이 증폭하는 사건들.

"그렇기 때문에 더더욱 요원 파견이 시급합니다! 그 아이들이 도착하자마자 사건이 더욱 커져서 인명 피해가 배로 늘었습니다. 보안팀에서는 서현역 사건 등급을 5단계로 올릴 것을 권유하고 있습니다. 그렇게 되면 서현역 주변 반경 100킬로미터 이내에 있는 타임 가디언은 모두 철수해야 합니다. 그러기 전에 그 아이들을 다른 곳으로 피신시키는 것이 먼저입니다."

김치성 교장이 외치다시피 말했다. 교장의 눈빛에 서울지부장이 고개를 돌려 한 남자를 바라봤다. 그 남자는 표정 하나 변하지 않은 얼굴로 입을 열었다.

"하지만 김 교장, 타임 가디언 한 명을 과거로 보내는 데 드는 돈이 얼마인 줄이나 아시오? 게다가 소환하려면 다시 돈이 들고. 이미 이번 시험을 위해 50억 이상을 썼는데, 더 이상의 지출은 힘듭니다."

그는 가디언사 서울지부의 회계부장이었다. 깨끗하게 빗어 넘긴 그의 머리 위로 조명 빛이 맴돌았다. 김치성 교장은 타임 가디언사 서울지부의 실세가 회계부장인 것을 아주 잘 알고 있었으므로, 그저 묵묵히 듣는 시늉을 했다. 회계부장은 차가운 눈빛을 그대로 드러내며 고개를 저었다.

"정말 안된 일이지만, 이런 경우에 나로선 가장 최선의 방법을 권하고 싶군."

"비상 실행코드 108번을 말하는 거요?"

서울지부장이 당황스러운 목소리로 되물었다. 회계부장은 고개를 끄덕였다. 그러자 조용하던 회의실이 다시금 소란스러워졌다. 다들 그건 너무한 게 아니냐고 입을 모았다. '비상 실행코드 108번'은 필연의 폭풍이 제어할 수 없을 정도로 커지기 전에 불확정 요소를 제거하는 코드였다. 즉, 11조 전원을 사살한다는 결정을 내리자고 말하고 있는 것이었다. 회계부장은 그런 소란스러움에 끄떡도 않고 말을 이었다.

"한 번도 그런 적은 없었지만, 창립 이래로 우린 숱한 필연의 폭풍을 겪어 왔어요. 그리고 그 결과가 얼마나 참혹한지는 다들 알고 있을 겁니다. 그 아이들이 어떤 이유가 됐든 간에 좌초를 한 건 사실이고, 그것도 하필 D-포인트 사건에 휘말리게 된 건 안타깝지만 그렇다고 해서 정에 치우쳐 이 시대를 위험에 빠트릴 순 없습니다. 게다가 2030년은 가뜩이나 필연의 폭풍이 많은 해인데 그 시대에 좌초를 하다니. 이건 폭약이 든 창고에 불을 던져 넣은 셈 아닙니까? 귀환을 할 수 있는 상황이면 몰라도 지금 이런 상황이라면 108번이 최선일 것 같습니다만."

그러자 임원진들이 슬금슬금 눈치를 보며 회계부장의 말에 고개를 끄덕이기 시작했다. 김치성 교장은 있는 대로 주먹을 힘껏 쥐며 그들을 노려보았다. 하지만 이미 결론은 나온 듯했다. 김치성 교장은 목의 힘줄이 있는 힘껏 서는 것을 느꼈다. 목이 칼칼했다.

'다들 미쳤군!'

김치성 교장은 이렇게 소리를 치려고 했다. 하지만 그 순간 하얀 가운을 입고 번쩍거리는 보안경을 쓴 남자가 손을 들었다.

"원인도 모르고 결과를 제거했다가는 더 위험할 수도 있어요. 우선 시간 흔적을 추적해 보고, 그 뒤 마더콤이 어째서 귀환을 거부하는지 원인이 판명되면 어떻게 할지를 정하는 게 순서인 것 같은데요. 이것만 알아내면 누가 개입을 한 건지도 알아낼 수 있으니 일석삼조지요. 요원을 파견할 돈은 없어도 저희 기술부라면 원인을 밝혀낼 수는 있을 것 같아 드리는 말씀입니다."

"어이, 기술부장. 이미 결론이 났는데 왜 끼어드는 거야?"

임원진 중 누군가 이렇게 힐책을 했다. 하지만 그때까지 식은땀을 닦는 시늉을 하고 있던 서울지부장의 얼굴이 밝아졌다. 그는 살았다는 얼굴로 말했다.

"그래그래. 그게 순서겠구먼. 안 그런가?"

물론 그 질문은 회계부장에게 던진 것이었다. 차갑게 웃고 있던 그의 얼굴이 다시금 얼어붙었다. 회계부장은 매서운 눈길로 기술부장을 바라보았다. 하지만 기술부장은 어리벙벙한 웃음을 지으며 그저 고개를 숙여 보였다. 결국 졌다는 얼굴로 회계부장이 숨을 몰아쉬었다. 서울지부장은 책상을 두드리며 말했다.

"좋아. 그럼 기술부장은 즉각 원인을 규명해 보라고. 그리고 김 교장도 최선을 다해 주게. 나도 이대로 10대 아이들을 죽이고 싶지는 않으니까."

"네! 감사합니다."

김치성 교장이 고개를 숙였다. 순간 때를 놓칠세라 차가운 목소리로 회계부장이 말했다.

"하지만 지부장님. 해결될 때까지라는 건 너무 위험한 발상 아닐까요? 위에서도 좋게 보지 않을 테니 말입니다."

"뭐, 그럼?"

서울지부장이 당황스런 얼굴로 바라보자 회계부장이 말을 이었다.

"지금부터 24시간 어떻습니까? 그 정도가 가장 적당하지 않을까요?"

김치성 교장은 회계부장을 잡아먹을 듯이 노려봤지만, 서울지부장은 옳다는 시늉을 했다. 그러자 기술부장이 헤벌쭉 웃으며 말했다.

"뭐, 24시간이면 충분합니다."

이것으로 회의는 종결되었다.

2030년 6월 25일. **메리를 찾아서 1**

그냥 자라는 제리의 말을 듣는 둥 마는 둥 아라네는 모기장을 쳤다. 바퀴벌레를 막기 위해서는 어쩔 수 없었다. 할아버지, 할머니의 옛이야기 속에서나 듣던 모기장을 치는 데 족히 한 시간은 걸렸다. 그나마 온주가 예전에 영화에서 본 적이 있어서 어떻게든 칠 수 있었다. 겨우 다 치고 났을 땐 다들 녹초가 돼서 쓰러지듯 잠이 들었다. 분명 잠들기 전에 아라와 남자애들 사이에 커다란 베개로 담을 쌓아 두었는데, 깨어나 보니 모두 무너져 있었다. 가장 먼저 잠에서 깬 아라는 베개들을 뭉개고 대자로 뻗어 잠든 현성이를 보고는 속으로 킥킥댔다.

꼭 소풍이라도 온 것만 같았다. 그저 가볍게 여기저기 쏘다니면 되리란 생각도 들었다. 하지만 그때 문득 출발하기 전 통제실에서 봤던 남자의 얼굴이 떠올랐다. 자신을 보던 그 눈빛. 아무리 생각해도 범상치가 않았다. 게다가 이런 일까지 겪고 보니 더욱 그랬다. 만약 함정에 빠진 거라면 가능성은 오직 하나였다. 아버지가 관련되어 있다는 것. 최근 진행 중인 재판이 국제 마약 밀매 조직을 상대로 한 거라 꽤나 험한 일들이 많다고 아버지의 비서가 귀띔을 해 주던 것이 떠올랐다. 그런 밀매 조직은 상상을 초월할 만큼 여러 곳에 힘을 미치고 있고, 당연히 이런 함정을 만드는 것쯤은 식은 죽 먹기리라. 하지만 자신을 이런 곳에 좌초시킨다고 해서 그게 협박거리가 될 리 없었다. 도리어 아버지라면 쾌재를 부르겠지. 그리고 그걸 가디언고까지 매수할 만큼 힘이 있는 조직이 못 알아냈을 리가 없겠다 싶었다.

'쓸데없는 생각이지. 교장 선생님 말대로 이건 마더콤의 오류야, 오류. 물론 마더콤이 오류를 일으킨다는 건 금시초문이지만. 만약 그렇다면 이건 최초의 오류겠군.'

이런저런 생각에 잠겨 있느라 아라는 문을 열고 제리가 들어선 것도 몰랐다. 모기장이 갑자기 들리며 제리의 얼굴이 코앞에 쓱 떠올랐다. 흠칫 놀란 아라가 뒤로 물러서자 제리는 머리를 마구 비벼 대며 소리쳤다.

"자, 자. 다들 일어나라고. 이젠 내가 잘 차례야!"

밤새 어딜 갔다 왔는지 제리의 옷은 이슬에 젖어 있었다. 그제야 눈을 뜬 남자애들은 요란스레 하품을 하며 일어나 앉았다. 그 사이로 제리가 몸을 날리며 길게 누웠다. 눈 아래가 까맣게 타 들어간 얼굴로 제리는 중얼댔다.

"메리 사진은 저기 책상 위에 있어. 다들 나가서 찾으라고. 메리 걸음으론 이 달동네 어딘가에 있으니까 말이야. 만약 잡아먹혔다면, 약통이라도 찾아오라고."

졸리는지 점점 목소리가 줄어들더니 제리는 코를 골며 잠에 빠져들었다. 아라는 잡아먹혔을 수도 있다는 말에 그게 무슨 말이냐고 캐묻고 싶었지만, 차마 제리를 깨울 수는 없었다. 아라는 살짝 한숨을 내쉬며 모기장 바깥으로 나가 제리가 알려준 책상으로 다가갔다.

시대에 맞게 움직이지도 않고 밋밋해 보이는 1차원 사진이었다. 아라는 그걸 집어 들고 까만 줄무늬로 염색한 메리의 머리털이 꽤나 요란스럽다 싶어 킥킥 웃었다. 그러고 있는 아라 옆으로 현성이가 눈을 비비며 다가와 앉았다. 웅얼웅얼 아직 잠이 덜 깼는지 멍한 얼굴로 사진 옆에 놓여 있던 가방을 집어 들었다.

"사진은 여기 있어."

제리를 깨울까 봐 잔뜩 낮춘 목소리로 아라가 말했다.

"배고파."

현성이가 대답했다. 아라가 어이없다는 얼굴로 바라보자 현성이는 가방 안에 든 것을 책상 위에 쏟아 부으며 말을 이었다.

"이 시대에는 아직 돈이란 게 있어야 뭐든 살 수 있다고."

"고작 30년 차이밖에 안 나는데 아직도 돈을 쓴단 말이야?"

놀란 얼굴로 아라가 묻자, 현성이는 고개를 끄덕이고는 실망한 얼굴로 고개를 갸웃거렸다.

"이게 다 뭐야. 웬 주사패치?"

"뭔데 그래?"

가람이가 궁금한 듯 둘 사이로 끼어들며 물었다. 그러더니 이내 현성이 손에 들린 주사패치를 받아 들며 황당해했다.

"진짜 주사패치네. 그것도 우리 시대 거고. 이 많은 걸 다 뭐 하려고 일일이 들고 다니는 거지? 언뜻 보기에도 수백 장이구면."

"그러게. 어차피 타임 홀을 통과하면서 바이러스는 다 소멸되는데."

현성이가 말했다. 아라는 그런 걸 배운 적이 있었나 떠올려 봤지만 처음 듣는 소리였다. 현성이가 아는데 자신이 모른다는 게 약이 올라 아라는 그걸 어디서 읽었느냐고 물어보려고 했다. 하지만 아라의 말을 가로막으며 온주가 끼어들었다.

"이건 정보 필름이네."

그러면서 집어 든 것은 손바닥 안에 모두 들어갈 만큼 작은 플라스틱 필름이었다. 그걸 들고 부드럽게 어루만지자 빛을 내며 3차원 입체 사진이 떠올랐다.

한 소년의 상반신 사진이었다. 학교에서 얻은 건지 교복을 입고 어색하게 웃고 있는 것이 무척 귀여워 아라는 저도 모르게 "우와." 하고 작은 탄성을 내질렀다. 온주는 손가락으로 사진을 클릭하며 되감기를 했다. 그러자 또 다른 소년의 상반신 사진이 떠올랐다. 온주는 호기심이 가득한 얼굴로 아래에 적힌 정보를 읽더니 재빠르게 그 전 사진으로, 다시 그 전 사진으로 되감기를 했다.

함께 보던 아라는 이내 10세부터 15세 아이들에 대한 정보가 담겨 있다는 걸 알았다. 아이들의 나이와 사는 곳, 다니는 학교와 연락처가 상세히 기재되어 있고, 맨 아래에는 처방했는지의 여부를 묻는 칸이 달려 있었다. 온주가 손가락으로 그 리스트를 끌어올리자 처방을 받은 아이와 처방을 받지 못한 아이가 표시되어 나열되어 있었다.

"이것 때문에 제리가 밤을 새고 돌아다니는 걸까?"

의아한 얼굴로 가람이가 중얼거렸다. 현성이는 볼을 긁적이더니 말했다.

"엄청 위험한 짓 아냐? 미래의 약을 과거의 아이들에게 처방하다니……."

"그보다 무슨 바이러스가 10세부터 15세 아이들만 걸려?"

아라가 덧붙이듯 물었다. 그 말을 하자마자 가람이도 현성이도 그리고 온주도 무척 놀란 듯 눈을 부릅떴다. 그러고는 서로 눈을 맞추더니 약속이라도 한 것처럼 셋 다 입을 다물었다.

"왜들 그래? 내가 뭐 이상한 말 했어?"

아라가 물었다.

"아냐, 아냐. 남의 가방을 왜들 뒤지고 그래. 돈 찾는다며? 돈이나 찾아서 얼른 나가자. 우리가 할 일은 메리 찾기. 이건 제리의 일. 정 궁금하면 나중에 물어보면 되잖아."

가람이가 말했다. 그제야 얼어붙었던 침묵이 깨졌다. 현성이는 머리를 긁적이며 다소 과장되게 웃었다.

"맞아. 제리가 기분 나빠하겠네. 자. 자. 돈이 어디 있으려나."

대충 세수를 하고 제리의 지갑까지 챙겨서 아라들이 집을 나선 건 오전 8시였다. 여름이라 태양은 뜨겁게 내리쬐고 있었다. 하지만 신선한 햇살을 피부로 받는다고 생각하니 다들 설레는 건 어쩔 수 없었다. 아니나 다를까 집 밖으로 나가자마자 현성이가 윗도리를 벗어던졌다. 만약 지나가던 학생들이 키득대며 보지 않았다면 현성이는 언제까지고 저렇게 걸었을지도 몰랐다. 그래도 시선이 따가운 걸 느꼈던지, 현성이는 툴툴대며 다시 윗도리를 입었다.

"쳇, 한반도 상공에 오존 구멍이 뻥 뚫리리라곤 상상도 못하고 있겠지. 다들?"

"조용히 말해. 폭풍이라도 불러오고 싶은 거야?"

아라가 말했다.

"누가 내 말을 믿겠냐? 원자폭탄을 개발할 때도 미래에서 경고 쪽지를 보냈다지만 믿지 않은 사람이 대다수였다잖아."

현성이가 대답했다. 아라는 어깨를 으쓱대곤 말했다.

"가급적 불확정 요소는 줄이는 게 낫잖아."

얼마쯤 걸어가자 상가가 즐비한 커다란 사거리가 나왔다. 어디부터 탐색을 시작해야 하나 고민하며 걷던 아라는 발걸음을 딱 멈췄다. 교복을 전문으로 파는 작은 가게 앞이었다. 사람처럼 보이는 인형들이 다양한 교복들을 입고 폼 나게 서 있었다. 그런데 그 중 하나가 눈에 들어왔다. 어제 진서가 입고 있던 바로 그 교복이었다. 아래에 걸린 명패에는 '성남전문고등학교 교복'이라고 적혀 있었다. 아라는 교복을 꼼꼼히 들여다보며 살짝 한숨을 내쉬었다. 어제와는 달리 초라해 보이기만 했다. 하지만 진서에게는 마치 맞춤옷이라고 해도 믿을 것처럼 잘 어울렸다. 고동빛이 도는 재킷도, 그리고 짙은 나무 둥치 빛깔의 바지도. 거기다가 세로로 줄무늬가 들어간 넥타이까지 모두 진서를 위한 것만 같았다. 옷걸이가 번듯하면 평범한 옷도 빛나 보인다더니 그 말이 사실인 것 같았다. 게다가 자신을 향한 것은 아니었지만 그 미소가 다시 한 번 보고 싶어졌다. 그러다가 시선을 옮긴 아라는 여자 교복을 보고 눈을 반짝였다.

"뭐 해?"

현성이가 다가와 물었다.

"응, 저 여자 교복. 혹시 우리 엄마도 같은 학교를 다녔던 게 아닐까 하고 생각해 봤어. 불가능한 이야기는 아니잖아."

"삼류 드라마군. 너희 엄마를 사이에 두고 겁나게 잘생긴 남자랑 겁나게 능력 좋은 남자가 싸웠는데, 능력 좋은 남자가 이겼다? 왠지 너희 엄마하고는 안 어울려. 너희 엄마 굉장히 똑 부러지는 성격이잖아."

"어휴, 하여간에 맞장구 좀 쳐주면 안 되니? 여자 마음을 몰라도 너무 모른다니까."

볼멘 얼굴로 투덜대던 아라 뒤로 삐걱 문이 열렸다. 교복을 사러 온 듯 보이는 한 남자애와 아버지로 보이는 남자가 막 가게에서 나섰다. 아라는 반사적으로 뒤돌아섰다. 순간 남자애와 눈이 마주쳤다. 아라는 저도 모르게 "아!" 하고 탄성을 질렀다. 우연이라기에는 무척 우스웠다. 그 남자애는 분명 아침에 제리의 정보 필름에 손을 댄 순간 떠올랐던 그 소년이었다. 교복을 입고 어색하게 웃고 있는 모습이 너무나 귀여웠던 그 소년이 실물로 눈앞에 있으니 놀라지 않을 수가 없었다. 탄성을 내뱉고 아라는 아차 싶어 흠칫 한 발자국 뒤로 물러섰다. 그러다가 온주에게 부딪쳤다.

그 짧은 순간 온주는 아라가 놀란 이유를 알아차리고는 보호하려는 듯 앞을 막아섰다. 소년은 의아한 얼굴이었지만, 아버지가 손을 잡아끄는 통에 아라로부터 시선을 거둬 걸음을 옮겼다.

아라는 멀뚱히 서서 두 사람이 차에 올라타는 것을 봤다. 차는 출발했고, 그제야 마법이라도 풀린 것처럼 아라는 몸을 움직였다.

"우와, 깜짝 놀랐어."

"신기한 일이네."

온주도 눈썹을 찡그리며 중얼거렸다.

"그 애 맞지? 아까 봤을 때도 귀엽다고 생각했는데 실물이 더 귀엽네."

가람이가 아라의 팔짱을 끼며 신 난 듯 외쳤다.

"자, 자. 쓸데없는 관심은 그만! 어디 가서 아침이라도 먹자. 나 엄청 배고프거든."

현성이가 손뼉을 치며 외쳤다. 하지만 그 순간 저만치 떨어진 사거리에서 굉장히 큰 소리가 들려왔다. 소리의 정체는 산더미 같은 쓰레기봉투였다. 달동네가 있는 언덕 위에서 굴러 내려온 걸 보니 차가 꼭대기에서 전복된 모양이었다. 산더미 같은 쓰레기봉투는 터지면서 고약한 냄새를 퍼트렸고, 급기야 사거리를 달리던 차들이 서로 부딪치며 사고가 났다. 지나가던 행인들이 비명을 지르며 도망쳤고, 아라네는 그 모든 광경을 그저 바라볼 뿐이었다.

그때였다. 가장 마지막에 굴러 내려온 쓰레기봉투가 햇살에 강하게 반짝이며 쿵 하고 사거리 한복판에 떨어졌다. 차를 미끄

럼틀 삼아 튀어 오른 쓰레기봉투는 바로 뒤에 서 있던 차 지붕을 그대로 찍어 내렸다.

잠시 뒤, 비틀거리며 내려선 건 소년의 손을 잡아끌던 남자였다. 얼굴부터 어깨까지 피투성이였다. 하지만 그 남자가 다친 것 같진 않았다. 뻐끔거리며 무언가 말을 할 듯 굴던 남자는 비명을 질렀다. 그 선명한 피 색깔에 아라는 두 손을 들어 입을 막았다. 구역질이 올라왔다. 입을 감싸쥐며 온주가 중얼거렸다.

"필연인 건가?"

수많은 차들이 서로 겹쳐지듯 포개져 사람들은 꼼짝없이 그 안에 갇혀 있었다. 그리고 그들 위로 금속 폐기물이 담긴 봉투가 몇 개나 요란한 소리를 내며 떨어져 내렸다. 하지만 정통으로 맞아 지붕까지 우그러진 건 소년이 탄 차뿐이었다. 마치 죽음이 그 소년만 노린 것처럼. 신이 그 소년만 데려가기로 작정이라도 한 것처럼.

잠시 뒤, 현장은 구급차와 경찰차로 북적였다. 웅성거리며 움직이는 사람들은 따가운 햇살 때문인지 꼭 신기루 같았다.

"운이 나빴어."

아라 일행 옆에 서서 텔레비전을 보던 아줌마가 중얼거렸다. 제리의 방에 있는 것보다 10배는 큰 텔레비전이 번화가에 있는 디지털 플라자 1층에 커다랗게 전시되어 있었다. 그 텔레비전 속에서는 바로 코앞에 펼쳐진 광경이 꼭 영화처럼 그려지고 있었다.

아라는 현장을 뒤로하고 텔레비전으로 눈길을 돌렸다. 그토록 시끄러운데도 한기가 느껴졌다. 다들 마찬가지인지 가람이도 팔에 돋은 소름을 양손으로 마구 문질러댔다. 조금 더 기다리자 드디어 아까 앰뷸런스에 실려 간 소년의 사진이 나왔다.

"사망자의 신원이 방금 파악되었습니다. 이름 조민서, 나이 17세. 성남전문고등학교 과학부 1학년. 그 외 부상자 명단이 확보되는 대로 알려드리도록 하겠습니다. 그럼, 다시 현장 연결하겠습니다. 박영식 기자 나오세요."

"두 번째야."

텔레비전에서 눈길을 돌리며 아라가 중얼거렸다. 현성이는 심각한 얼굴로 말했다.

"설마 내가 제리의 가방을 뒤졌다고 이런 일이 벌어진 건 아니겠지?"

온주는 현성이의 어깨를 토닥이며 말했다.

"우연이야. 우연. 앞 뒤 마구 가져다 붙이지 마."

"그래, 맞아. 우연일 거야."

가람이가 맞장구쳤다. 현성이는 "나 저 사람……."이라며 뭔가 더 말하고 싶은 눈치였지만 입을 다물었다. 아라는 정말 우연이었으면 좋겠다는 생각이 들어 그냥 웃고 말았다. 가람이가 와락 두 팔을 벌려 아라와 현성이를 얼싸 안으며 떠밀었다.

"자, 자. 얼른 이곳을 벗어나자. 우린 할 일만 하면 돼. 여긴 과거라고. 그래, 과거라고."

마치 자신을 다독이듯 중얼거리는 가람이의 말은 아라의 귓가를 맴맴 돌다 사라져 갔다.

2060년 11월 12일. **필연의 폭풍**

밤이 새도록 아라네 팀의 기록을 살피느라 김치성 교장의 눈은 벌겠다. 하지만 기술부장은 이런 일이 익숙한지 아무렇지도 않은 얼굴이었다. 도리어 밝아 오는 밖을 보곤 신 난 얼굴로 일어섰다.

"자, 아침 먹어야지요. 아침."

"아, 난 됐네. 속이 안 좋아."

김치성 교장은 손을 내저었다. 그러자 기술부장은 마치 엄마처럼 허리에 손을 얹고는 고개를 힘차게 저어댔다.

"그러면 건강에 아주 나빠요. 아침을 먹어야 머리가 돌아간답니다. 가요. 저희 연구원들 식당은 밥이 아주 잘 나와요."

결국 김치성 교장은 기술부장에게 질질 끌리다시피 해서 식당에 들어섰다. 메뉴는 턱없이 간단한 것들이었다. 된장국에 밥, 미역국에 밥 이런 식이었다. 그걸 읽던 김치성 교장은 요즘 이렇게 간단한 것들을 내놓는 식당도 있나 싶어 어이없어했다. 하지만 된장국을 시키고 돌아서던 김치성 교장의 눈이 동그래졌다. 그도 그럴 것이 주문하면 작은 유리잔에 선택한 음식 맛이 나는 알약을 내주는 타임 가디언 학교와는 달리 주방이 있었기 때문이었다. 게다가 주방 안에 있는 건 사람이었다. 인자해 보이는 아주머니가 직접 아침을 만들어 주는 것이었다.

"거봐요. 내가 기대해도 좋다고 했지요? 음식 맛 알약과 비교도 안 된다고요."

마치 자기가 요리라도 하는 것처럼 으스대며 기술부장이 말했다.

어릴 적에 먹어 보곤 도통 입도 못 대봤던 진짜 된장국은 어딘지 모르게 달콤했다. 몇 번이나 후루룩 입 안에 국을 떠 넣으며 김치성 교장은 몸이 따뜻해진다고 느꼈다. 기술부장은 부대찌개를 먹으며 연방 히죽댔다. 그렇게 맛있는 아침을 먹은 후 자연스레 기술부장은 커피를, 김치성 교장은 담배를 꺼내 물었다. 물론 비싼 잎담배가 아닌 전자 담배였다.

"교장직을 맡고 계시니 꽤 돈을 버실 텐데?"

기술부장이 물었다. 그러자 김치성 교장은 담배를 들어 보이며 말했다.

"뭐 그것도 좋긴 하지만, 나한테는 이게 더 어울리는 것 같아서 말이지."

"호, 그런 것도 생각하시는구나."

왠지 놀리는 것 같아 김치성 교장은 쓴웃음을 지었다. 커피를 한 모금 살짝 삼키며 기술부장이 말했다.

"그나저나 지극히 평범한 아이들이라 좀 시시한걸요. 난 폭풍의 원인이라기에 굉장한 걸 기대했었는데."

"착한 아이들이란 건가? 맞아. 큰 사고 없이 3년을 보냈으니 그렇게 보일 수도 있지. 하지만 다른 팀에 비해 분위기도 좋고, 아라를 중심으로 다들 놀라울 정도로 일사분란하게 움직이고 있어. 사실 난 네 명 다 상위점수를 받아서 쭉 같은 팀이 되기를 바란다네."

"그런 말이 아니에요. 선생님 눈에야 그렇게 보이겠지만 전 뭐랄까, 그 애들 영상기록을 보면서 이물질이 잔뜩 끼어 있는 기분이 들었답니다. 모두들 아라를 보호하기 위해 혈안이 되어 있는 것 같다고나 할까? 그랬어요."

"뭐, 아라가 다른 팀 내 학생들과 어울리지 못한 건 사실이긴 하지. 하지만 그건 성격 때문이라고 생각하는데."

"성격이라. 글쎄요. 전 말이에요, 아라에게 다른 학생이 접근했을 때 현성이나 온주 그리고 가람이가 끼어드는 걸 영상기록에서 내내 확인했답니다. 뭐랄까? 그건 꼭 자기 영역을 과시하는 수컷 특유의 영역 확인 본능이라고나 할까요. 그런 식으로 남자애들이 끼어들면 여자애들은 친해지기가 힘들지요."

"그 애들을 이상한 취급하는 발언은 삼가 주게. 그 애들은 착한 애들이야. 교장으로서 그리고 그 애들의 책임 교사로서 반드시 구해 낼 거요."

굳은 얼굴로 김치성 교장이 말했다. 기술부장은 졌다는 얼굴로 다 마신 종이컵을 와그작 구겼다. 그 순간 연구실 쪽에서 사이렌이 울리기 시작했다. 동시에 다급한 목소리가 흘러나왔다.

"기술부장님은 즉시 중앙 통제실로 와 주십시오. 다시 말씀드립니다. 기술부장님은 즉시 중앙 통제실로 와 주십시오. 코드 808 발생. 코드 808 발생."

요란한 경고음과 함께 마더콤이 중앙 모니터 가득 '에러'라는 글자를 뿜어대고 있었다. 단숨에 뛰어들어선 기술부장이 헉헉 숨을 몰아쉬며 모니터를 노려봤다. 뒤따라 들어온 김치성 교장은 머리가 멍해질 정도로 커다란 경고음에 귀를 틀어막았다. 마더콤과 직접 연결되는 메인부스 앞에 서 있던 연구원이 긴장된 목소리로 소리쳤다.

"2030년 6월 25일, 시공간좌표 연쇄 분리 반응이 잡혔습니다. 아, 필연의 폭풍이 시작됩니다."

에러란 글자가 사라지자마자 각종 정보들이 화면 가득 나타났다. 신문, 과학저널잡지에 발표된 논문, 인터넷 화면 등등 수억 개가 동시에 떠올랐다. 제각각 다른 정보 같지만 일치하는 단어가 하나 있었다. '다국적 종묘, 종자기업 샤인스타사.'

보고 있던 모두가 비명조차 지르지 못하고 얼어붙은 채 화면을 지켜봤다. 검색을 담당한 연구원만이 가라앉은 목소리로 카운트다운을 세기 시작했다.

"샤인스타사가 사라지고 있습니다. 10, 9, 8, 7, 6, 5, 4, 3, 2, 1, 0. 소멸 완료됩니다."

삐- 소리가 나며 중앙 모니터가 칠흑 같은 어둠을 내뿜었다. 모두들 공포에 질린 얼굴로 화면을 바라보고 있었다. 지금 이 순간 전 세계는 '샤인스타사'라는 이름을 잊어 허둥대기 시작할 것이다. 기묘한 체험을 넘어서는 집단 망각증세는 그동안 가디언사의 연구 논문에서나 있었던 단어였지 현실로 나타난 적은 단 한 번도 없었다. 그때를 대비해 통제실만은 이런 시간 왜곡 현상과 무관하도록 설계되어 마더콤의 보호를 받고 있었다. 하지만 그렇다 알 뿐이었지 그 뒤를 생각한 연구원은 아무도 없었다. 김치성 교장도 기술부장도 등에 흘러내리는 식은땀에 한기를 느꼈다.

"조민서가 샤인스타란 이름을 지었던 건가?"

김치성 교장이 나지막한 목소리로 읊조렸다. 싸늘한 정적이 통제실을 맴돌았다.

"이제 어떻게 되는 거지?"

마른침을 삼키며 김치성 교장이 물었다.

그러자 대답이라도 하듯 마더콤과 연결된 컴퓨터들이 일제히 빛을 내뿜기 시작했다. 연구원들은 허둥지둥 자신들이 맡은 구역을 점검하며 외쳐 댔다.

"신의주시에 위치한 블루스타사가 운영 중이던 스테이션 증발. 가동 중이던 지구–달 고속선이 붕괴되어 승객 100명 전원이 사망했다고 합니다. 한반도 연합정부에서 면담을 요청하고 있습니다."

"현재 블루스타사 자회사들의 주식이 폭락하고 있습니다. 이 일로 러시아와 미국 타임 가디언사에서 면담을 요구하고 있습니다."

"블루스타의 일부 특허권을 놓고 특허청에서 면담 요청 중입니다."

"블루스타사 공판 때문에 베를린 국제 재판소에서 면담을 원하고 있습니다."

"샤인스타가 블루스타로 이름만 바뀐 건가? 하지만 구멍이 났군. 구멍이 아주 크게 났어. 뭔가가 빠진 채 시간이 재구성됐군."

줄지어 터져 나오는 속보에 기술부장이 어안이 벙벙한 표정으로 중얼거렸다. 그때였다. 다급한 목소리들을 누르며 이내 한 연구원이 외쳤다.

"원인 확인됐습니다. 중앙 모니터로 전송합니다."

관록 있어 보이는 한 남자의 얼굴이 떠올랐다. 모니터를 보던 김치성 교장의 낯빛이 하얗게 질려 갔다. 다름 아닌 그 사람은 다양한 슈퍼종자 개발로 샤인스타라는 거대 기업을 일구는 데 한몫한 조민서 사장이었다. 세간에 크게 알려진 인물은 아니었지만 조민서는 현재 한반도 연합정부의 농림수산부 차관으로 관련업계 사람들에게 꽤 좋은 평가를 받고 있었다. 그런 그가 30년이나 먼저 죽어 버린 것이다. 모니터를 보던 연구원들이 신음소리를 흘렸다.

기술부장만이 재미있다는 얼굴로 쓰고 있던 보안경을 벗었다. 눈을 끔뻑이며 기술부장이 말했다.

"이거 숨 쉴 틈을 주지 않는군요. 게다가 죽은 곳이 성남이라? 지금 아라네가 있는 곳이 거기지요?"

김치성 교장은 황급히 주머니에서 아라네가 있는 위치가 기록된 지도를 꺼내들었다. 아니길 바라며 화면을 터치해 지도를 불러낸 김 교장은 마른침을 삼켰다. 두 개의 시공간좌표는 분명 일치하고 있었다. 이마에 배어 나오는 식은땀을 닦아 내며 김 교장이 물었다.

"혹시 11조가 지금 이 폭풍을 부른 거라 보시는가? 단순히 그곳에 좌초된 것만으로 말일세."

"그럼요. 그것도 아주 깊숙이 말이지요. 냄새가 나요. 냄새가. 어쩐지 이 사건은 최명호 검사와 관련이 없을 수도 있겠다는 예감이 들거든요. 어쨌거나 이젠 더 놀 시간도 없겠군요. 윗사람들이 저희를 없애 버리려고 하기 전에. 그리고 아이들까지 말이지요. 쉽고 빠르고 편한 길로 사정없이 가 줘야겠어요."

"그게 어떤 길이지?"

"시간의 흔적으로 곧장 뛰어드는 거지요."

기술부장이 마치 아이처럼 순진무구하게 웃으며 대답했다.

2030년 6월 25일. 메리를 찾아서 2

몇 시간째 동네를 뒤지고 다녔다. 중간에 잠깐 편의점에 들러 쉬기도 했지만 더위는 쉽사리 가시지 않았다. 온몸이 피곤을 호소하며 삐거덕댔다. 가디언 교과목에 체육 관련 수업이 많은 이유를 이제야 알 것 같았다. 기초 체력 없이는 상상도 못할 정도의 더위였다. 새삼 학교에서 배운 것이 쓸모가 있다는 생각이 들어 아라는 허탈하게 웃었다.

언덕배기에 서 있는 집들을 지나고 나니 어느 틈에 쭉쭉 뻗은 도로가 눈에 들어왔다. 걸어가기에는 너무 더웠기 때문에 아라 일행은 버스에 올라탔다. 그 도로만 벗어나 보자란 생각이었지만 지쳤기 때문이었는지 모두들 깜빡 졸고 말았다.

버스 기사 아저씨의 목소리에 눈을 뜬 건 한참 뒤였다. 제리네 동네와는 비교도 안 될 정도로 화려한 상가들이 들어선 거리였다. 반짝반짝 빛나는 유리창 너머로 고급스러운 옷들이 즐비했다. 하교시간인지 거리는 온통 학생들의 무리로 가득 차 있었다. 초록색, 고동색, 자주색 등 각양각색의 교복을 입은 아이들이 거리를 메우고 있었다. 바로 그 거리에 있는 버스 정류장에 와서야 버스기사 아저씨가 아라네를 깨웠다. 이곳이 종점이라면서.

"어라? 어떡해. 여기가 도대체 어디야?"

버스에서 뛰어내리며 아라가 외쳤다. 잠이 덜 깬 현성이는 눈을 비비며 주변을 두리번댔다. 가람이는 몸이 늘어지는지 내리자마자 다시 주저앉았다. 온주는 버스 정류장 알림판으로 걸어가 꼼꼼히 살피더니 한숨을 내쉬었다.

"여기도 성남은 성남이야. 어제 우리가 빠져나온 곳 근처네."

"서현역 말이야?"

아라가 눈을 반짝이며 외쳤다. 그제야 잠이 깼는지 현성이가 눈을 부라렸다.

"너 또, 또. 아직도 미련을 못 버린 거야?"

"아니, 그게 아니고."

그렇게 왈가왈부하고 있는데, 뒤에서 별안간 킥 하는 웃음소리가 들려왔다. 싸우다 말고 옆을 본 아라와 현성이는 그 자리에서 펄쩍 뛰어오를 만큼 놀랐다. 진서였다. 어제와 다름없이 단정하게 갖춰 입은 교복에 두꺼운 안경을 쓰고 있었다.

"안녕?"

진서가 볼을 동그랗게 부풀린 채 입을 떼지 않고 마치 복화술사처럼 말했다. 그러면서 동시에 손을 동그랗게 말아쥐고는 입을 꾹 누르는 것도 잊지 않았다. 순간 아라와 현성이는 하마터면 그대로 따라할 뻔했다. 진서가 방금 보여 준 동작은 올 한 해, 그러니까 2060년에 대유행을 하고 있는 인사법이었다. 한 코미디 프로그램에서 시작된 건데, 지금은 어린애고 어른이고 할 것 없이 모두들 그렇게 인사하며 웃어 대기 바빴다. 그러니까 진서의 동작에 저도 모르게 반사적으로 손이 움직인 게 당연했다. 가까스로 멈춘 건 온주가 튕긴 손가락 때문이었다. 화들짝 놀라 움직이던 손을 다시 내렸다. 눈앞의 진서야 무심코 한 장난일 텐데, 그걸 너무나도 당연하단 듯이 대꾸하면 우습기도 하지만 2060년에서 왔다는 걸 알리는 신호가 될 수도 있었다. 아라는 들어올리다 만 팔을 뻣뻣하게 굳히며 어색하게 웃었다.

"성남 가는 버스를, 그러니까 여기와는 달리 온통 산에 집들이 줄줄 세워진 동네로 가는 버스를 타고 싶은데. 몇 번인지 알아?"

지극히 평범한 질문이었건만 진서는 기이할 정도로 활짝 웃고는 고개를 갸웃거렸다.

"어젠 어딜 가려고 그랬던 걸까나? 옷차림이 굉장했는데 말이지."

"아니, 그게 저……."

아라가 당황해하며 현성이를 바라봤다. 현성이는 머리를 긁적거리며 크게 웃었다.

"우와, 어떻게 우릴 알아봤어? 꽤 잘한 분장이었는데. 굉장한걸."

"야, 우리 어디 가서 좀 쉬자. 나 너무 졸려."

가람이가 그제야 눈을 비비며 자리에서 일어나 다가왔다. 그러자 진서는 다시금 킥 웃더니 손짓을 했다.

"너희 우리 집에 갈래? 나 혼자 사니까 쉬게 해 줄게."

망설였지만, 가람이가 먼저 따라나서는 통에 모두들 줄줄이 뒤를 따랐다. 진서네 집은 그곳에서 멀지 않은 곳에 있는 아파트였다. 넓은 집 안에는 가구도 살림도 얼마 없어 썰렁했다. 거실에는 텔레비전이 바닥에 아무렇게나 놓여 있었고, 그 앞에는 3D 플레이스테이션이 던져져 있었다. 그것을 보자마자 현성이는 태곳적 게임 기구라며 흥분하며 달려들었다. 진서는 이런 모습이 익숙한 듯 현성이에게 자상하게 게임하는 법을 가르쳐 주었다. 그 사이 주방으로 간 아라는 그곳 또한 큰 물건이라곤 냉장고가 다인지라 좀 놀랐다. 그릇은 두 개씩밖에 없었는데, 컵들은 잔뜩 있었다.

"친구들이 떼거리로 와도 컵이랑 포크 말고는 쓸 게 없더라고."

어느 틈에 따라 들어온 진서가 말했다. 진서는 냉장고 문을 열고는 컵에 주스를 따랐다. 아라는 주스 대신 물을 따라 들고는 진서 뒤를 쫓았다. 가람이는 벽에 기대 다시 잠이 들었고, 온주가 옷을 벗어 덮어 주고 있었다.

진서와 아라 그리고 온주는 열광하며 게임을 하는 현성이 뒤에 나란히 앉아 있었다. 텔레비전에서 뿜어져 나오는 화면은 여러 가지 색깔이 겹쳐져 있어서 눈이 다 아플 정도였다. 입체 안경을 끼면 좀 나았겠지만, 고작 두 개밖에 없었다. 주스를 다마신 진서가 입맛을 다시더니 물었다.

"너희 아침도 제대로 안 챙겨 먹었지? 그러면 체력이 더 떨어지니까 신경 써서 챙겨 먹어야 해. 어디 보자. 혹시 자장면이나 짬뽕 먹어 본 적 있니? 아, 치킨도 좋은데. 하긴 너희가 먹기에는 너무 고지방이라고 할지도…….."

그 말을 듣고 있던 온주가 아라를 바라봤다. 뭔가 이상하단 눈치였다. 아라는 침을 꿀꺽 삼키고는 아무렇지도 않은 듯 물었다.

"자장면이니 짬뽕이니 그거 다 떡볶이랑 비슷한 거야?"

"많이 틀리지. 그러니까 뭐냐, 맞다. 국수랑 비슷해. 하지만 면과 소스가 달라. 아주 많이. 사실 그것에 따라 이름을 나누는 거야."

"뭐가 다른데?"

"그러니까 말이지. 아, 여기 어딘가에 중국집에서 나눠 준 차림표가 있을 텐데."

진서는 자리에서 일어서며 방구석에 쌓여 있는 종이더미로 다가갔다. 먼지를 풀풀 날리며 그것들을 이리저리 던지더니 이윽고 네모난 종이책을 찾아냈다. 책에는 칼라로 찍힌 각종 먹을거리들 사진이 가득 있었다.

결국 현성이의 의견에 따라 자장면 대신 피자를 시켰다. 진서가 건네는 돈을 보고 아라는 뜨끔했다. 결코 적은 돈이 아니었다. 그래서 모두들 열심히 먹었다. 배가 빵빵해질 정도로 먹고 나니 아라는 졸음이 쏟아졌다. 현성이와 온주는 게임을 하기 시작했다. 아라는 다시금 졸기 시작한 가람이 곁에 가서 앉았다. 벽에 등을 기대고 눈을 끔뻑대며 게임 화면을 들여다봤다. 먹고 남은 것들을 다 치우고 난 진서가 아라 옆에 기대앉았다. 아라는 진서의 어깨에 머리를 기댔다. 포근한 그 느낌에 절로 눈이 감겼다. 그러자 진서는 미소를 지었다.

"3일이면 기후에 적응될 거야. 나도 처음에는 힘들었거든. 그런데 딱 3일 지나니까 숨 쉴 만하더라."

"3일."

그렇게 중얼거리며 잠으로 빠져들던 아라는 화들짝 놀라 고개를 들었다. 그러고는 너무 놀라서 눈만 동그래진 얼굴로 진서를 바라봤다. 진서는 멀뚱멀뚱 보더니 이내 크게 웃음을 터트렸다.

"뭐야, 어제 그렇게 큰 소리로 필연이니 우연이니 떠들어 대 놓고는. 어찌나 또렷하던지 듣자마자 바로 알겠더라. 아, 미래 에서 왔구나 하고."

"설마, 설마."

"그 설마가 맞을걸."

"말도 안 돼. 당신이 지금 나랑 같은 시대에서 왔다는 거야?"

아라가 소리를 질렀다. 그 바람에 졸고 있던 가람이도 게임 에 빠져 있던 현성이와 온주도 모두 진서를 바라봤다. 진서는 볼을 부풀리고는 입을 꾹 다문 채 복화술로 말했다.

"내가 괜히 이런 우스꽝스러운 흉내를 낸 줄 알아?"

"생각지도 못했어."

아라가 허탈하게 웃으며 중얼거렸다. 진서는 어린아이처럼 "뿌!" 하고 소리 내어 바람을 내뱉더니 활기차게 물었다.

"너희 어젠 왜 그런 거야? 옷차림이 범상치가 않은 게 영 이 상했어. 딴 곳에 파견되어야 하는 가디언들이 잘못 불시착을 했 구나 싶던데. 맞지?"

"그러는 당신은 뭐지? 이렇게 집까지 가지고 있는 걸 보면 가디언인 건가?"

온주가 물었다. 진서는 낄낄거리며 손을 저었다.

"내 머리로 1,000대 1의 경쟁을 어떻게 뚫겠어? 우리 아버지가 돈이 좀 많거든. 말하자면 부잣집 막내아들로 이 세계에 놀고먹으려고 왔다 이거지."

"몇 년도에서?"

떨리는 목소리로 아라가 물었다.

"2060년에서 왔어. 2060년에 열여덟 살이 되었고, '드디어 자유다!'를 외치며 이곳에 왔지. 시간여행 가능 나이가 열여덟 살 아래였다면 더 일찍 왔을 텐데, 가디언사가 어찌나 그런 규정에 목숨을 거는지. 뭐, 어쨌든 그러저러해서 이곳에 머문 지가 벌써 1년이 다 되어 가는군. 자, 내 출발지를 밝혔으니 이제 너희 차례야."

"2060년. 우리도 모두 열여덟 살이야. 타임 가디언고 3학년생들이고, 이곳에는 그러니까 졸업시험을 치르러 왔어."

아라가 얼떨떨한 표정으로 주저리주저리 말했다.

"아, 정말? 2065년쯤에서 왔으면 좋았을걸. 나 그 코미디언 팬이거든. 인기가 언제까지 계속될까 궁금하던 참인데."

진서는 아쉬운 듯 김빠진 웃음소리를 냈다. 그러자 게임을 하다 말고 온주가 고개 돌려 문득 생각났다는 얼굴로 물었다.

"평범한 시간여행자라면 3개월이 한도 아닌가? 과거에 머물 수 있는 기간 말이야. 그 이상 있으면 시간 왜곡현상이 일어나기 시작한다고 배웠는데."

"하여간에 가디언들은 다 똑같다니까."

"무슨 소리야?"

현성이가 어이없다는 듯 물었다. 진서는 어깨를 으쓱거리고는 말을 이었다.

"어차피 시간여행 자체가 물리적으로 불가능하다고 보던 일이 이뤄진 거잖아. 100퍼센트 확신할 수 있는 사실은 없다 이거지. 내 경우가 그래. 다들 그렇게 말했지만, 난 아니더라고. 떠날 때 3개월 이상 머물면 시공간이 뒤틀려 몸이 분해된다는 둥 무시무시한 소리를 잔뜩 들었는데, 괜찮더라니까. 왜? 신기해?"

눈을 동그랗게 뜨고 바라보는 아라를 보고는 진서가 놀리듯이 물었다. 아라는 머뭇거리다가 이내 결심한 듯 굳은 얼굴로 입을 열었다.

"저기 있잖아. 홍나영이란 이름 들어 봤어?"

"홍나영? 혹시 홍나영 박사님 말하는 거야?"

"에! 아는 거야?"

"물론이지! 홈스쿨링 할 때 내 전담 가정교사였는걸. 오기 직전까지 날 봐 주고 있었어."

"널 봐 줬다고? 하지만 엄만 지금 달 기지에 가 계신데? 5년 계약으로 달에서 일한다고 했단 말이야."

"어라? 아닌데. 우리 집은 런던에 있어. 게다가 우리 부모님이 심하게 바쁘셔서 거의 둘이 있을 때가 많았어. 5년 계약 전담교사였지. 그러니 달 기지는 아니야. 절대."

넉살 좋게 웃으며 진서가 대답했다. 순간 아라는 목구멍에서 불길이 치솟는 느낌이 들었다. 하마터면 '거짓말!' 하고 소리를 지를 뻔했다. 그런 아라의 표정에 진서는 볼을 긁적이더니 이렇게 덧붙였다.

"돈 때문일 거야. 아마. 가정교사비치고는 꽤 높은 수준이었거든. 그런 돈을 한 푼도 빼놓지 않고 차곡차곡 모으기에 좀 궁금해 물었지. 그랬더니 세계를 구하기 위해서 모은다나 뭐 그런 시답잖은 대답을 하시더만. 하지만 돈이 필요한 건 사실인 것 같았어."

아라는 마지못해 고개를 끄덕였다. 하지만 개운치 않은 기분에 자꾸 눈살이 찌푸려졌다. 짜증난 얼굴로 뭔가 더 물어야 하나 망설이던 아라는 갑자기 떠오른 생각에 숨을 삼켰다.

'만약, 만약이지만. 그러니까 진서는 기억조차 못하지만, 10대의 엄마가 진서를 좋아했다면? 그런데 그 진서가 사고를 당해 식물인간이 되어 버렸다면? 그렇다면 엄마는 너무 슬퍼서 어떻게든 진서를 살리려고 할 거야. 게다가 그 진서가 2060년에서 온 시간여행자라면 더더욱 미쳐 버릴 거야. 손꼽아 시간여행이 가능한 때만 기다리겠지. 아니, 아예 진서가 시간여행을 떠나지 못하도록 막으려고 했겠지. 그래, 맞아. 그랬을 거야. 그러니 나까지 속이면서 진서의 전담 가정교사로 들어간 거겠지. 하지만 막지 못한 거야. 진서는 시간여행을 떠났고 그리고 엄마는⋯⋯.'

"좌절했겠군."

신음소리와 함께 아라가 중얼거렸다. 그러자 온주와 현성이가 서로 눈짓을 하더니 슬그머니 일어섰다. 그러고는 주방으로

84

사라졌다. 아라는 왜 저러나 싶어 따라 일어섰다. 하지만 주방에 막 들어서려다가 멈춰 서고 말았다. 안에서는 현성이가 낮지만 격한 어조로 이렇게 말하고 있었다.

"극도로 위험한 상태라고. 이게 필연이었다면 이 좌초는 예정되어 있었다는 거야. 그건, 그건……."

"쉿."

온주가 손가락을 입에 대고 말을 막더니, 고개를 돌려 아라를 바라봤다. 아라는 이 상황이 모두 자신 때문이라면 현성이나 다른 친구들 볼 낯이 없다 싶어 입술을 깨물었다. 뭔가 말을 하려 했지만, 할 말을 찾지 못해 잠시 허둥댔다. 그러자 진서가 유쾌하게 웃더니 외쳤다.

"너흰 뭐가 그렇게 진지해? 가디언고 애들이 머리가 좋은 건 알지만, 그렇다고 웃을 줄도 모르는 거야?"

"아니야. 진지한 게 아니라 상황 판단이 좀 안 돼서 그러는 거야."

어느 틈에 깼는지 가람이 눈을 비비고 일어나 앉으며 말했다.

"상황 판단할 게 뭐 있어? 세상은 좁다니까. 모든 게 다 인연의 끈으로 이어져 만나고 헤어지는 것이 신의 뜻이라 하더니, 그 말이 딱 맞네. 그러니 이 넓디넓은 시공간에서 딱 마주치지. 내 가정교사의 딸이랑. 정말 신은 있나 봐."

아라의 속내를 전혀 눈치 채지 못한 건지 진서는 그렇게 말하고는 배시시 웃었다. 아라는 마지못해 미소를 지어 보였다. 그 사이 온주와 현성이가 주방에서 나왔다. 그러고는 다시 입체 안경을 썼다. 화려한 화면이 다시금 모니터에서 번쩍거리며 튀어나왔다. 가람이는 다시 눈을 감고 잠을 청했다. 반면에 아라는 두 눈을 질끈 감고 관자놀이를 문질러댔다.

'아니, 애초에 진서가 이 시대에 사고를 당하는 게 과연 필연일까? 타임 홀 자체가 시공간좌표 이상 현상이라고 배우긴 했지만, 이건 뭔가 말이 안 되는데. 현성이랑 온주도 이것 때문에 자리를 피해 말을 나눈 거겠지. 복잡해. 너무 복잡해.'

생각에 잠긴 아라를 보던 진서는 일어나 방으로 들어가더니 이내 나무로 만든 참빗을 들고 나왔다. 그러더니 다짜고짜 아라의 머리를 빗어 주기 시작했다.

"귀찮아."

아라가 도리질하며 뿌리쳤다.

"머리 아플 땐 이렇게 빗으면 좋아. 그리고 여자애가 머리 꼴이 이게 뭐니. 빗긴 한 거야?"

진서는 아라를 흘겨보며 기어코 아라의 머리를 빗어 주기 시작했다. 그런데 그 손놀림이 어찌나 부드러운지 아라는 저도 모르게 가만히 앉아 있었다. 헤어 전용 로봇이 빗어 주던 것과는 차원이 달랐다. 저절로 기분이 좋아지는 느낌이었다. 진서는 몇 번이나 빗질을 해 머리카락을 풀어 주더니 이번에는 여러 갈래로 나누기 시작했다.

"나 머리 잘 땋아. 예쁘게 땋아 줄 테니까 가만있어."

"설마 장래 꿈이 헤어 디자이너라고 말하려는 건 아니겠지?"

머리를 맡긴 채 아라가 물었다. 진서는 킬킬 웃어 댔다.

"우리 반 여자애들도 다 그 소리 하긴 하더라."

"우리 반? 그러고 보니 너 어제 교복 입고 있었지! 맙소사, 여기서 학교까지 다니는 거야?"

놀라 소리치며 뒤돌아보려던 아라는 머리가 당기는 통에 "아얏!" 하고 얼굴을 찡그렸다. 진서는 "움직이지 마!" 하고 주의를 주더니 부드러운 목소리로 대답했다.

"내 나이에 학교 안 다니고 빈둥거리면 불량이란 딱지를 붙이는 걸 어떡하니? 명호도 노느니 학교 가서 뭐라도 배우는 게 좋겠다 그러고. 그러다 보니 이렇게 됐지. 하지만 꽤 재밌어. 학교란 건. 2060년에서도 가정교사 따윈 두지 말고 학교를 다닐 걸 하고 후회할 정도였다니까."

"그러게. 왜 학교를 안 다닌 거야?"

새초롬한 목소리로 아라가 물었다. 그러면서 속으로는 이렇게 중얼거렸다.

'그랬으면 엄마도 거짓말까지 하면서 네 가정교사로 들어가지도 않았을 텐데.'

하지만 불퉁한 낯빛을 알아차리지 못한 진서는 생각에 잠긴 얼굴로 고개를 갸웃거렸다.

"글쎄, 왜 그랬을까? 뭐, 그때는 세상 모든 것이 진저리가 났으니까. 사람들 틈에 섞여 웃고 떠드는 게 끔찍하기만 했지."

"왜?"

"아이고, 네 질문에 다 답하다가는 날 새겠다. 자, 다 됐어. 짜잔, 어때?"

그러면서 진서는 거울로 아라의 얼굴을 비췄다. 정말 머리가 깔끔하게 땋여 있었다. 그것도 지그재그 서로 얽혀 있어 도대체 어떻게 땋았는지 모를 재미난 모양으로. 아라는 꽤 마음에 들어 저도 모르게 빙그레 웃었다.

"거봐. 마음에 들지? 다음에는 더 예쁘게 땋아 줄게. 요즘 연습하고 있는 게 있거든. 넌 얼굴이 귀여우니까 분명히 잘 어울릴 거야."

진서가 말했다.

"이런 짓 하면 남자답지 못하다고 흉잡히거나 그렇진 않아? 이 시대에는 아직 그런 경계선이 남아 있을 텐데."

아라는 못 말린다는 얼굴로 물었다.

"음, 남아 있는 것 같긴 해."

고개를 갸웃대던 진서가 무언가 떠올랐다는 얼굴로 히죽 웃었다. 거울 속 자신의 얼굴을 들여다보던 아라는 거울을 내리며 진서를 바라봤다. 그러다 웃고 있는 진서 뒤에서 온주가 고개를 살짝 흔드는 것이 보였다. 아라는 나오려던 말을 꿀꺽 삼켰다. 하마터면 '당장 2060년으로 돌아가' 하고 말할 뻔했다. 당황한 아라의 낯빛에 진서가 다시 한 번 고개를 갸웃댔다.

"왜 그래? 마음에 안 드는 거야?"

아라는 고개를 저으며 아니라고 대답하려 했다. 하지만 등 뒤에서 현관문이 요란한 소리를 내며 열렸다가 닫혔다. 들어선 건 아라의 아버지, 명호였다. 진서와 같은 교복 차림이었는데 상당히 건방져 보이는 얼굴은 여전했다. 명호는 성질 사나운 눈으로 신발을 벗고 들어서며 아라 일행을 노려보았다.

"뭐야, 이것들은."

평소라면 그런 말에 발끈했을 아라였지만, 너무 실망한 나머지 대답 대신 고개를 돌렸다. 그러자 아라의 행동이 마음에 안 들었던지 명호의 얼굴이 험악해졌다. 진서는 손을 마구 저으며 말했다.

"명호야, 왜 그래. 얘네는 내 친구들이야. 2060년에서 왔다고."

"또 2060년 타령이냐? 넌 딴 건 안 그러면서 그건 꼭 고집을 피우며 우기더라."

"내가 언제 고집을 피웠다고 그래?"

"봐, 지금도 그러잖아. 정말 날 믿게 하고 싶으면 타임 머신을 보여 달라고. 타임 머신을!"

"타임 머신 같은 건 없다니까! 말했잖아. 타임 홀이란 게 있다고. 그리고 그 홀을 관리하고 있는 건 '타임 가디언'이란 회사란 말이야."

"너 정말 계속 헛소리할래? 일개 회사가 그런 기술을 독점하고 관리한다는 건 그런 고도의 기술이 공익을 위해 쓰이는 게 아니라 돈벌이 수단으로 전락했다는 건데, 그게 말이 되냐고. 아니면 30년 뒤에는 다 바보들만 산다는 거냐?"

"몰라, 몰라. 어쨌든 난 거짓말한 거 없어. 모두 진실만 말했다고!"

명호의 외침에 진서는 입을 삐죽 내밀고는 짜증스레 대답했다. 순간 아라는 너무 황당해 입을 떡 벌렸다. 진서의 어깨 너머로 온주와 현성이가 크게 숨을 들이키는 것이 보였다. 원칙대로라면 자신들이 미래에서 왔다는 말을 해서는 안 되는 거였다. 신분이 밝혀질 경우 사회에 파장이 일 수도 있고, 그로 인해 폭풍을 부를 수도 있었다. 하지만 진서는 아무래도 명호에게 사실 대로 털어놓은 모양이었다. 아라를 비롯해 온주와 현성이가 하얗게 질린 얼굴로 바라보자 명호는 흥미가 식었는지 가방을 털썩 바닥에 내던졌다.

"뭐, 좋아. 나하곤 아무 상관 없으니까. 야! 뭐 해. 나 배고파. 라면 끓여 와."

바닥에 놓인 입체 안경을 집어 들며 명호가 말했다. 진서를 보지도 않고 내뱉은 말이었다. 하지만 진서는 익숙한 얼굴로 "네!" 하고 경례까지 부치더니 부리나케 주방으로 달려갔다.

"아라야, 우리 돌아가자."

온주가 일어서며 말했다. 아라는 그저 말없이 고개를 끄덕이고 일어섰다. 현성이가 주방으로 가며 외쳤다.

"진서야, 우리 그만 갈게."

그러자 앞치마까지 두른 진서가 허둥대며 뛰어나왔다.

"왜 벌써 가게? 더 놀다 가지."

"아냐, 너무 늦었어. 돌아가야 해."

현성이가 대답했다. 아라는 진서에게 손을 살짝 들어보이고는 온주와 먼저 나섰다. 가람이는 명호와 진서에게 허리 굽혀 인사를 하곤 뒤따라 나왔다. 현성이는 진서가 건네주는 휴대전화 번호를 받아 적고서야 집을 나섰다. 라면 끓는다며 뛰어들어가는 진서를 보며 현성이는 현관문을 닫았다. 그때까지도 명호는 게임기 앞에서 요지부동인 채였다.

"둘이 친구인 거겠지?"

아파트를 다 나와서야 아라가 중얼거렸다. 아라는 10대인 아버지와 40대의 아버지의 차이가 너무 커서 충격에 빠져 있었다. 항상 가면을 쓴 것처럼 속내를 드러내 보이지 않는 아버지가 아니었다. 잔뜩 상처를 안고 있는 듯한 눈매며 잘난 체하는 말투가 시종일관 아라의 신경을 콕콕 찔러댔다. 같은 나이의 아버지라면 꽤 친하게 지낼 수도 있겠다 싶어 아라는 왠지 이 상황이 우스워졌다.

하지만 진서는 어째서 아버지 곁에 있는 걸까. 그것도 자신과 같은 시대에서 왔다면서. 갑자기 아라는 머릿속에 뿌옇게 먼지가 이는 것이 느껴졌다. 만약이라는 가정하에 10대의 엄마가 진서를 열렬히 짝사랑했다 해도, 과연 평생을 바칠 각오를 할 수 있을까? 단지 한 때였을 뿐인, 자신을 제대로 기억조차 하지 못하는 소년을 위해 서슴없이 나설 수 있을까? 초조한 얼굴로 땅바닥을 쏘아보던 아라 곁에서 현성이는 기지개를 켜더니 흘끔 뒤를 돌아보며 말했다.

"확실히 친구야. 그것도 아주 친한."

"그러게. 어떻게 저 둘이 친구일까? 성격은 완전히 반대인 것 같은데."

"원래 저런 성격들이 죽이 잘 맞는 법이니까."

가람이의 말에 온주가 대답했다.

"이틀 남았어."

우뚝 멈춰서며 아라가 말했다. 앞서 걷던 세 사람은 거의 동시에 멈춰 서서는 아라를 바라봤다. 아라는 떨리는 목소리로 말을 이었다.

"진서가 사고를 당하는 날까지 이틀 남았다고."

"그렇다 해도 우리가 할 수 있는 건 없어. 아니, 아무것도 해서는 안 돼."

온주가 말했다.

"하지만 고작 이틀이야. 진서는 10대의 엄마를 알지도 못하는데……."

말끝을 흐리며 아라는 입을 다물었다.

"뭐 그리 고민해? 학교 다닌다며. 그곳에서 아는 사이일 수도 있잖아."

가람이가 가벼운 어조로 말했다. 그런 가람이를 가만히 바라보던 아라는 머뭇거리며 현성이에게 물었다.

"이게 필연이라면 우리의 좌초는 예정되어 있었다. 그게 정확히 무슨 뜻이야?"

"그건……."

현성이는 당황한 얼굴로 온주를 바라봤다. 온주는 예의 그 무뚝뚝한 표정을 더욱 딱딱하게 굳힌 채 작게 한숨만 내쉬었다. 아라는 다그쳐 물었다.

"서현역 사건, 분명히 D-포인트 사건이야. 원인을 알 수 없는 시간 왜곡현상 때문이지. 그리고 그곳에 우리가 좌초를 했고, 진서가 있었어. 빠진 인물은 우리 엄마고. 이걸 종합해 보면 나오는 답은 하나지. 우리 엄마가 어떤 식으로든 필연과 우연의 법칙을 어겼고, 그것이 원인이 되어 서현역 사건이 생겼고, 그로 인해 우리가 폭풍에 휘말린 거다. 그런 이야기 나눈 거 맞지?"

"그 비슷한 이야기를 나누긴 했지만……."

현성이는 그렇게 말을 이었지만 이내 말끝을 흐리며 무척 복잡한 수학 문제를 풀 때처럼 표정을 잔뜩 구겼다. 그러더니 손으로 머리를 마구 헝클어뜨리며 외쳤다.

"모든 것은 다 만약에야. 사실로 확인된 건 없잖아. 게다가 폭풍에 휘말렸다면 빠져나갈 구멍은 없어. 최선은 그냥 우리가 할 일을 하는 거야."

"하지만 D-포인트 사건이라고! 더욱 증폭될 수도 있어. 지금 이 순간에도."

아라가 말했다.

"그게 모두 우리 탓이라고 고백해서 뭘 어쩔 건데? 돌아오는 건 퇴학 명령뿐일걸. 가디언 수칙 제14항 5조. 가디언고 학생일지라도 D-포인트의 직접적 원인과 관련이 있을 경우 가디언 수칙에 따라 처벌한다. 기억 안 나? 퇴학당하는 것도 모자라 벌금까지 내야 할 수도 있다고. 어마어마한 벌금을."

물끄러미 상황을 지켜보고 있던 가람이가 툭 내뱉었다. 순간 아라의 얼굴이 하얗게 질렸다. 그러자 가람이는 잘못했다는 듯 두 손을 모으며 외쳤다.

"아이참, 그렇게 달달 떨면 말한 내가 미안해지잖아. 그만 떨어, 최아라. 그리고 애초에 가디언 일이 살얼음판을 걷는 일이잖아. 그걸 즐기라고 선생님들이 강조하시던 거 기억 안 나? 필연의 폭풍을 두려워하면 죽도 밥도 안 된다던."

"아무 일 없으면 다행이지만 만약 우리 때문에 상황이 더 나빠지면……."

입술을 깨물며 아라는 할 말을 잃은 듯 멍하니 서 있었다.

"귀환할래?"

속내를 읽은 듯 온주가 물었다. 무슨 소린가 바라보는 아라의 눈빛에 온주는 침착한 목소리로 다시 물었다.

"네 말대로 필연의 폭풍에 휘말렸다면 우린 이곳에서 당장 철수해야 해. 그리고 그 판단은 본부에서 오기 전에 가디언 스스로가 결정할 권리가 있어. 학생인 우리도 마찬가지고. 그러니 결정해. 어떡할래? 철수할래?"

"지금 내 결정에 모두 따르겠다는 거야?"

아라가 묻자 현성이도 가람이도 고개를 끄덕였다. 온주는 그런 둘을 바라보고는 눈빛으로 "어떡할 거야?" 하고 물었다. 아라는 목이 타는 기분에 마른침을 다셨다. 입술이 바짝 말라 따가웠다. 잠시 친구들을 바라보던 아라는 고개를 돌려 진서네를 바라봤다. 그곳에 있는 명호는 앞으로 30년 뒤 잔인하기 그지없는 인간으로 변할 거였다. 그리고 그 인간은 아라가 졸업 시험에 탈락하고 돌아왔을 때 조금의 자비심도 보여 주지 않게 뻔했다. 쫓겨나든가, 스스로 나가든가 둘 중 하나겠지. 그러면 남은 길은 엄마에게 몸을 의탁해 사는 수밖에 없었다. 하지만 과연 엄마는 아라를 반겨 줄까? 아라는 거짓말까지 하며 진서를 보호하는 데 삶을 보내고 있는 엄마에게 어리광을 피우고 싶진 않았다. 자신을 봐 달라고, 이제 자신을 위해 살아 달라고 강요할 순 없었다. 그러기에 엄마는 너무 힘든 일을 많이 겪었다. 저토록 선해 보이던 명호가 어떻게 그런 인간으로 변할 수 있었던 걸까?

아라는 고개 들어 하늘을 보며 크게 숨을 내쉬었다. 빌딩 숲 사이로 손바닥만 한 하늘이 파랗게 얼굴을 드러내고 있었다. 저 새파란 색깔을 모두 마셔 버리면 이 답답함도 모두 사라져 버릴 것만 같다는 생각을 아라는 얼핏 했다. 하지만 하늘은 마실 수 없고, 필연의 폭풍이 두렵다 해도 돌아갈 곳이 없었다.

"메리를 찾자."

아라가 단호하게 말했다. 그러자마자 가람이가 아라의 목을 와락 얼싸안으며 말했다.

"그럼 있잖아, 우리 일단 거기 가면 안 될까?"

"어딜?"

"어제 보니까 서현역 가는 길에 음식점들이 즐비하더라. 다 사람이 만들어서 파는 음식점이더라고. 돌아가면 너무 비싸서 엄두도 못 낼 텐데 이 기회에 먹어 두는 게 좋지 않아? 그래야 졸업식 때 다른 조 녀석들에게 자랑할 거리도 생기고 말이지. 아마 모두들 우리를 부러워할걸. 20세기 초보다야 지금 음식이 훨씬 맛있을 테니까."

"흠, 그렇긴 하네. 좋아. 가자."

갑자기 밝아진 분위기에 아라도 신이 나서 외쳤다. 그러자 현성이가 쓱 옆으로 다가서면서 말했다.

"저기 알림판에 쓰여 있는 게 '서현역 100미터' 맞냐?"

"어디, 어디? 어, 맞네. 역시 2030년이네. 아직도 전자패널에 저런 게 쓰여 있다니."

가람이가 조잘거렸다.

"뭐냐, 박현성. 너 지금."

"시작!"

아라의 말이 채 끝나기도 전에 현성이가 뛰기 시작했다. 얼결에 아라도 가람이와 손을 맞잡고 뒤따라 달렸다. 앞서거니 뒤서거니 발소리가 요란했다. 뛰면서 가람이가 외쳤다.

"야! 전온주 너만 빠지기냐?"

그제야 온주도 그 말에 어쩔 수 없다는 얼굴로 뛰기 시작했다. 하지만 역시나 가디언고에서 가장 운동신경이 뛰어나기로 소문난 녀석이라 순식간에 앞서 달리기 시작했다. 그렇게 넷은 숨 가쁘게 달렸다. 파란 하늘이 더더욱 새파래졌다.

2060년 11월 12일. **마더콤 안에서**

"설마설마했는데 여기서 보니까 확실히 알겠네요."

기술부장이 물었다.

"그렇군. 하지만 이해가 안 가는구먼."

김치성 교장이 대답했다.

지금 두 사람은 어깨를 펴기에도 좁은 끝도 없는 복도의 한가운데에 서 있었다. 복도를 감싸고 있는 벽은 똑같은 풍경을 보여 주고 있었다. 마치 짙은 회색 막에 휩싸인 듯 보이는 두 개의 풍경은 교복 맞춤 가게 앞에 서 있는 아라를 보여 주고 있었다. 하지만 오른쪽에 있는 풍경 속의 아라는 혼자였고, 왼쪽에 있는 풍경 속 아라는 가람이의 팔짱을 낀 채 달려가고 있었다. 혼자인 아라의 얼굴은 울 것 같은 표정이었고, 친구들과 있는 아라는 신 난 얼굴로 뛰고 있었다. 그것은 같은 사람인데도 완전히 다른 사람을 보여 주고 있는 것만 같았다.

그리고 가장 큰 차이점은 사고였다. 혼자였을 때 사고는 일어나지 않았다. 하지만 지금 이 시간 현성이네와 함께 있는 곳에서는 사고가 터졌다. 그리고 한 소년이, 샤인스타사에서 굵직한 발명들을 여러 건 해낸 한반도 연합정부 차관 조민서가 죽었다.

"어떻게 이렇게 보는 게 가능한가 이 말인가요?"

기술부장의 질문에 김치성 교장은 고개를 끄덕였다. 기술부장은 난감하단 얼굴로 수염을 못 깎아 까슬까슬한 턱을 매만지더니 생각났다는 듯 대답했다.

"타임 홀이 생긴 이유에 대해서는 논란이 아주 많았지만 어쨌거나 모두 동의한 사실이 하나 있어요. 블랙홀 주변에서만 관측되던 시공간좌표계 이끌림 현상이 지금 우리 시대에 실제로 일어나고 있다는 것, 이렇게 왜곡된 시공간 속에서도 필연과 우연의 법칙은 존재한다는 거예요. 그리고 이 법칙이 깨지는 경우는 오직 하나, 시간여행자 때문이고요. 앗! 죄송합니다. 요즘 새로 들어오는 연구원들에게 설명하는 게 버릇이 돼서. 그럼 다아는 사실은 넘어가고. 어쨌거나 법칙이 깨져 몰려오는 필연의 폭풍들을 해독해 보면 시간좌표와 공간좌표로 분리되어졌다는 사실을 알 수가 있지요. 즉, 오늘 벌어진 조민서의 죽음은 미래에 있어야 할 일인데 30년 전에 터진 거예요. 바로 이렇게 시간과 공간이 분리되는 순간, 분리되어진 좌표와 관련이 있는 시공간은 요동을 치며 재정비를 하려고 에너지를 뿜어내요. 과거가 뒤바뀌고 그에 따라 미래까지 뒤바뀌는 거지요. 그 에너지는 사람의 눈에는 보이지 않지만 마더콤은 잡아낼 수 있어요. 뭐, 혹자는 예민한 사람이나 어린아이들의 경우 그 에너지를 느끼기도 한다지만 그건 어디까지나 이론이고 어쨌거나 마더콤만이 유일하게 지금 눈앞에 보고 있는 것처럼 원래 있었던 일과 폭풍에 의해 바뀐 일을 영상화시켜 낼 수 있는 거지요."

"그러니까 아라가 혼자 좌초된 것이 바로 원래 과거이고, 아라가 현성이네와 좌초된 것이 바뀐 과거라는 건가?"

"네, 맞습니다. 그렇게 과거가 바뀌었고, 그것이 조민서 사건을 몰고 왔고, 그리고 폭풍이 몰아닥쳐 미래가 뜯어 고쳐지고 있는 중인 거예요."

"우연히 좌초된 곳이 D-포인트였을 뿐이지 않은가. 이건 말이 안 돼. 조민서 사건은 서현역 사건과 연결해서 봐야 하는 거고, 아라네는 그저 불확정 요소로 작용한 게 아닐까 싶네만."

"네. 언뜻 보기에는 그래 보이겠죠. 조민서 사건은 우연에 우연이 겹쳐 일어난 우연한 불행일 뿐이다. 그 우연한 불행이 샤인스타사까지 집어삼켰지만 필연의 법칙 덕분에 샤인스타사가 블루스타사로 변형되어 존재하니 그나마 다행이다. 다들 그렇게 정의를 내리겠죠. 물론 다국적 종묘종자 기업이 하루아침에 다국적 생명공학 기술 개발사로 변한 건 접어 두고 말이지요. 그렇다면 마더콤은 왜 아라네를 귀환시키길 거부하는 걸까요? 그리고 왜 다들 그 문제에 대해서는 입을 다물고 있는 걸까요?"

"자네는 답을 알고 있는 것 같군. 적어도 답으로 가는 길을 알고 있는 것 같아 보여. 말해 보게. 그게 뭐지?"

하지만 기술부장은 일그러진 미소를 지으며 땅바닥만 내려다보았다. 그러다 고집스럽게 자신을 보고 있는 김 교장의 눈빛에 기술부장은 졌다는 얼굴로 한숨을 내쉬며 말을 이었다.

"기분 같아서는 끝내주는 답을 내놓고 싶은데 아직은 감이 잡히는 게 없어요. 하지만 지금 다들 생각하는 그 이유는 절대 아니라고 봐요. 좌초되었다는 보고를 받자마자 바로 최 검사의 뒷조사를 해 봤거든요. 분명 최 검사는 국제 마약 범죄 조직 소탕과 관련된 사건을 맡고 있어요. 하지만 나사 하나가 빠진다고 멈출 조사가 아녜요. 최 검사를 흔든다고 그 조사가 멈출 리가 없단 거죠. 알아요, 알아. 겉보기에는 최 검사 혼자 그 일을 하고 있는 것 같다는 거. 하지만 속은 아니에요. 관련 담당 검사만 열 명이 넘어요. 최 검사는 말하자면 얼굴마담인 셈이죠. 그리고 애초에 정말 최 검사의 사건을 방해할 요량이었다면 이 시대에 그래도 될 걸 굳이 왜 아라네를 좌초시키겠느냐고요."

"하지만 전문가들의 의견은 다른 것 같던데?"

"그 전문가들이란 게 모두 가디언사 최고 중역진이 고용한 작자들이란 게 문제지요."

"그게 무슨 소리야. 그들은 가디언사의 방침에 객관적인 눈을 유지시키기 위해 고용한 자들이야. 그런데 최고 중역진 운운하다니 자네 뭔가 잘못 알고 있는 게 아닌가?"

"옛날 말 중에 그런 말이 있지요. 짜고 치는 고스톱. 딱 그 판인 거죠."

"점점 더 황당한 소리만 하는구먼. 세계 각 정부에서 이 사실을 알면 대소동이 날 걸세."

"안 날 걸요."

"이봐, 자네……."

"교장 선생님이 그토록 신뢰하는 가디언사의 실질적인 주주는 바로 샤인스타사예요. 네, 맞아요. 세계 각 정부에서 가장 큰 영향력을 행사하고 있는 바로 그 샤인스타사예요. 그리고 이리저리 돌려서 숨겨 놨지만, 가디언 본사는 회장의 지시를 직접 받아요. 그 지시 한 방이면, 진실 따윈 어둠 속으로 얼마든지 묻어 버릴 수 있어요. 그런 힘이 아니고서야 아라네의 본질적인 문제가 마더콤의 귀환 거부란 사실에 대해 다들 어쩔 수 없다는 식으로 반응하는 이유가 달리 있을까요? 게다가 제가 왜 굳이 마더콤 안에 들어와서 이런 이야기를 하고 있겠어요. 이 안은 유일하게 마더콤의 감시카메라가 없기 때문이에요."

"자넨 그런 걸 어떻게 그리 잘 아는 거지?"

김치성 교장은 혀를 내두르며 말했다. 기술부장의 얼굴이 일순간 잔뜩 구겨졌다. 그러더니 기분 나쁘다는 얼굴로 대답했다.

"샤인스타사, 아니 지금은 블루스타사지. 어쨌든 그곳 회장이 우리 할아버지예요."

기술부장은 그렇게 말하고는 척척 통로를 걸어 나가기 시작했다. 아무래도 주름을 좀 더 펼쳐 볼 생각인 듯싶었다. 김치성 교장은 담배가 몹시 피우고 싶었지만 애써 참으며 끝도 없이 펼쳐진 흔적의 통로를 걸었다. 기술부장은 뒤따르는 발소리에 귀 기울이며 통로 옆으로 펼쳐지는 공간 속 아라의 얼굴을 보았다.

웃고 있는 얼굴, 눈이 부시도록 예뻤다.

"현성이네도 그렇지만 가장 수상한 건 바로 너야."

기술부장은 나지막한 목소리로 그렇게 중얼거리고는 천천히 발길을 옮겼다.

2030년 6월 25일. **역폭풍, 아르헨티나**

아라와 현성이 그리고 가람이와 온주는 갖가지 시럽을 바른 떡꼬치에 감자파이, 크레페 그리고 무지개 김밥까지 잔뜩 먹어 불룩해진 배를 하고 신이 나서 제리네로 돌아왔다. 오는 길에 마음에 드는 티셔츠도 한 벌 사서 챙겼기 때문에 다들 발걸음이 가벼웠다. 가자마자 샤워를 하고 새 옷으로 갈아입으면 날아갈 것만 같았다. 누가 먼저 샤워하나를 두고 이러쿵저러쿵 말을 나누며 문을 열고 들어서는데, 일을 나갔어야 할 제리가 사색이되어 앉아 있었다.

"무슨 일 있어요?"

아라가 묻자 제리는 머리를 쥐어뜯으며 소리쳤다.

"방금 상관이랑 통화했는데, 저쪽 세상은 지금 발칵 뒤집혔대. 폭풍 때문에 세상을 좌지우지하던 어떤 기업이 뿅 사라져버린 거야. 아니, 모두들 그 이름을 동시에 잊어버린 거지. 그런데 그 기업 이름이 뭔 줄 알아?"

울먹이는 제리의 얼굴에 아라는 차마 뭐라 할 수가 없어 볼을 긁적이며 어색한 목소리로 "뭔데요?" 하고 물었다. 그러자 두 팔을 번쩍 들며 제리가 절규했다.

"샤인스타사야! 샤인스타사! 3년 내내 뼈 빠지게 일해서 번 돈으로 그 회사 주식을 사 뒀는데! 사라졌다고. 완전히 아웃되어 버렸다고! 젠장, 지워지려면 내 머릿속까지 지워져야지. 왜 나만 기억하고 있는 거냐고!"

"어디서 몰아쳐 나간 폭풍인지 원인은 찾았대요?"

"어디긴 어디야! 오늘이지. 조민서란 사람이 죽는 바람에 이 일이 터진 거라고! 젠장, 어째 서현역 사건이 더 난리더라니. 원래대로라면 그냥 몇 명만 다치고 말아야 하는데, 수십 명이 다쳤잖아. 이래서 D-포인트 사건은 안심을 할 수가 없다니까."

그러면서 제리는 2060년에 밀어닥친 폭풍에 대해 말해 주었다. 듣고 있던 아라와 현성이 그리고 가람이와 온주 모두 하얗게 질린 게 당연했다. 그 소년이 죽는 걸 눈앞에서 보았으니까. 게다가 차마 입 밖으로 낼 순 없었지만 그것이 자신들 때문이란 생각에 눈앞이 캄캄해졌다. 그런 기색을 전혀 못 알아본 제리는 책상머리에 이마를 콩콩 찧으며 중얼거렸다.

"이걸 두고 가디언의 저주라고 하는 거겠지. 혼자만 기억하는 거. 우린 시간이란 축에서 톡 떨어져 나온 방랑자니까. 그래, 방랑자. 방랑자로 3년을 살면서 모은 돈인데. 젠장."

"애초에 도착부터가 타임 오버였던 건가."

제리의 절규를 듣는 둥 마는 둥 현성이가 중얼거렸다. 그 중얼거림에 아라가 이상한 듯 바라봤다. 놀란 얼굴로 현성이는 화들짝 입을 다물었다.

"당장 돌아가서 정리를 해야 하는데, 너희 때문에 이러지도 못하고 저러지도 못하고. 미치겠거든. 그러니까 딱 하루 줄 테니까 메리를 찾아내. 안 그럼 난 그냥 돌아가 버릴 거야. 당연히 너희도 돌아가야 되겠지."

제리가 고개를 돌리더니 아라네를 노려보며 외쳤다.

"너무해요!"

가람이와 아라가 합창하듯 외쳤다. 제리는 "뭐가 너무해!" 하고 외치더니 말을 이었다.

"너희도 가디언 공부를 했다면 알고 있겠지? 이건 시작이야. 시작이라고. 이제 곧 역폭풍이 밀어닥칠 거야."

그제야 아라는 필연의 폭풍에 의해 시공간이 재정비되면서 그 파동이 마치 파도처럼 밀려나갔다가 되돌아온다는 걸 기억해냈다. 이론상 100%는 아니었다. 밀려나간 파동이 만약 다른 시대에서 일어난 필연의 폭풍을 만나게 되면 둘은 합쳐지게 되고 그렇게 되면 그쪽에서 몰아치고 끝날 수도 있었다. 하지만 그런 행운을 기대하기에는 지금의 상황은 너무 엄중했다. 때문에 십중팔구 생각지도 못한 사건이 조만간 일어나리라 보는 편이 맞았다. 그건 지금쯤 가디언 본사에서 철수 명령을 내렸다는 의미였다. 불확정 요소가 개입되면 역폭풍은 더욱 커질 게 분명하니까. 아주 잠깐이었지만 아라는 다 포기하고 지금 돌아가 버릴까 하고 생각했다. 하지만 그 뒤에 벌어질 일들은 지금 상황보다 더 끔찍했다. 아버지에게 시험에 떨어졌다고 말하는 자신이 너무나 비참하게 느껴졌다. 끙끙 앓고 있던 아라 곁에서 현성이가 조용히 속삭였다.

"하루면 충분해."

"그럴까?"

"휴, 이 시험 끝나고 나면 너무 진이 빠져서 아무것도 못할 것 같아."

가람이가 손에 든 쇼핑백을 내던지며 말했다. 그 모습이 꼭 열 살배기 어린애 같아 아라는 그만 픽 웃고 말았다. 그러자 가람이는 아라의 종아리를 꼬집고는 말했다.

"오늘만이라도 행복하자. 어서 붕어빵 사 온 거나 내놔 봐. 그건 식기 전에 먹어야 맛있다잖아."

다음 날 아침, 아라네는 새벽같이 집을 나섰다. 밤새도록 고물 프린터기와 싸워 대며 메리의 사진이 박힌 전단지를 찍어냈다. 역폭풍이 사정을 봐주면서 찾아들 리는 만무했다. 제리가 하루를 준 것을 고마워할 수밖에 없었다.

메리의 사진이 실린 전단지를 붙이며 동네를 거닐었다. 겨우 한 시간밖에 못 잔 까닭에 아라는 감겨 오는 눈을 힘주어 부릅 떠야 했다. 그런 아라와 달리 세 사람은 쌩쌩했다. 그야말로 별일 아니라는 얼굴이었다. 아라는 체력이 이렇게 차이가 나나 싶어 지구력 운동을 좀 더 해 둘걸 하고 후회했다. 아라는 뒤에서 너털너털 친구들을 따라갔다. 그렇게 두어 시간 넘게 전단지를 붙이고 있을 때였다. '하나 유치원'이란 이름이 커다랗게 적힌 모자를 쓴 여자애가 눈에 들어왔다. 그 애는 전단지를 꼼꼼하게 읽더니 아라를 보고 대뜸 물었다.

"이 강아지를 보면 어디로 연락을 해야 하는데요?"

"연락?"

멍한 머리로는 이해가 안 되는 문장이었다. 보통 이런 광고 전단지는 가볍게 터치만 하면 연락이 자동으로 연결되었다. 그때 '왜?'라고 생각하던 아라는 현성이가 옆에서 "으아! 실수했다." 하고 이마를 치는 걸 보고 나서야 깨달았다. 아직 상용화되지 않은 기술이란 걸. 이 시대에는 아직 종이라는 게 남아 있었고, 이 전단지는 바로 그 종이 위에다 인쇄한 거였다. 감촉이 플라스틱 필름과 너무 흡사해서 미처 깨닫지 못한 거였다.

"으아, 뭐야. 일단 연락받을 수 있는 휴대전화부터 사야겠군."

가람이는 한숨을 쉬며 쪼그리고 앉았다. 아라도 옆에 주저앉았다. 엉덩이가 이렇게 무겁게 느껴지기는 정말 오랜만이었다. 그런 둘을 보던 현성이는 무언가 좋은 생각이 났는지 주머니를 뒤져 종이쪽지를 꺼내들었다.

"좋은 생각이야."

온주가 말했다. 현성이는 칭찬받은 것이 기뻤던지 씩 웃고는 아라에게 손을 내밀었다.

"일어서!"

현성이는 아라에게 쪽지를 내밀며 말했다.

"진서네 집에 전화가 있어. 게다가 지금쯤 진서는 학교에 있을 테니까 딱이지."

아라네는 근처 패스트푸드점에 들러 일일이 전단지에 연락처를 적어 넣었다. 진서에게 묻지도 않고 이러는 게 좀 미안하긴 했지만 그래도 워낙 일이 급하니 이 정도는 봐줄 성싶었다.

아라들은 편의점에서 먹을 것을 잔뜩 사 들고 진서네로 향했다. 번화가에서 버스를 타면 한 번에 갈 수 있는 곳이었기 때문에 이번에는 별로 힘들이지 않고 찾아갈 수 있었다.

가르쳐 준 비밀번호를 누르니 과연 문이 열렸다. 들어서는 아라는 조금 떨렸다. 앞으로 30년 뒤면 사람들은 도둑을 막아 낼 획기적인 방어책을 만들어 낼 것이었다. 제아무리 비밀번호를 누르고 집에 들어서도 집주인에 의해 미리 등록되어 있는 동선대로 움직임이 포착되지 않으면 수면가스가 살포되었다. 그런데 그 수면가스라는 게 심각한 위장장애를 일으키기 때문에 당하고 나면 굉장히 고통스러웠다. 아라는 어렸을 적에 친구네 집에 몰래 들어갔다가 당한 적이 있어서 이렇게 남의 집에 멋대로 들어가는 게 좀 꺼림칙했다. 하지만 역시 2030년이었다. 집 안은 조용했고, 가스가 발포될 기미는 보이지 않았다.

"역시나 좋아. 2030년."

아라가 자리에 털썩 주저앉으며 말했다.

"나도 좋아. 진서네 집."

게임기를 흘끔 보며 현성이가 말했다. 하지만 일하는 중이란 생각을 했는지, 게임기를 켤 생각은 하지 않았다. 멀뚱하니 서로 마주 앉아 편의점에서 사 온 샌드위치를 먹고는 아무렇게나 흩어져 누웠다. 온주만이 벽에 등을 기댄 채 시계를 바라보고 있었다. 째깍째깍 요란한 소리를 내는 그 시계는 몇십 년도 더 전의 물건처럼 보였다. 아라는 누운 채로 시계를 올려다봤다. 바로 옆에서 똑바로 누워 천장을 보던 현성이가 입을 열었다.

"근데 있잖아. 제리는 뭐가 그렇게 바쁜 걸까? 가디언 일이 이래저래 많다는 건 들었지만 정도가 심한 것 같아. 야간 근무까지 해야 하다니."

"하긴 주식이 몽땅 날아갔다고 징징대면서도 할 일이 있다고 부리나케 뛰어가 버렸지."

턱을 까닥이며 아라가 대답했다. 현성이는 벌떡 일어나 앉더니 생각에 잠긴 목소리로 말을 이었다.

"확실히 주사패치랑 관련이 있어. 어제 본 그 가방을 들고 나가더라고."

바닥에서 팔다리를 있는 대로 뻗고 엎어져 있던 가람이 "흠." 하고 신음소리를 내며 머리를 굴리는 시늉을 하더니 데굴데굴 아라 옆으로 굴러왔다. 그러더니 손으로 얼굴을 받치고 뭔가 생각에 잠긴 듯 말이 없었다. 그러다가 딱 하고 떠오르는 것이 있는지 눈을 빛내며 일어나 앉았다.

"해킹해 볼까?"

아라는 손을 내저으며 말했다.

"컴퓨터가 있어야 해킹도 하지. 여긴 그런 건 아예 없는 것 같은데."

"짜잔, 나 컴퓨터 있지롱."

가람이가 눈가를 톡톡 건드리며 외쳤다. 아라는 깜짝 놀라 바라봤다.

"설마 너 렌즈형 컴퓨터 가지고 온 거야?"

"응, 나 혼혈로 가장해야 해서 렌즈 끼는 게 허가되었거든. 기왕 렌즈 끼는 김에 컴퓨터를 숨겨서 가지고 왔지."

"말도 안 돼! 마더콤을 속였다고!"

아라는 말까지 더듬거리며 말했다. 그러다가 한층 더 놀랐다. 현성이도 온주도 이미 알고 있었는지 아무런 표정이 없었다. 아라는 가람이의 어깨를 인정사정없이 내리치며 말했다.

"나빴어. 너희끼리만 알고 있었던 거야? 감히 날 빼놓고 너희끼리만 공유하다니."

"필요한 일이 생기면 말하려고 했어. 온주랑 현성이는 보자마자 알더라고. 그치? 현성아."

"으응, 말렸는데 안 듣더라."

가람이의 질문에 현성이는 어색한 얼굴로 대답했다. 아라는 뾰루퉁한 얼굴로 손을 뻗어 현성이의 팔을 꼬집었다. 어찌나 세게 꼬집었던지 현성이가 앉은 자리에서 펄쩍 뛰어올랐지만 아라는 본체만체 가람이에게 말했다.

"해 봐, 해킹. 가디언이 도대체 무슨 일을 하는지 좀 알아야겠다 싶어. 학교에서 배운 것과는 영 다른 것 같아."

"좋아. 살람 알레이 쿠움."

가람이가 손뼉을 비비며 가락까지 넣어 노래 부르듯이 읊조렸다. 아라는 가람이가 왜 갑자기 이슬람 교인들이 하는 인사말을 외치나 싶어 고개를 갸웃댔다. 하지만 그게 컴퓨터 부팅 암호였던 모양이었다. 가람이의 경쾌한 목소리와 함께 자주 보던 둥근 초록색 공이 허공에 떠올랐다. 이윽고 공은 여러 가지 정보들을 찾아내어 허공 여기저기에 띄우더니 이내 하나로 모아 딱 한 장의 사진을 띄웠다.

그건 원인 불명의 희귀병에 걸린 한 남자아이를 돕자는 모금 운동 포스터였다. 맨 밑에 적힌 날짜를 보니 올해 초였다. 아라는 몸이 녹아내리는 병에 걸린 아이가 불쌍하긴 했지만 왜 이 사진을 찾아낸 걸까 싶어 가람이를 바라봤다. 렌즈형 컴퓨터의 가장 큰 장점은 뇌파를 바로 읽어 굳이 소리 내어 묻지 않아도 장착한 사람이 원하는 정보를 바로바로 찾아준다는 데 있었다. 가람이는 어깨를 으쓱거리고는 말했다.

"제리의 정보 필름에 있던 아이야. 체크가 안 되어 있는 아이들을 중심으로 검색해 봤더니 뜬 거야."

"에, 정보 필름에 있던 걸 옮겨 담은 거야?"

아라가 놀라 물었다.

"응, 나도 좀 궁금했거든. 필연인지 우연인지 구분이 안 되는 걸로 알고 있는데 그 위험을 무릅쓰고 가디언이 주사패치를 접종하는 이유가 뭔가 해서 말이지."

가람이가 대답했다.

"제리한테 들키면 어쩌려고 그랬어. 우리가 가디언 뒤를 캐고 다닌 걸 알면 시험 감독들이 싫어할 텐데."

"됐어, 됐어. 안 들켰으면 됐지. 어쨌든 문제는 이거네. 이 아이가 희귀병에 걸렸다는 거."

아라의 말을 자르며 현성이가 말했다. 아라는 볼멘 얼굴로 현성이를 노려보곤 마지못해 입을 다물었다. 온쭈는 턱을 매만지며 진지한 얼굴로 말했다.

"이 아이 현재 상태가 어때? 그걸 좀 알 수 있을까?"

"오케이. 잠깐 기다려 봐."

가람이가 대답했다. 잠시 뒤 방금 전의 사진이 사라지고 대신 의무기록이 담긴 차트가 떠올랐다. 영어로 휘갈겨 쓴 데다 의학용어 줄임말이라 아라는 도저히 읽을 수가 없었다. 하지만 현성이는 모두 알아보는지 고개를 연방 끄덕이며 읽더니 낮게 휘파람을 불었다.

"서커스랑 똑같은 증세네. 이유를 알 수 없는 피부 괴사, 조직 탈피, 남녀성징 동시 발현. 에구구, 불쌍해라."

"너 저걸 읽을 수 있어? 아니, 그게 아니지. 서커스라니? 수리남 바이러스 피해자를 뜻하는 거야?"

아라가 물었다.

"응! 그나저나 몰랐네. 이게 이 시대에도 이미 발병 중이었구나. 이렇게 되면 이름도 바꿔야 하는 거 아냐? 수리남에서 최초로 발생한 게 아니니까."

현성이가 말했다.

"결국 주사패치가 예방약이란 소린데, 뭔가 이상해. 아무리 그네들이 불쌍하다 하더라도 이렇게 시대를 앞서 예방약을 접종하는 건 오버 아니야? 타임 오버?"

가람이가 말했다. 온주는 낮게 신음소리를 내며 눈을 깜빡이더니 말했다.

"수리남 바이러스 피해자가 2060년에 상상을 초월할 정도로 많아서 어쩔 수 없이 손을 쓰고 있는 건지도 모르지. 하지만 그렇다 해도 법칙을 어기다니 극도로 위험한걸. 그래, 위험해. 엄청 위험해."

"무슨 말이 하고 싶은 거야?"

가람이가 되물었다. 온주가 뭔가 말하려고 하는데 뒤에서 벨

소리가 들려왔다. 건넛방 전화였다. 순간 혹시나 싶어 아라는 가슴이 뛰었다. 메리를 찾았다는 전화면 좋을 것 같았다. 아라는 벌떡 일어서서 단숨에 건넛방으로 달려갔다. 전화기는 침대 바로 옆에 있었다.

"여보세요!"

자신이 생각하기에도 굉장히 들떠 있는 목소리였다. 하지만 목소리의 주인공은 제리였다.

"미안하네. 메리가 아니라서."

"아뇨. 그런데 도대체 이 번호를 어떻게 아시고."

허둥대는 아라의 목소리에 거실에 있던 현성이네가 다가섰다. 아라의 질문에 제리는 한숨을 내쉬며 무언가 펄럭이는 소리를 냈다.

"온 동네를 전단지로 도배를 하면 안 볼래야 안 볼 수가 없지. 게다가 내가 일하는 보건소 주변에 왜 그리 많이 붙여 놓은 거야? 내가 딱 하루밤에 안 줬다고 시위하는 거냐?"

"에? 아뇨. 아녜요. 절대 아니죠."

"아니면 됐고. 어쨌든 다들 곁에 있지?"

아라가 그렇다고 대답을 하자 한숨을 내쉬며 제리가 말을 이었다.

"그럼 뉴스를 좀 봐. 가디언사에 기록될 한 장면을 보게 될 테니."

딸깍 전화가 끊겼다. 수화기에 귀를 가까이 대고 듣고 있던 현성이는 어안이 벙벙한 얼굴이었다. 네 사람 모두 빠른 걸음으로 거실로 나갔다.

온주가 리모컨을 집어 들고 텔레비전 전원을 켰다. 그리고 아무렇게나 채널 버튼을 눌러 돌렸다. 그러다가 손이 딱 하고 멈췄다. 처음에는 영화인 줄만 알았다. 그래서 채널을 돌려 버렸다. 하지만 다른 채널에서도 몇 번이고 반복되는 화면에 그제야 아라는 그것이 뉴스라는 것을 알았다. CNN 방송이었다. 엄청나게 호들갑을 떨며 외쳐 대는 말은 "이 모든 것은 신기루입니다!"였다.

그랬다. 그건 신기루였다. 사막도 아닌 도심 한복판에 서 있는 건물이 무너지는 것이 보였다. 잘려나간 거대한 시멘트 덩어리가 까마득한 높이에서 아래로 떨어져 내렸다. 소리마저 선명했다. 부서지고, 땅에 부딪쳐 박살이 나는 소리가 거실 안을 가득 메웠다. 하지만 그뿐이었다. 신기루가 틀림없는 듯, 사람들이 비명을 지르며 주저앉았지만 아무런 상처도 없이 곧 일어서는 게 보였다. 연달아 CNN 방송은 아르헨티나 곳곳으로 번져나가는 신기루를 집중해서 보도했다. 부에노스아이레스에 서 있던 오벨리스크가 무너지고, 아름다운 경관으로 유명한 아르헨티나의 도시 코르도바가 아수라장이 되는 것이 보였다. 하지만 모두 그뿐, 무너지고 부서지는 환영이 지나가고 나면 건물도 사람도 그리고 지나다니는 차들도 상처 하나 없이 말짱했다.

공포에 질려 기절한 사람들이 앰뷸런스에 실려 나가는 것이 보였다. 엄청난 숫자의 사람들이 너무 놀라 심장마비로 사망했다. 단지 공포만으로도 사람은 얼마든지 죽을 수 있다는 걸 아라는 처음으로 알았다.

아라는 떨려 오는 몸을 주체하지 못해 손으로 팔을 마구 비벼 온기를 얻으려 했다. 이 정도 규모의 역폭풍은 듣도 보도 못한 거였다. 저 방송을 보고 있는 사람들은 아무도 눈치 채지 못했겠지만, 이 역폭풍은 아르헨티나의 정반대에 있는 한국에서 터진 정체불명의 사고가 원인이었다. 오직 가디언들만이 알아볼 수 있는 사건. 제리가 가디언사의 한 장면을 보는 거라고 말한 이유를 그제야 이해할 수 있었다. 아라는 몸을 웅크리며 주저앉았다. 너무 놀란 까닭에 배 안쪽이 욱신욱신 쑤셔 왔다. 보다 못한 현성이가 두 팔을 벌려 끌어안았다. 온주가 낮은 신음 소리를 내며 텔레비전을 꺼 버렸다. 가람이마저 꽤 심각한 얼굴이었다.

"인정할 수밖에 없어. 우리가 이곳에 머물면 머물수록 폭풍은 거세질 거야. 우린 돌아가야 해. 지금 당장!"

손아귀가 하얗게 질리도록 주먹을 움켜쥐며 아라가 말했다. 하지만 아무도 대답하지 않았다. 무거운 침묵이 거실을 가득 메웠다. 아라는 그 침묵의 정체를 이해하려고 애썼다. 어째서 다들 꿈쩍도 하지 않는 것일까? 귀환으로 모든 것이 끝날 리 없다고 보는 걸까? 머릿속으로 떠오르는 질문에 아라는 갑자기 한기를 느꼈다. 가디언 절대 수칙 중 하나가 불쑥 떠올랐다.

"필연과 우연의 법칙을 어긴, 그러니까 타임 오버된 물건은 보는 즉시 없애거나 원래 시대로 이동시킨다. 원래 시대를 판독할 수 없는 경우에는 제거한다. 그런데 이게 사람에게도 적용되는 걸까?"

갈라진 목소리로 아라가 물었다. 그러자 현성이가 놀란 얼굴로 고개를 들었다. 순간 아라와 눈이 마주쳤고, 아라는 현성이가 무척 두려워하고 있다는 것을 알았다. 겁에 질린 얼굴. 아라는 지금 자신이 한 말이 맞다는 걸 느꼈다. 그래서 학교에서는 아무런 메시지도 보내고 있지 않을는지도 몰랐다. 어떻게 해야 할지 대책을 세우느라.

등으로 흘러내리는 식은땀에 아라는 부르르 몸을 떨었다. 눈 앞이 캄캄했다. 이제 어떡하나, 온몸에 힘이 빠졌다. 이제야 비로소 사건을 똑바로 보게 된 것 같았다. 왜 현성이와 온주가 망설였는지를. 가람이가 모른 척하자고 그랬는지를.

엄마가 법칙을 어긴 것을 알게 되어 재판에 회부된다면, 자신은 태어나지 않을 수도 있었다. 아니, 그럴 공산이 컸다. 말은 안 했지만 사실 엄마의 통장 기록을 보면서 의아해하지 않았던가. 18세에 어떻게 10억이나 되는 돈을 수면캡슐 비용으로 지불할 수 있었는지에 대해. 그리고 어제 진서네 집을 나오면서 들었던 의구심은 '18세의 소녀가 스쳐 지나갔을 뿐인 소년을 위해 전 생애를 저당 잡힐 용기를 쉽게 낼 수 있었을까?'였다. 차라리 그냥 죽는 것을 보고 후회하고 또 후회하다가 어른이 돼서 이 상황을 바꿀 결심이 섰다고 보는 것이 이치에 맞았다.

그래, 그 돈이 만약 2060년에서 왔다면 가능했다. 미래의 엄마가 진서를 살리기 위해 돈을 지불한다. 필연과 우연의 법칙을 어기면서! 그렇게 생명을 보존하게 된 진서의 유전자를 이용해 자신을 낳는다면 완벽한 타임 오버였다. 타임 오버된 인간. 존재한다는 소리를 들은 적은 없지만 존재가 가능하다고 교과서에는 분명 적혀 있었다. 하지만 어떻게 처리할지에 대해서는 적혀 있지 않았다.

'어떡하지. 어떡해야 해? 이대로 모른 척하면 아무도 알아차리지 못할지도 몰라. 아니, 모를 거야. 알았다면 진즉 우릴 귀환시켰겠지. 하지만 귀환시키지 않았어. 결국 이 사실을 못 알아냈다는 거야. 엄마와 진서의 관계를.'

갈등하고 있는 아라의 귀에 전화벨 소리가 들려왔다. 이번에는 가람이가 뛰어가서 받았다. 전화 통화를 하며 무언가를 받아 적더니, 울어야 할지 웃어야 할지 모를 그런 얼굴로 가람이가 말했다.

"메리를 보호하고 있던 병원이래."

2060년 11월 12일. **비어 있는 공간좌표**

"역폭풍이 시작됐습니다!"

통제실이 소란스러워졌다. 미처 샤인스타사의 소멸로 인한 피해 상황도 제대로 정리가 안 됐는데 닥쳐 온 것이어서 한층 난리였다. 흔적 통로에 있던 기술부장은 상황실로 돌아갈 시간이 없었기 때문에 가지고 온 휴대전화로 중앙 통제를 하는 수밖에 없었다. 작은 화면 저 너머로는 마더콤이 에러라는 글자를 내뿜으며 점멸하고 있었다.

"에너지 소멸합니다. 10, 9, 8……, 2, 1, 소멸 완료!"

또 어떤 회사가 사라지나 싶어 마음 졸이고 있던 김치성 교장은 이번에는 아무런 말이 없어서 안도의 한숨을 내쉬었다. 하지만 이내 다급한 목소리가 들려오기 시작했다.

"2030년, 아르헨티나 각 도시에 있는 고층 건물과 도심 외곽에 있는 산들이 지진에 의해 부서지는 환영을 봤다는 보고가 속

117

출하고 있습니다. 에너지 분석 결과 공간좌표 2030년, 시간좌표 2121년으로 분리된 것으로 확인됩니다."

"2121년에는 눈에 보이지도 않는 것들에 의해 사람들이 죽어나가고 있다고 대소동이 났겠군. 맙소사."

김치성 교장이 중얼거렸다. 그러면서 안도의 한숨을 내쉬었다. 어쨌든 2030년에 별일이 없다니, 2121년의 사람들에게는 미안했지만 그래도 다행이다 싶었다. 하지만 그 말이 끝나기가 무섭게 다시금 목소리가 터져 나왔다.

"이 일로 인해 아르헨티나 몇몇 도시가 패닉 상태에 빠졌습니다. 아, 그리고 사망자 보고가 이어지고 있습니다."

"겁에 질려 죽은 건가?"

기술부장이 얼굴을 마구 비비며 외쳤다. 목소리는 연이어 말했다.

"타임 가디언 서울지부 긴급회의가 다시 소집되었습니다. 부장님도 돌아오셔야 할 것 같습니다."

기술부장은 대답 대신 끙 하고 앓는 소리를 냈다. 아마도 슬슬 압력이 거세지고 있는 모양이었다. 손해배상 청구 금액이 예상외로 너무 컸던가, 그게 아니라면 본사에서 사건을 직접 맡겠다고 나선 것일 수도 있었다. 어찌 되었건 좋은 소식은 아니었다. 나가자마자 아라네를 어떻게 할 것인지 결정을 하든, 사건 자체에 대한 수사권을 모두 빼앗기든 둘 중 하나였다.

'젠장, 24시간도 주지 않겠다는 건가?'

기술부장은 들으란 듯 크게 한숨을 내쉬었다. 그 속내를 알아차린 김치성 교장은 주머니에서 담배를 꺼내 물었다. 한줄기

짙은 연기가 나선형을 그리며 천천히 공중으로 흩어져 사라져 갔다. 그걸 물끄러미 바라보던 김치성 교장은 귓가를 울리는 작은 신호음에 귓불을 매만졌다. 그러자 한쪽 눈앞으로 작은 홀로그램 화면이 떠올랐다. 누군가 보고를 하고 있는 듯 김치성 교장이 연방 고개를 끄덕이더니 곧 화면을 껐다. 그러고는 착 가라앉은 목소리로 말했다.

"가디언고에서 방금 공식 입장을 밝혔다는군. 최명호 검사에 대한 수사 방해공작으로 결론짓고, 이 사건을 '최초의 시간테러 사건'이라고 잠정 명명했다는구먼. 조 차관과의 연관성은 그쪽에서도 밝혀내지 못한 모양일세. 때문에 예상했던 대로 서현역의 D-포인트가 증폭되면서 벌어진 일로 정의했다는군. 그러므로 마더콤이 귀환을 거부하는 현상은 그 시대가 원인이 아니라 이 시대가 원인인 것으로 보이니 수리팀을 투입하는 걸 우선으로 하자고 제안했다는군. 그런 식으로 해서 처리반이 파견되는 것을 막을 수도 있을 거라 보고 있는 것 같아. 자네 생각은 어떤가?"

너무나도 뻔한 대답이 튀어나올 법한 질문이었다. 기술부장은 휴대전화 가상 화면에서 시선을 돌려 시간주름의 막 너머를 바라보았다.

이제 막 둘은 2030년 6월 24일의 끝자락에 도착한 참이었다. 25일의 아침나절은 쉬이 지나갔다. 무언가 있을 거라 기대했던 조 차관과 아라의 만남은 특별할 것이 없었다. 아라가 조 차관이 필연적으로 하려는 일을 막은 것도 아니었다. 둘은 그저 눈이 마주쳤을 뿐이었다. 물론 아라가 그보다 이른 시간에 가디언 제리의 가방에 든 정보 필름에서 조 차관을 확인하기는 했다. 그 때문에 조 차관과 눈이 마주친 순간 놀란 표정을 짓기는 했다. 그것이 아라가 혼자였을 때와의 차이점이라면 차이점이었다. 그러나 단순히 마주쳤다고 해서 시공간좌표가 분리될 만큼 강력한 폭풍을 일으킬 리 만무했다. 둘은 가디언고의 주장대로 그저 우연히 마주쳤을 뿐인 것 같았다. 하지만 과연 그 의견을 가디언사가 그대로 받아들일까?

'처리반 철수를 명령할 리가 없어. 회계부장의 표정으로 봐선 분명 뭔가 꿍꿍이가 있어. 가디언사가 예외라고 할 만큼 빠른 속도로 처리반 파견을 결정할 뻔했다는 건 뒤에서 누군가 손을 쓰고 있다는 거야. 임원진 대다수가 어물쩍 그 의견에 찬성을 하려 한 걸 보면 확실해. 누군가에게서 미리 언질을 받은 거겠지. 그리고 그 누군가는 할아버지야. 그 늙은이가 뭔 일을 꾸미고 있는 거야. 분명.'

그렇게 생각을 정리한 기술부장은 느릿느릿 입을 열었다.

"막을 수 없을 겁니다."

"역시 그렇겠지?"

땅이 꺼져라 한숨을 쉬며 김치성 교장이 중얼거렸다. 서현역의 D-포인트가 미래인이 접속했다는 이유로 증폭했다면 그것은 극도로 불안정한 상태라는 의미였다. 그러므로 아라네가 살길은 서현역의 D-포인트가 생겨난 이유를 알아내 제거하거나 마더콤이 귀환을 허락하는 거였다. 하지만 가디언고의 입장 발표를 들어 보니 둘 다 조금의 실마리도 찾아내지 못한 것 같았다. 이렇게 되면 가디언사에서는 불확정 요소가 확실한 아라네로 인해 벌어질 모든 일에 대한 피해액을 감당하는 것보다 지금 처리반을 파견해서 아라네를 없애는 것이 훨씬 더 안전해 보일 게 뻔했다. 게다가 마더콤 수리팀 투입을 우선적으로 해야 한다는 주장은 가디언사의 입장에서는 씨알도 안 먹힐 소리였다. 인공지능 컴퓨터의 오류를 찾아내기 위해서는 전 세계의 석학들을 모두 모아야 한다는 소린데, 그건 엄청난 시간이 소요됨을 의미했다.

'시간 끌기만을 목적으로 한 입장 발표로군.'

쓴웃음을 지으며 김치성 교장은 막 너머 아라를 바라보았다. 모기장 너머로 현성이가 발버둥을 치며 잠꼬대를 하는 것이 보였다. 덩치는 다 컸어도 여전히 아이였다. 김 교장 눈에는 현성이도 아라도 그리고 온주와 가람이도 아주 어린 아이들로 보였다. 싱싱하게 자라나야 하는, 기대감에 설레게 만드는 무언가를 저 아이들은 가지고 있었다.

기술부장은 슬픔이 가득한 눈빛으로 아라네를 보는 김 교장 옆에 서서 딱딱하게 표정을 굳혔다. 이대로 포기하자는 말이 목구멍까지 올라왔지만, 차마 입 밖으로 낼 수는 없었다. 만약 잘리더라도 발버둥 치는 데까지는 쳐 봐야 예의일 것 같았다.

'게다가 배후에 할아버지가 있다면 나도 책임이 있는 거니까.'

결심을 굳힌 기술부장은 딱딱하게 굳은 얼굴로 휴대전화 가상 화면을 보고는 말했다.

"지부장에게 말해. 아직 약속한 24시간 중 10시간이 남았다고. 아라네의 좌초가 백만분의 일일 확률이긴 하지만 필연이라면 우리는 돌이킬 수 없는 잘못을 저지르는 거라고. 원인을 알지도 못하고 아라네를 건드리면 뒷일은 책임 못 진다고! 폭풍이 전 세계를 덮칠 수도 있다고 말이야! 어떻게든 원인을 알아낼 테니까 기다리라고 해!"

"네, 알겠습니다."

화면 저 너머에서 잔뜩 기죽은 목소리로 연구원이 대답했다. 기술부장은 휴대전화를 닫았다. 그와 동시에 공중에 떠 있던 홀로그램 화면도 닫혔다. 통로는 다시 어두워졌고, 김치성 교장은 기쁜 얼굴로 자리에서 일어섰다.

"자, 빨리 움직여야겠군. 일단 아이들이 잠이 들었으니 이 시간은 넘어가고."

"네, 그게 좋겠어요. 어디 보자, 떡볶이집도 넘어가고 서현역 안에서 무엇을 했는지 한 번 볼까요? 그게 가장 유력해 보이니까."

기술부장은 가운 주머니에 손을 뻗어 막을 건드려 시간이 흐르는 가속도를 높였다. 순식간에 시간이 거꾸로 흘러 이윽고 아라네가 서현역 근방에 있는 어두컴컴한 골목길에 도착하는 장면에 이르렀다.

"에구, 너무 앞으로 당겼네요."

기술부장은 아라네가 도착하는 장면에서 정지시켰다. 그리고는 손을 대 서현역으로 들어간 뒤의 장면을 보려고 했다. 하지만 주름의 막은 기술부장의 손이 닿자마자 두 개로 분리되었다. 어찌나 얇은지 막 너머가 비춰 보일 정도였지만 서로 다른 영상을 담고 있기에 확실히 알아볼 수 있었다. 왼쪽의 것은 아라 혼자, 오른쪽의 것은 아라와 현성이네가 도착하는 광경이었다. 그리고 그 막의 앞은 하나로 이어져 있었다.

"아라가 도착한 것과 아라와 현성이네가 함께 도착한 것으로 인해 과거가 바뀌기 시작한 건 확실히 알겠군."

김치성 교장은 도착 순간 전의 영상은 하나로 이어져 있는, 그러나 아무런 에너지도 잡지 못해 그저 까만 필름처럼 보이는 걸 보고는 그렇게 말했다. 하지만 기술부장의 눈길은 딴 곳에 쏠려 있었다. 그는 얼어붙은 듯 두 개의 막 위에 적힌 일련번호를 뚫어져라 바라보았다.

"호오, 이건 또 뭐야."

주름을 건드려 보던 기술부장이 신음소리를 내며 말했다. 그의 눈에 장착된 렌즈형 컴퓨터가 반짝이더니 여러 차례 빠르게 점멸했다. 김치성 교장이 긴장된 얼굴로 바라보자 기술부장은 끙 앓는 소리를 내며 말했다.

"이 위의 번호들은 시공간좌표예요. 마더콤이 아라네가 샌프란시스코에 가 있다고 착각한 이유를 알 것 같아요. 이 시공간좌표에는 공간좌표 숫자가 빠져 있어요. 마더콤이 입력 중인 걸로 생각했다면 그냥 지나쳤을 게 뻔하죠."

"잠깐, 시공간좌표가 입력이 다 안 됐는데 아라가 그곳에 좌초를 했다고?"

"저도 이런 경우는 처음이라, 어이가 없네요. 물론 이게 가능한 경우의 수가 하나 있긴 하지만 그건 이론이지 증명된 적이 없어요."

"불가능을 제외하고 남은 가능성 단 하나가 바로 정답이란 말도 있지 않소. 말이 되든 안 되든 일단 이야기를 들어 보고 싶군."

"에, 그러니까 필연과 우연의 법칙에 의거해서 반드시 만나야만 하는 인연이란 게 있잖아요? 그런데 그 만남을 가로막으면 가로막을수록 그 끌림의 강도는 점점 더 강해지거든요. 그런 경우, 시간좌표만 입력해도 공간좌표는 그 사람이 가진 필연이란 에너지에 의해 자동으로 만나야 하는 사람 곁으로 가게끔 된다. 뭐, 이런 이론이죠. 그런데 이론이지, 아무도 이게 가능성이 있는지 어떤지는 몰라요."

"뭐든지 처음이란 게 있기 마련이잖소. 만약 이게 그 이론의 증명이라면?"

김치성 교장이 물었다. 기술부장은 주머니에서 초콜릿을 꺼내들고는 껍질을 까기 시작했다.

"그 이론의 증명이라면 나올 답은 하나예요. 아라를 끌어당길 정도의 필연을 누군가 가지고 있다는 거겠지요."

잔뜩 흥분한 기색으로 기술부장이 대답했다.

"필연이라. 30년이나 되는 시간을 되돌아가서 만나야 되는 필연이라면 그건 뭔가 왜곡되어 있다는 걸 의미하는 게 아닌가?"

"그러게요. 확실히 인위적인 냄새가 풀풀 나네요. 그리고 그것이 마더콤이 귀환을 거부하는 결정적 이유 같아요."

우물우물 초콜릿을 베어 물며 기술부장이 말했다. 김치성 교장은 살았다는 얼굴로 물었다.

"그래! 그렇다면 얼른 그 필연의 정체를 알아내야겠군. 하지만 어디서부터 손을 댄다지? 아까 조 차관 건을 조사할 때도 별다른 게 없었던 것 같은데."

"확실히 지금의 아라에게서는 쓸 만한 정보를 못 얻을 것 같긴 해요."

그러면서 기술부장은 막 너머를 손으로 가리켰다. 그 공간 속 아라는 서현역으로 들어서고 있는 참이었다. 무대 위에 서 있는 건 아라의 아버지인 최명호였다. 그리고 그런 명호를 올려다보며 진서가 두 손을 모은 채 황홀한 표정을 짓고 있었다. 하지만 정작 기술부장의 눈길을 사로잡은 건 아라의 눈빛이었다. 아라가 진서를 바라보며 무척 반갑다는 표정을 지은 것이다. 그 순간 기술부장은 아라를 끌어당긴 것이 혹시 저 진서라는 소년이 아닐까란 생각을 했다. 필연 때문에 좌초를 했다면, 도착해서 가장 먼저 관심을 쏟는 인물이 그 주인공일 확률이 지극히 높으니까. 김치성 교장도 마찬가지 생각이 들었던지 생각에 잠긴 얼굴로 기술부장을 바라봤다. 기술부장은 턱을 검지로 긁적이며 미소를 지었다.

"한 번 가 볼까요? 마지막 날로?"

"마지막 날?"

"아라가 혼자 좌초되었을 때, 그러니까 원래 과거의 기록이요. 바뀐 과거가 아니라. 이 이야기가 원래 어떻게 끝이 나는지 본다면 뭔가 실마리를 알아낼 수 있을지도 몰라요."

그렇게 대답한 기술부장은 전화기를 꺼내들었다.

"시공간좌표를 첫 번째 주름, 타깃은 진서 프랭클린, 2030년 아라와 마지막으로 만나는 날로 고정시켜."

"네, 마스터."

마더콤의 경쾌한 목소리가 울려 퍼졌다. 그러자 왼쪽에 있던 막이 늘어나면서 등 뒤로 길이 생겨났다. 좌표를 확인하니, 2030년 6월 27일이었다.

'어라라, 6월 27일이라고?'

가물가물 떠오르지 않는 뭔가가 마음을 무겁게 했다. 너무 중요해 꼭 기억해야지 마음먹었는데 그걸 잊어버린 느낌이었다. 기술부장은 불안한 기분이 들어 마른침을 다셨다. 하지만 아무리 애를 써도 '2030년 6월 27일은 불길하다.'란 문구가 떠오를 뿐이었다.

기술부장은 잠시 망설였지만, 이내 마음을 굳게 먹고 6월 27일로 발걸음을 내딛었다. 김치성 교장은 저만치 빛 너머로 사라져 가는 아라를 보고는 고개를 돌렸다. 이제 이 뒤는 알 수 없는 세계였다. 어쩌면 원인을 밝혀내지 못한 채 돌아왔을 땐 아라네의 죽음을 알게 될지도 몰랐다.

'제발 살아남아라.'

속으로 그렇게 중얼거리며 김치성 교장은 끝도 없이 이어지는 통로를 다시금 걷기 시작했다.

2060년 11월 12일. 상황 통제실을 봉쇄하다

바로 다음 날 다시 소집해서인지 서울지부 비상 대책 회의는 계속 미뤄지고 있었다. 서울지부장은 문득 모두들 기술부장이 돌아오기를 기다리고 있기라도 한 걸까 하는 의문이 들었다. 하지만 아니겠지. 그렇게 생각하니 울컥 짜증이 솟구쳤다. 서울지부장은 잔뜩 찡그린 얼굴로 레이저 자판을 두들기던 손을 멈췄다. 기술부장과 김치성 교장 없이 회의를 다시 열었다간 어떤 사태가 벌어질지 뻔했다.

'그 아이들을 쉽사리 포기한다면, 죽을 때까지 괴로울 거야.'

서울지부장은 생각에 잠긴 채 화면 위로 떠오른 가디언 고등학교 교관들의 얼굴을 물끄러미 바라보았다. 지금 지부장은 김치성 교장의 조언대로 이 일을 꾸민 자들에게 매수될 만한 인물이 누가 있는지에 대해 조사 중이었다. 하지만 모두들 김치성 교장의 추천으로 뽑힌 사람들이라 그런지 먼지 한 톨 발견할 수가 없었다. 이들을 제하고 나면, 결국 좌표 조작을 한 인물은 가디언 서울지부 통제실의 누군가라는 이야기였다. 한 층 접근이 어렵고, 거액이 아니고는 매수될 리가 없는. 그렇게 생각을 하니 가슴이 답답해 왔다. 개인적인 원한일까? 가능한 이야기였다. 그렇다면 그 전에도 아라에게 해를 가하려고 들었을 수도 있었다. 위험 부담을 안으며 좌초시키기 전에 몇 번의 시도가 있었을 가능성이 높았다. 지부장은 재빠르게 손가락을 놀렸다.

이내 단정하게 교복을 갖춰 입은 아라의 모습이 떠올랐다. 그리고 그 아래로는 기록들이 줄줄 이어졌다. 친구 관계부터 학교에서 있었던 사소한 말다툼까지. 무엇을 좋아하고 무엇을 싫어하는가 식의 기호에 대해서도 상세하게 적혀 있었다. 가디언은 고도의 정신력을 요구하는 직업이기 때문에 이 정도의 조사는 기본이었다. 엄중한 상황에서 미칠 확률이 있느냐 없느냐, 하는 판단의 근거가 되는 조사들이었다.

그것을 훑어보던 지부장은 시험 하루 전날 들어와 미처 아무도 보지 못한 짤막한 보고서가 첨부되어 있음을 알아냈다. 동봉된 사진에는 수면 캡슐 병원에 몰래 숨어 들어가 신원 미상의 인물의 사진을 찍고 있는 아라의 모습이 담겨 있었다. 병원 CCTV에서 뽑아낸 사진인 듯했다. 캡슐 병원은 타임 가디언사의 자회사 계열이니 사진을 얻는 것쯤은 일도 아닐 터였다.

'그렇다 해도 굳이 이런 일까지 할 필요는 없을 텐데, 참 시시콜콜히 조사를 하는군.'

속으로 중얼거리던 지부장은 물끄러미 사진을 들여다봤다. 그러다가 깜짝 놀라 주춤 의자를 뒤로 밀며 화면에서 물러섰다.

등 뒤에 있던 감시 카메라에서 적외선이 쏟아져 나와 사진 속 얼굴을 스캔하기 시작한 것이다. 마더콤이 흥미를 느낀 것이 틀림없었다. 어째서일까 싶어 지부장은 조심스레 자판을 두드려 마더콤에게 물었다.

"이 사람을 아는가?"

그러자 바로 답변이 떠올랐다.

―진서 프랭클린.

"더 구체적으로 설명해 봐."

―진서 프랭클린. 2060년 출발. 2029년 가족 동반 시간여행 중 실종. 현재까지 검색되지 않음.

마더콤의 대답에 지부장은 입 안이 말라오는 걸 느꼈다. 까칠해진 턱을 쓰다듬며 할 말을 잃은 채 생각에 잠겼다. 검색되지 않았다고 천연덕스럽게 대답하는 마더콤이 이해되지 않았다.

'그런 건 불가능해!'

지부장은 속으로 외쳤다. 물건과 마찬가지로 사람 또한 자신의 시간대가 아닌 곳에 위치하게 되면 미세하긴 하지만 시공간 뒤틀림 현상을 만들어 냈다. 대략 두세 달 동안은 그런 현상이 아주 소소하지만, 시간이 지날수록 뒤틀림 현상은 커져 시간 왜곡현상을 나았다. 그렇기 때문에 시간여행자는 세 달 이상 과거에 머물 수 없는 것이 당연했고, 마더콤은 시간왜곡 검색 시스템에 의해 아주 쉽게 실종자를 찾아낼 수 있었다. 그런데 검색되지 않았다니!

"좀 더 자세히 수사 상황을 설명해 봐."

지부장이 물었다.

─실종 당시 오류로 판단하여 대규모 프로그램 교체 작업 진행. 그러나 여전히 검색되지 않음. 3개월 전 프랭클린 가족 여행 중 실종되었던 강아지(이름 : 메리, 품종 : 요크셔 테리어) 검색 성공. 장소는 서현역 근방. 현재 11조의 과제로 부여되어 있음.

마더콤이 대답했다.

지부장은 작게 신음소리를 흘리며 눈을 끔뻑거렸다. 사람과 달리 동물은 필연과 우연의 법칙의 열외에 속하기 때문에 마더콤이 강아지의 위치를 찾아냈다는 건 꽤 고난이도의 정보였다. 게다가 그 강아지를 지금 골칫덩이로 주목되고 있는 11조가 쫓고 있다니.

"그 진서 프랭클린이 어째서 지금 캡슐에 들어가 있는 거지?"

지부장이 다시 물었다. 그러자 작게 "뚜뚜." 신호음이 들리더니 마더콤이 대답했다.

─가디언 수칙 2조 3항에 의거, 진행 중인 사건이므로 완료 전까지 답변 불가.

"진행 중이라고?"

고함에 가까운 목소리로 지부장이 소리쳤다. 하지만 마더콤은 아무런 대답이 없었다. 되물어 볼까 망설이던 지부장은 자신이 다루기에는 어려운 문제라는 걸 직감했다.

'기술부장에게 당장 알려줘야겠는걸.'

그러면서 버튼을 누르려던 지부장은 문득 방문 앞으로 드리워지는 그림자에 놀랐다. 서울지부장은 짜증스레 인터폰을 누르며 외쳤다.

"아무도 들여보내지 말라고 했잖아."

"죄송합니다. 하지만 회계부장님이."

비서의 말이 채 끝나기도 전에 문이 벌컥 열리더니 회계부장이 들어섰다. 두 시간이나 회의가 미뤄졌으니 화가 잔뜩 나 있을 것 같았는데, 전혀 그런 표정이 아니었다. 도리어 그는 웃고 있었다. 회계부장은 만면에 미소를 가득 지은 채 마치 불러서 온 사람처럼 들어섰다.

"무슨 일인가? 회의는 기술부장이 올 때까지 미룬다고 하지 않았나."

하지만 회계부장은 서울지부장의 말을 깡그리 무시한 채 사무실 문을 닫았다. 그러고는 천천히 창가로 다가갔다.

창밖으로는 빌딩숲이 펼쳐지고 있었다. 드문드문 초록의 기운이 마치 점을 찍은 것처럼 퍼져 있었다. 지금은 한낮이었고, 치명적인 자외선 때문에 모든 사람들이 건물 안에서만 생활하는 시간이었다. 그렇기 때문에 거리는 텅 비어 있었다. 차들은 모두 정지해 있었고, 사람의 그림자도 보이지 않았다. 모두들 건물 안에 몸을 숨긴 채 따사로운 태양을 구경만 하고 있을 뿐이었다.

회계부장은 바로 저 햇살을 손에 넣을 기회가 왔다는 생각에 기분이 들떠 있었다. 수십 억 대가 넘는 그 기계만 있으면 치명적인 자외선을 걸러내고 그야말로 신선한 햇살로 집 안을 가득 채울 수 있었다. 회계부장은 어떻게든 잘 해결해야만 한다고 굳게 다짐을 하고 차분한 어조로 입을 열었다.

"폭풍도 모자라 바로 닥쳐온 역폭풍 때문에 우리 타임 가디언 서울지부가 지불해야 할 손해배상 비용이 이미 보험사가 감당할 수 있는 한계에 다다랐어요. 만약 보험사가 자사의 파산을 이유로 손해배상을 거부하면 어떻게 되는지는 알고 계시지요?"

"그렇다고 해서 난 모험을 감행하고 싶지는 않군. 기술부장 말대로 원인도 모르고 결과물을 파괴했다가는 어떤 사태가 벌어질지 모르는 것도 사실 아닌가?"

"과연 그럴까요? 지금 그 아이들이 일으키는 폭풍이 그 아이들이 죽고 나서 일어날 폭풍과 똑같을까요? 저는 아니라고 봅니다만."

그렇게 말하며 회계부장이 돌아섰다. 창을 등지고 선 그의 얼굴이 그림자에 묻혔다. 서울지부장 눈에는 회계부장이 갑자기 죽음의 사신처럼 느껴졌다. 당장에라도 그 네 아이의 목숨을 앗아가려고 낫이라도 빼드는 게 아닌가 싶었다. 잠시 고민하는 얼굴로 바라보던 서울지부장은 생각을 굳혔다.

"좋네. 그럼 딱 10분만 생각할 시간을 주게."

"5분 드리지요."

회계부장은 차갑게 내뱉고 사무실을 나갔다. 문이 닫히자마자 서울지부장은 책상 위에 두 손을 꾹 하고 찍어 눌렀다. 책상 위로 불이 들어오며 마더콤이 접속했음을 알려왔다. 서울지부장은 작지만 굵직한 목소리로 읊조렸다.

"서울지부장 특권에 의해 명령한다. 상황통제실을 봉쇄하고, 명령권자를 기술부장으로 이전한다. 기술부장이 해체를 선언할 때까지 상황통제실의 문을 잠근다. 명령 이상."

―음성 확인. 지문 확인. 홍채 확인. 특권 발동합니다.

상쾌한 목소리로 마더콤이 대답했다.

2030년 6월 26일. **메리를 찾아서 3**

메리랑 닮은 개가 있다는 동물보호소 겸 병원에 아라네는 우르르 몰려갔다. 목에 커다란 금빛 리본을 매고 있다는 것도, 귀가 한쪽만 잘려 있다는 점도 메리랑 일치했다. 하지만 막 도착한 아라네를 기다리고 있는 건 주인이 벌써 찾아갔다는 설명이었다.

"그럴 리가요. 메리는 우리 강아지라고요!"

아라가 열을 내며 말했다. 하지만 동물보호소 담당자는 어깨를 으쓱댈 뿐이었다.

"같이 찍은 사진까지 내보이는데 어쩝니까? 대신 주소가 있으니 직접 연락해 보세요."

그렇게 해서 아라네가 찾아간 곳은 보호소에서 한참이나 떨어진 곳이었다. 끝도 없이 이어지는 아파트촌 끝에는 작은 산이 있었다. 그 산을 넘으니 단독주택들이 모여 있었다. 모두 금방이라도 쓰러질 듯 보이는 낡은 집들이었다. 이곳은 제리네 동네보다도 더 사정이 안 좋아 보였다. 너무 외진 곳에 있었고, 다니는 버스조차 없는 동네였다. 버려진 땅, 그런 느낌이 물씬 풍겼다. 가는 길에는 도대체 사람이 있기는 할까 싶은 자동차 폐기장이 보였고, 문을 닫은 공장들이 줄지어 서 있었다.

시간은 이제 오후 3시를 향해 가고 있었고, 태양빛이 따갑게 머리 위를 쏘아댔다. 누군가 살기는 하는 건지 길에는 사람이 한 명도 없었다. 편의점이라도 있다면 차가운 거라도 사서 마실 텐데 그나마도 보이지 않았다.

"미치겠네."

마구 흘러내리는 땀을 손으로 털어 내며 현성이가 중얼댔다. 아라는 연방 힘겹게 숨을 몰아쉬며 걸음을 옮겼다. 그나마 가장 더위에 강한 가람이만이 또랑또랑한 눈으로 주소들을 확인하고 있었다. 온주는 들고 있는 지도를 펄럭이며 아라에게 부채질을 해 주었다.

"아. 아. 여기야."

가람이가 철조망으로 벽을 대신한 집 문 앞에 주저앉으며 말했다. 모두 말도 나누지 않고 가서 앉았다. 어디선가 개 짖는 소리가 요란했다. 메리처럼 작고 귀여운 요크셔테리어가 아닌 세인트 버나드쯤 되는 녀석이 울부짖는 소리 같았다. 아라는 너무 지쳐서 두 팔을 무릎 위에 늘어뜨린 채 고개를 푹 숙였다.

"메린지 뭔지 진짜 싫다. 난 절대로 개 따윈 안 키울 거야."

그때 아라의 머리가 갑자기 시원해졌다. 누군가 앞으로 다가선 모양이었다. 아라는 서서히 고개를 들었다. 태양을 등지고

서 있는 건 명호였다. 엉망진창이 된 교복을 입고 있었다. 누구와 심하게 싸웠는지 볼에는 커다란 생채기까지 나 있었다. 코피도 났는지 콧구멍은 휴지로 막혀 있었다. 그런 몰골을 하고도 그지없이 당당한 목소리로 명호가 말했다.

"우리 집 앞에서 뭐 하는 거냐?"

"네가 메리 납치범이냐?"

아라는 일부러 새된 목소리로 되물었다. 명호는 코를 막은 휴지를 빼더니 쿵쿵대며 말했다.

"메린지 뭔지는 진서네 개야. 헛소리하지 마."

"말도 안 돼! 메리의 주인은 은발의 할머니라고."

"은발? 아, 은발. 바보 같긴. 그 녀석 입양아야. 것도 몰랐냐?"

순간 아라는 번개처럼 떠오르는 퍼즐 조각을 하나로 모을 수 있었다. 메리를 잃어버린 사람이 프랭크 프랭클린 유엔 사무총장의 부인, 그리고 진서의 이름이 진서 프랭클린. 그러니 메리는 진서의 개일 수 있었다. 아라가 어이없단 얼굴로 눈만 끔뻑이고 있자 명호가 말했다.

"너희 진짜 진서 친구들이야? 사람 좋다고 그 녀석 이용하려는 거면 내가 가만 안 놔둘 거야."

"멋지네. 그런 말을 할 정도로 실력이 있다는 건가?"

아라는 저 자신만만한 정의감은 여전하구나 싶어 일부러 비웃음 섞인 말투로 물었다. 명호는 코웃음을 쳤다.

"야, 못난이. 너 말이야. 어제부터 느낀 거지만 상당히 건방지네. 혹시 내가 좋아서 그래?"

"뭐야!"

아라는 기가 막혀 벌떡 일어섰다. 그 바람에 보고 있던 현성이들도 모두 일어섰다. 남자애들이 셋이나 둘러쌌는데도 명호는 눈길도 주지 않았다. 비아냥거림이 가득 담긴 얼굴로 명호는 말을 이었다.

"요즘 들어 고백하는 애들이 늘어서 말이야. 드디어 집까지 찾아왔나 보다 했지."

"당신보다 진서가 백 배, 아니 백만 배는 나아. 사람을 뭐로 보고!"

아버지가 학창시절 인기가 많았을 거라고는 손톱만큼도 생각해 본 적이 없었기 때문에 아라는 씩씩대며 소리쳤다. 명호는 들은 척도 안 하고 담담한 얼굴로 말을 이었다.

"나도 알고 있어. 어쨌든 그런 게 아니라면 환영이야. 온 김에 메리라도 보고 갈래? 좀 있으면 진서도 올 거야."

그러면서 싱긋 웃는데 순간 아라는 황당한 얼굴로 벌린 입을 다물지 못했다. 그 미소 한 번에 심연으로 가라앉는 느낌이 들었다. 저렇게 부드럽게 웃을 수도 있다는 사실 자체가 경악스러웠다. 언제고 성난 사자처럼 으르렁거릴 뿐인 아버지와 눈앞의 명호가 같은 인물이라는 건 거의 불가능해 보였다. 아라의 표정을 눈치 챈 가람이가 호들갑을 떨며 말했다.

"좋아, 좋아. 우린 메리가 아니라 메리의 목걸이에만 볼일이 있는 거니까."

철조망으로 엮은 문이 열렸다. 먼지가 휘날리는 마당을 지나서 있는 이층집은 음산해 보였다. 문을 열자 술 냄새가 훅 하고 풍겨 왔다. 1층에는 어디서 주워 왔는지 스프링이 튀어나온 소파가 놓여 있었는데, 그 소파에 명호의 어머니가 앉아 있었다. 아라는 바닥에 구르고 있는 소주병을 보고는 눈이 동그래졌다. 뒤따라 들어서던 현성이, 가람이, 그리고 온주도 정지 사진처럼 멈춰 선 채였다. 정작 명호는 그런 어머니에게 다가가 상냥하게 굴었다.

"어머니, 다녀왔어요."

하지만 명호의 어머니는 들은 척도 안 했고, 벌떡 일어서더니 주방 쪽으로 사라졌다. 아무렇지도 않은 듯 물끄러미 어머니가 사라진 쪽을 보던 명호는 불현듯 아라네 쪽으로 고개를 돌렸다.

"뭣들 하냐? 2층으로 올라가!"

아라네는 떠밀리다시피 계단을 올랐다. 1층과는 달리 2층은 놀라울 정도로 깨끗했다. 분명 누군가 아주 열심히 청소하고 정리도 하는 모양이었다. 소파도 낡긴 했지만, 깨끗하게 빤 천을 씌워 놓아서 아늑해 보였다. 들어서자마자 손 안에 들어갈 만큼 작은 강아지 메리가 꼬리를 흔들며 달려왔다. 메리는 반갑다는 듯 왈왈 짖으며 아라의 발치를 왔다 갔다 했다.

명호는 가방을 한구석에 던져 놓더니 넥타이를 풀어헤치며 소파에 털썩 앉았다. 그러곤 지쳤다는 얼굴로 소파에 머리를 기대고 눈을 감았다. 아라는 메리를 안고 명호가 앉은 소파와 마주앉았다. 명호는 눈을 감은 채 말했다.

"먹을 것은 냉장고 안에 있으니까 마음대로 꺼내 먹어. 전자레인지도 찾아보면 어딘가 있을 거야."

"어, 그래. 고마워."

저도 모르게 아라가 대답했다. 아라는 방금 전 명호의 어머니, 그러니까 할머니의 모습이 너무 충격적이었다. 어렸을 때 봤던 사진 속의 할머니는 굉장한 미인이었다. 그리고 눈이 부실 정도로 환하게 웃고 있었다. 술에 취한 모습으로 찍힌 사진은 단 한 장도 없었다. 처음에는 다른 사람인가 싶기도 했지만 명호가 어머니라고 부르는 걸 보니 틀림없었다.

뒤따라 올라서던 현성이가 터져 나오는 웃음을 애써 누르는 게 보였다. 가람이도 온주도 못 들은 척하려 했다. 아라는 부아가 터졌지만 여기서 짜증을 내면 더 창피하겠다 싶어 쿵쿵대며 냉장고로 걸어갔다.

"물 마실 사람?"

아라가 지나칠 정도로 큰 목소리로 말했다. 그러자 명호가 짜증스레 외쳤다.

"시끄러!"

"아, 미안."

아라가 대답했다. 급기야 현성이가 집 안이 떠나갈 듯 웃어대기 시작했다. 가람이와 온주도 손으로 입을 가리며 웃었다. 아라 자신도 지나치리만큼 허둥대는 것이 꼴불견인 걸 알고 있었기 때문에 뭐라 할 말이 없었다. 아라는 부글부글 끓어오르는 낯빛을 하고는 물과 음료수를 꺼내 탁자 위에 올려놓았다. 그러고는 컵에 가득 물을 따라 단숨에 들이켰다. 그때 현관문이 급하게 열리는 소리가 들리더니 연이어 누군가 계단을 마구 뛰어 올라오는 소리가 들렸다.

"야! 최명호. 너 또 싸웠다며!"

진서였다. 한달음에 달려왔는지 얼굴빛이 말이 아니었다. 어찌나 격하게 숨을 내몰아쉬는지, 걱정이 된 아라가 찬물을 따라 건넸다. 그걸 마시고 나서도 진서는 여전히 헉헉대며 숨을 몰아쉬었다. 명호는 그런 모습을 보고만 있었다. 그러더니 혀까지 차며 말했다.

"그러다 죽으면 나한테 나타나지 마. 내 잘못 아니니까."

"걱정 마. 절대 안 나타나."

숨을 돌리며 진서가 말했다. 겨우 가쁜 숨이 진정되었는지 진서는 소파에 거의 눕다시피 기대앉았다. 아무래도 생긴 것답게 몸도 약한 모양이었다. 하얗게 질린 얼굴의 진서는 쓰러질 듯 가냘파 보이는 소녀와 닮은 뭔가가 있었다. 아라는 두근거리는 걸 느끼며 말없이 진서를 바라봤다. 메리가 소파 위에 뛰어오르더니 꼬리를 흔들며 진서의 얼굴을 핥았다. 그런 메리를 번쩍 들어 가슴에 안으며 진서가 말했다.

"너 이번 모의고사 1등이래. 교무실 앞에 성적표 붙이더라."

"그렇게 공부하고도 그 성적이 안 나오면 내가 바보겠지. 그래도 수학에서 점수가 생각만큼 안 나왔어. 제길, 도대체 왜 자꾸 3학년 문제를 껴서 내는 거야."

명호는 머리를 마구 비비며 이렇게 대답했다. 그걸 들은 아라는 입을 떡 벌리고 명호를 바라봤다. 아버지가 잘났다고는 생각해 왔지만, 그런 것이 노력을 해서 얻어졌다고는 손톱만큼도 생각해 본 적이 없었다. 현성이는 "호오." 하며 감탄사를 날렸다.

"의외구먼."

"뭐가?"

탁자 아래에서 사과를 꺼내 들며 명호가 물었다. 그리고는 하나를 아라에게 던졌다. 그걸 받아든 아라는 조금 당황한 얼굴로 현성이를 바라봤다. 이내 명호는 현성이에게도 사과를 던졌다. 그러고는 차례차례로 가람이와 온주에게도 권했다. 그런 뒤 자신도 하나 집어 들더니 먹성 좋게 베어 물었다. 사과 씹는 소리가 요란했다. 그걸 보던 아라는 군침을 삼키고는 슬그머니 사과를 입가로 가져갔다. 하지만 가람이가 손을 내밀어 막았다.

"먹지 마. GMO(지엠오) 사과야."

"건강한 사람은 괜찮아. 괜찮다고."

사과를 먹다 말고 명호가 말했다. 아라가 '먹으면 안 될까?'라는 표정을 짓자 온주는 고개를 젓더니 말했다.

"가람이가 GMO에 대해 논문을 쓴 적이 있거든. 그러니까 허투루 들을 이야기는 아니야."

도대체 그런 재주는 또 언제 키웠는지 아라는 눈이 동그래졌다. 가람이는 "에헴!" 하고 헛기침을 하며 폼을 잡았다.

"확실히 건강한 사람에게는 괜찮아. 사과고 옥수수고 뭐고 몽땅 오염되어 있음에도 멀쩡하니 별 문제 없어 보이겠지. 하지만 문제는 임신부와 노약자야. 우리처럼 미래에서 여행을 오느라 몸이 맛이 간 사람도 안 돼. 유전자 변형이 일어날 확률이 상당히 높거든. 임신 중인 여자가 먹으면 1,000명 중 한 명은 문제가 생긴다고 보면 돼."

멋지게 이어지던 말은 갑자기 메리가 끙끙 앓는 소리에 뚝 끊겼다. 다들 놀라 진서를 바라봤다. 그제야 진서는 자신이 메리의 몸을 강하게 안고 있다는 것을 알아차렸다. 진서는 얼른 팔에 힘을 풀며 겸연쩍은 얼굴로 말했다.

"미안. 메리가 너무 폭신해서 순간 쿠션으로 착각했어."

그리고 이어지는 진서의 웃음소리는 밝기는 했지만 힘이 없었다. 명호는 "바보 같긴." 하고 혀를 차더니, 기지개를 펴며 일어섰다. 그러고는 먹던 사과를 쓰레기통에 던져 넣었다.

"하여간에 먹을 게 없다니까."

그런 명호를 향해 진서가 밝은 목소리로 외쳤다.

"나 배고파. 스파게티 만들어 줘. 너희도 다 먹을 거지?"

"엉?"

대답 대신 아라가 바보 같은 소리를 냈다. 단 한 번도 아버지가 주방에 들어서는 걸 본 적이 없기 때문에 나온 반응이었다. 그러나 놀랍게도 명호는 거실 한쪽에 있는 주방으로 향했다.

"맛없어도 난 몰라."

"괜찮아, 괜찮아. 명호가 끓인 건 다 맛있으니까."

진서의 말에 명호는 손을 저으며 주방으로 사라졌다. 아라는 졌다는 얼굴로 풀썩 소파에 기대앉았다. 그러고 보니 주방 옆에 달린 작은 문 안으로 올라가는 계단이 보였다.

"저 계단은 뭐야?"

"3층으로 통하는 길."

깨진 유리들을 쓰레기통에 집어넣으며 진서가 대답했다.

"이 집에 3층도 있었어?"

깜짝 놀란 얼굴로 아라가 물었다. 그도 그럴 것이 아버지 몰래 들춰 본 전자 앨범 속 할머니네 집은 언제나 2층까지였다. 3층의 모습은 사진에도 영상에도 어디에도 없었다. 아라는 저도 모르게 일어서서 그곳으로 다가갔다. 진서가 작은 목소리로 중얼거렸다.

"명호가 싫어할 텐데."

"너도 못 올라가 본 거야?"

"응. 거기 뭘 숨겨 놓은 모양이야. 절대 올라가지 말라고 하더라고."

"그래?"

진서의 말에 호기심이 동한 아라는 계단에 발을 디뎠다. 지켜보고 있던 현성이네가 눈을 부라리며 말리려 했다. 하지만 아라는 괜찮다는 시늉을 하고는 재빠르게 뛰어 올라갔다. 뒤에서 진서가 현성이에게 "설마 때리기야 하겠어? 놔둬. 놔둬." 하고 말리는 목소리가 들려왔다.

계단 끝에는 평범해 보이는 나무 문이 달려 있었다. 그것을 열고 들어선 아라는 하마터면 "우와!" 하고 감탄사를 외칠 뻔했다. 영화 속에서나 나올 법한 다락방이었다. 벽은 이 시대에 한창 유행하던 영상 벽지로 꾸며져 마치 해안가에 서 있는 것 같은 느낌을 주었고, 놓인 침대며 책상들은 모두 로코코 양식의 화려한 금박 무늬를 입은 나무로 되어 있었다. 그리고 그 위를 꾸미고 있는 건 인형들이었다. 세계 곳곳에서 보내 온 듯한, 이제 막 산 것은 아니고 세월을 탄 듯 손때가 잔뜩 묻은 것들이었다.

아라는 침대 위로 다가가 앉았다. 프릴이 잔뜩 달린 이불은 따스하고 보드라워 단숨에 기분이 좋아지게 만들었다. 눈을 들어 살피던 아라는 창밖의 풍경이 오직 나무들로만 채워져 있다는 것에 깜짝 놀랐다. 이곳에 올 때 보던 황량함은 최소한 저 창 안으로는 들어오지 않았다. 아라는 도대체 누구 방일까 너무 궁금해 벽 쪽에 놓인 화장대 앞에 앉았다. 그리고 조심스레 서랍을 열어 보았다.

서랍 안에는 액자가 하나 들어 있을 뿐이었다. 그걸 꺼내 본 아라는 깜짝 놀랐다. 집에서 자주 보던 사진이었다. 할머니와 아버지가 함께 포즈를 잡고 있는. 그런데 이 사진에는 한 명이 더 있었다. 할머니를 꼭 빼닮은 나이는 10대 초반쯤 되어 보이는 소녀였다. 발그레한 볼에 투명한 우윳빛 피부가 사랑스러웠다. 꼭 인형처럼 예뻐서 혹시 당시 유행하던 단백질 인형인가 싶기도 했다. 하지만 세심하게 살펴본 아라는 아니란 걸 알았다. 소녀의 표정은 분명 살아 있었다. 그러다 비로소 엄마가 언젠가 아버지에게 여동생이 있었는데 죽었다는 이야기를 해 줬던 것이 떠올랐다. 너무 오랜 옛날의 기억이라 까맣게 잊고 있었다.

"그래그래, 고모가 있었지. 어렸을 때 죽었다던. 할머니가 너무 슬퍼서 이사를 했다고 들었는데, 고모 방까지 옮겨오다니 신기하네."

아라는 액자를 다시 넣어 두고 다락방 안을 춤을 추는 것처럼 걸었다. 그러다가 벌렁 침대에 드러누웠다. 그러고 보니 인형들 중 유난히 눈에 띄는 것이 하나 있었다. 어린 시절 자신도 가지고 있던 인형이었다. 몰래 일기장을 숨길 수 있는 곰 인형. 아라는 반가운 마음이 들어 곰 인형을 집어 들었다. 그런데 묵직했다.

인형을 안아들며 아라는 "고모도 역시 쓴 건가?" 하고 중얼거렸다. 아라는 인형을 이리저리 돌려 지퍼를 찾아냈다. 그것을 열자 예상했던 대로 일기장이 보였다. 잠깐 망설였지만, 호기심이 일어 참을 수 없었다. 가슴이 두근거렸다. 일기장을 펼치자, 어린 소녀의 필체가 가득했다.

아라는 재빠르게 손을 놀려 펼치는 페이지대로 읽어 내려갔다. 고모는 아역 탤런트였던 모양이었다. 드라마 연기를 하면서 있었던 해프닝이나 오디션을 치르면서 겪었던 어려움 등이 빼곡히 적혀 있었다. 그와 함께 군데군데 공주나 남장 소녀 또는 조선시대 기생으로 분장한 고모의 모습이 담긴 스티커 사진도 곳곳에 붙어 있었다.

"맙소사, 이런 고모가 어쩌다 죽은 거야?"

기막혀 하며 아라는 주르륵 일기장을 뒤로 넘겼다. 그러다가 신명호라는 글자가 색색의 연필로 크게 쓰인 것을 발견했다. 깜짝 놀라 아라는 벌떡 침대에서 일어나 앉았다. 말라오는 입술을 침으로 다시며 앞으로 빠르게 넘겼다. 그러다 문득 눈에 들어오는 구절이 있었다.

오늘 천사의 노랫소리를 들었다. 난 사랑에 빠졌다.

날짜를 확인해 보니 지금으로부터 5년 전 봄이었다. 아라는 쓴 웃음을 지었다. 그리고 다음 장을 넘겼다. 내용은 점점 더 자세하게 적혀 있었다. 첫눈에 반했다는 사람을 찾아 동분서주한 모양이었다. 그러다 어느 장에서 아라의 손이 멎었다.

"드디어 이름을 알아냈다. 이름은 신명호. 고아원에서 지내고 있다. 그곳은 사정이 굉장히 나쁜 고아원이라는데, 너무 걱정스럽다."

아라는 가쁜 숨을 내쉬며 일기장을 계속해서 넘겼다. 아버지를 입양시키기 위해 고모가 얼마나 고생을 했는지에 대해 상세하게 적혀 있었다. 밥을 굶기도 하고, 울기도 하고, 중요한 드라마 오디션을 펑크 내기도 하고, 고모는 자신이 할 수 있는 모든 방법을 다 동원해 명호를 구해 내려고 했다. 그리고 마침내 입양을 하던 날 고모는 이렇게 적어놓았다.

신명호가 드디어 최명호가 됐다. 같이 지내게 돼서 너무 행복하다. 누이동생으로 살아도 상관없다. 언제까지나 지켜 주고 싶다. 오빠가 유명한 팝페라 가수가 되었으면 좋겠다. 하지만 오빠 인기가 많아지면 어쩌지? 그건 좀 고민된다.

그러나 촘촘히 적힌 귀여운 글씨는 물 때문에 얼룩져 번져 보였다. 종이까지 우글거리는 걸 보니 물에 흠뻑 젖었던 것 같았다. 그걸 손으로 매만지다가 문득 아라는 알았다. 이 글을 읽고 누군가 운 거였다. 그리고 아마도 그건 아버지가 아닐까 싶었다. 고모가 죽고 난 뒤 우연히 이 일기장을 읽고는 펑펑 운 거겠지. 아라는 가슴이 덜컥 내려앉아 일기장을 탁 덮었다. 그러고는 황급히 다시 곰 인형 안에 쑤셔 넣었다. 무언가 엄청난 이야기를 알아버린 기분이었다. 아라는 뒷걸음질쳐 곰 인형에게서 멀어졌다. 그러고는 휙 돌아서 계단을 다시 내려갔다. 내려서고 보니, 모두들 눈이 동그래져서 아라를 바라보고 있었다.

"뭔가 재미난 거라도 알아낸 거야?"

진서가 물었다. 아라는 꿀꺽 마른침을 삼키며 손을 저었다.

"아무것도, 아무것도 아니야. 그냥 방이 너무 예뻐서."

진서는 미심쩍다는 얼굴로 아라를 바라봤지만, 이내 주방에서 명호가 부르는 소리에 부리나케 일어나 달려갔다. 지켜만 보고 있던 현성이는 아라 곁으로 다가서서는 작고 낮은 목소리로 물었다.

"왜 그래?"

"우리 아버지 원래 이름은 신명호야. 맙소사, 나 고모가 있었어. 그것도 아역 탤런트까지 하던 고모가 말이야!"

"에? 갑자기 웬 고모 타령이야?"

"우리 아버지를 입양시키도록 난리를 친 게 우리 고모라고. 그런데 그 고모가 어렸을 때 죽었어. 그것 때문에 우리 아버지 성격이 그 모양 그 꼴이 된 거라고. 틀림없어."

"히야, 아버지의 과거에 오니 아버지가 마구 이해되나 보지? 언제는 못 잡아먹어서 난리더니."

"어쨌든! 그 고모가 엄청 예뻐. 꼭 진서처럼. 그래. 만약 살아 있다면 진서랑 비등비등했을 거야. 물론 진서는 남자라 어깨도 떡 벌어지고 키도 크지만, 이미지는 비슷했을 것 같아."

가람이의 말에 아라가 생각났다는 듯 덧붙였다. 순간 현성이도 온주도 입을 다물고 침묵했다. 가람이는 억지웃음을 지으며 딴청을 피웠다. 갑자기 아라는 못할 소리를 했나 싶어 당황스러웠다. '표정들이 왜 그래?' 하고 물으려 했지만, 한 발 앞서 진서가 커다란 냄비를 들고 나타났다.

"짠! 식사 시간입니다. 최명호군의 특제 라면 스파게티 대령이오."

2060년 11월 12일. **타임 홀의 비밀**

"우와, 진짜 너무하네. 아니 제가 바로 밑의 직위에 있는 것도 아닌데 저한테 돌려놓으시면 어떡해요. 통제실 잠근 건 지부장님이면서."

거의 우는 목소리로 기술부장이 말했다. 화면 속 서울지부장은 껄껄 웃음을 터트렸다.

"자넨 백이 있잖아. 든든한 백이. 설마 잘리겠어?"

"잘리는 게 문제가 아니고 전 그 회계부장이란 사람이 무섭다고요. 그리고 저 같은 기술직의 뒤를 봐주는 게 간부직 아닙니까?"

"자, 자. 그만 좀 징징대게. 내가 진서 프랭클린에 대한 고급 정보까지 줬잖은가. 이만하면 됐지 뭘 더 바라? 이 나이에 잘리면 우리 가족은 누가 책임지나. 자넨 아직 결혼 전이잖아."

그렇게 말하던 지부장 옆으로 누군가의 손이 무언가를 건네는 것이 보였다. 그걸 확인한 지부장이 신음소리를 흘렸다. 기술부장이 궁금한 얼굴로 보자, 지부장은 어색한 웃음을 지으며 보고 있던 플라스틱 필름을 돌려 보여 주었다.

"서현역에서 수거된 모래 분석 결과야. 피해자 살갗에 박혀 있던 단 한 알을 가지고 분석한 거라 오차율이 좀 높을 것이야."

기술부장은 화면을 줌인 해 결과 보고서만 자세히 들여다보았다. 대충 눈으로 훑던 기술부장은 어이없다는 얼굴로 중얼거렸다.

"정체불명. 다만 이 모래는 살아 있는 것에만 영향을 미치는 것으로 확인됨? 흙에 닿으면 단순한 유기물질로 변함. 퇴비 효과가 있는 것으로 보임이라. 뭐, 이런 황당한 보고서가."

화면이 줌아웃 되면서 다시 지부장의 얼굴이 나타났다. 지부장은 보고서를 내려놓으며 한숨을 내쉬었다.

"어쨌거나 원인을 못 찾겠으면 실마리라도 잡아서 나오라고. 회계부장이 문을 뜯고 들이닥치기 전에."

"에, 설마요."

"자넨 정말 순진해. 쯧쯧. 자, 그럼 이만."

팟! 소리와 함께 화면이 사라졌다. 그러자 복도는 다시 어두컴컴해졌다. 기술부장은 머리를 긁적이며 "쳇, 하여간에 컴퓨터란 건 어떤 때 보면 정말 멍청하다니까. 빤히 보고 있었으면서 안 물어 봤다고 한마디도 안 하다니. 마더콤, 너 진짜 인공지능 컴퓨터 맞는 거냐?" 하면서 마치 정신 나간 사람처럼 중얼거렸다.

그 사이 김치성 교장은 담배를 입에 문 채 수족관처럼 뿌옇게 저편으로 보이는 영상을 홀린 듯 바라보고 있었다. 기술부장은 그 눈빛에 저도 모르게 주름이 보여 주는 영상을 바라보았다.

"지부장의 말이 사실이라면 정말 놀랍군. 2060년에서 시간여행을 와서는 1년 넘게 머물고 있다는 건데. 보통은 정체불명의 폭풍을 불러서 들킬 텐데 말이야. 어째서 진서라는 저 애만 용케 비켜 가고 있는 거지?"

담배 연기를 뿜어 올리며 김치성 교장이 말했다. 이제 주인공이 바뀌어 눈앞에 펼쳐지고 있는 공간 속에는 게임에 빠져 있는 명호와 진서가 앉아 있었다. 27일이 시작된 지 얼마 안 된 시간이었다. 창밖은 어두웠고, 바람 소리가 창문을 요란하게 두들겨댔다. 어찌 보면 음산한 느낌이 드는 그런 곳에 집이 있는데도, 지금 명호와 진서가 있는 그 공간만큼은 따스하고 안락해 보였다. 둘이 내뿜는 기운이 방 안을 꽉 채우고 있는 느낌이어서 그런지도 몰랐다.

게다가 언뜻언뜻 눈웃음짓는 진서의 얼굴은 보는 것만으로도 가슴 뛰게 만드는 다정함이 감돌고 있었다. 김치성 교장은 그 웃음이 보기 좋으면서도 동시에 이질감이 느껴져 도대체 왜일까 하고 곰곰이 생각에 잠겼다.

기술부장은 잔뜩 골난 얼굴로 마더콤을 향해 외쳤다.

"쓸데없는 건 모두 넘기고 해 뜰 때로 고정시켜!"

김치성 교장이 말릴 틈도 없이 휘리릭 장면들이 넘어갔다. 불이 꺼지고 어두컴컴한 실내에 뿌옇게 햇살이 들었다. 방금 전까지만 해도 명호와 진서가 앉아 있던 거실은 텅 비어 있었다. 먹다 만 피자 조각이 담긴 접시가 처량해 보였다. 기술부장은 샌드위치를 입에 물고는 원망스러운 얼굴을 하고 있는 김치성 교장을 향해 말했다.

"아이들 깰 때까지 조사를 좀 하죠."

기술부장은 반지 모양으로 된 휴대전화를 꺼내 들더니 그것을 손가락에 끼우고 살짝 돌렸다. 그러자 바로 작은 홀로그램 화면과 레이저 자판이 허공에 떠올랐다. 그저 빈 공간 속을 움직이는 건데도 손가락 놀림이 매우 빨랐다. 김치성 교장은 자못 신기한 쇼를 보는 얼굴로 내려다보았다. 기술부장은 샌드위치를 우물거리며 말했다.

"진서 프랭클린은 그냥 보기에도 분명 동양인이에요. 그런데 유엔 사무총장 부부는 두 사람 다 북유럽 출신이죠."

"그렇군. 진서는 양자겠군!"

"짠, 찾았어요."

기술부장이 핸드폰의 모니터 전환버튼을 누르며 말했다. 그러자 어둠뿐이던 통로에 커다란 가상모니터가 떠올랐다. 모니터 속에는 기술부장이 검색해 찾아낸 어떤 인물의 얼굴이 떠올라 있었다.

진서 프랭클린 : 2042년 출생 추정. 현재 나이 18세.

특이사항 : 2055년, 서울발-프랑스행 WTX에서 발견.

신고인 : 프랭크 프랭클린(현 유엔사무총장, 관계 : 양부)

발견당시 기억혼돈 증세를 보였음.

보호자를 찾지 못해 어린이 보호소에 송치.

3개월 후 체코 프라하 국립 고아원으로 송치.

프랭크 프랭클린과 캐서린 프랭클린 부부에게 입양.

2056년, 수리남 바이러스에 의한 유전자 이상 3급 장애로 확인.

2060년, 시간여행 중 실종. 실종년도는 2029년 2월.

"2055년이라 내가 최초로 타임 슬립을 한 년도로구먼."

김치성 교장이 말했다. 기술부장은 샌드위치를 꿀꺽 삼키고는 심각한 목소리로 중얼거렸다.

"2055년, 2055년. 다른 곳도 아니고 고속열차 안에서 발견되었다. 2055년 WTX. 어째 귀에 익는데. 경찰 기록에 따르면 진서를 발견한 정확한 위치는……. 에, 또 뭐야. 이것도 기밀이야? 귀찮게시리."

구시렁거리면서 두다다다 자판을 두드려대던 기술부장은 찾아냈는지 넉넉한 웃음을 짓다가 갑자기 눈을 크게 부릅떴다. 그러고는 황당하다는 얼굴로 신음소리를 흘렸다. 김치성 교장이 궁금해 바라보자 기술부장은 코를 훌쩍이며 말했다.

"히야, 이거 재밌네. 발견 장소가 서울발-프랑스행 WTX 신의주역 100미터 전방이라고 적혀 있네요. 하지만 그 땅은 샤인스타사에 의해 어마어마한 가격에 매입되었고, 노선이 바뀌었죠. 지진 위험 지역이라고 둘러대긴 했지만 사실 딱히 이유 없는 변경이었어요. 그리고 그곳은 지금 사유지로 버려져 있지요."

"진짜 타임 홀이 있는 곳이군."

생각에 잠긴 목소리로 김치성 교장이 중얼거렸다. 기술부장도 김치성 교장도 둘 다 일급비밀 열람 자격이 있기 때문에 익히 알고 있는 사실이었다. 기술부장은 의아한 듯 바라보다가 씩 웃었다.

"아, 역시 교장 선생님도 찔리셨구나."

김치성 교장이 영문을 모르겠다는 표정을 짓자 기술부장이 말을 이었다.

"그 왜 전시용으로 오벨리스크처럼 세워서는 쇼를 하잖아요. 우주공간 영상도 켜고. 그걸 보면서 사람들이 환호성을 지르고 눈물을 흘리고 그러는데 양심에 구멍 나는 느낌이 들더라고요. 진짜 타임 홀은 황무지 언덕 위에 얹힌 버려진 WTX 칸 안에 있는데, 하고 소리치고 싶어진다니까요. 게다가 가디언고 학생들의 눈망울이란. 타임 홀의 이론과 실제에 대해 특강을 나갔을 때 다들 어떻게 이동하는지 묻는데, 우와, 거기에 대놓고 너희를 얼려서 변기에서 물 내리듯 지하 배수관을 통해 타임 홀로 쏘는 거야, 라고 말하고 싶은 거 있죠. 입이 근질근질해서 죽을 뻔했다니까요."

"테러를 방지하기 위해 그런 정도야……. 타임 홀을 손에 넣으려는 테러 시도가 몇 번이나 있었다는 걸 알고 있지 않은가? 모르는 게 약인 경우도 있는 거야. 뭐, 그건 됐고 진서 프랭클린의 발견 날짜가 언젠지 정확히 알 수 있나?"

"에, 어디 보자. 정확한 날짜가……."

겸연쩍은 듯 허둥대며 기술부장은 바쁘게 손을 놀렸다. 그러고는 갑자기 동작을 멈췄다. 기술부장은 믿을 수 없다는 얼굴로 읊조렸다.

"타임 홀을 발견한 날이네요. 2055년 10월 4일."

"그리운 날짜로군. 그로부터 3달 뒤 내가 타임 홀을 통해 2026년으로 타임 슬립을 했지. 그런데 하필 그날 발견이라니. 수상하군."

"이게 무슨 의미가 있을까요? 진서가 탔던 WTX에는 1,000명 가까운 승객이 타고 있었어요. 그 와중에 부모와 떨어져 고아가 됐다 해도 이상할 건 없죠. 일부러 내버리고 신고를 안 하는 치들도 종종 있다고 하니까."

"아니, 뭔가 있어 보이네. 이건 감이지만 확실히 뭔가 있어."

"흠, 뭔가 있다라. 그렇다면 진서가 2030년에 머무는 이유에 대해 캐 볼까요?"

"이유?"

"명호가 좋아서 죽을 지경이란 얼굴로 있는데 제 눈에는 죽음을 각오하고 머물고 있는 걸로 보이거든요. 분명 타임 슬립하기 전에 세 달이 지나면 몸이 분해되기 시작한다고 경고를 들었을 텐데."

"하긴 쉽지 않은 용기야. 결과야 어찌 됐든 그저 친구랑 있겠다고 그러기에는 각오가 꽤 필요했을 테지."

"최명호 뒷조사를 하면 접점을 찾을 수 있을 거예요."

"좋아. 해 보게. 얼른."

"네! 선생님."

기술부장은 활기차게 대답하고는 손가락을 놀렸다. 그러자 곧 또 다른 인물의 프로필이 화면을 메웠다.

최명호 : 2012년 출생. 현재 나이 48세.

　　　　　현 서울 검찰청 차장검사.

　　　　　국제 사법 재판소 한반도 연합정부 대표 검사.

　　　　　국제 범죄 대책반 대표 검사.

가족관계 : 전처 홍나영, 자녀 최아라.

특이사항 : 2025년, 최진석과 김미정 부부에게 입양.

　　　　　2026년 10월 4일, 여동생 최소영(14세, 아역탤런트) 실
　　　　　종. 3개월 동안 수사를 펼쳤으나 찾지 못했음. 현재까지
　　　　　미결 사건임.

　　　　　2029년, 부모 이혼.

　　　　　2035년, 알코올중독으로 어머니 사망.

　　　　　2036년, 아버지 사망. 교통사고를 위장한 자살로 의심되
　　　　　었으나 보험사에서는 사망 보험금을 지급하였음. 수취인은
　　　　　최명호.

　　　　　2040년, 홍나영과 결혼.

　　　　　2055년, 이혼.

"지금 세부 사항 검색 중이에요. 진서 프랭클린이란 이름을
넣어서. 담당 사건과 관련 있는 피의자들의 이름과 가족관계,
그들이 살던 집을 중심으로 진서 프랭클린과 연관 있는 사람이
있는지……."

기술부장이 턱짓으로 화면을 가리키며 말했다.

"잠깐, 2026년 최명호의 여동생이 실종됐군."

손을 들어 막으며 김치성 교장이 말했다.

"아, 그러네요. 아무래도 그것 때문에 가정이 무너졌나 보네. 실종 미아 검색 프로그램 때문에 미아 발생률이 거의 없었을 텐데…… 쯧쯧."

그렇게 혀를 차던 기술부장은 그제야 알아차렸다는 얼굴로 김치성 교장을 바라봤다. 김치성 교장은 마른침을 다시며 쉰 목소리로 입을 열었다.

"2026년 10월 4일 최소영 실종. 그리고 2055년 10월 4일 타임 홀 생성 시 진서가 발견됐다고 한다면 나오는 답은 뭘까?"

"답이라뇨?"

"시체도 못 찾은 14세 아이, 그리고 타임 홀이 생겨난 WTX에서 발견된 12세에서 14세 사이로 보이는 아이. 뭔가 접점이 있어 보이지 않아?"

"말도 안 돼! 불가능해요. 최소영이 진서 프랭클린이 될 확률은 제로라고요. 최소영은 여자고, 진서 프랭클린은 남자라고요. 애초에 성별이 틀린데."

"그래! 그래서 아무도 알아내지 못한 거야. 하지만 보라고. 진서 프랭클린의 병명이 무엇인지!"

"수리남 바이러스에 의한 유전자 이상 3급 장애. 아, 남녀성별 동시 발현 이상 증세!"

"맞아, 그거네. 성이 뒤바뀐 거야. 장애가 심하지 않아 외모는 그대로였던 모양이지만 결국 성별이 바뀌어 발현하는 증세가 나타났다고 하면 앞뒤가 맞지 않는가?"

"하지만 정말 그렇다면 프라하 국립 고아원에 송치됐을 때 미아 검색 프로그램에서 검색됐을 겁니다. 세계적으로 정보 교환을 하고 있으니까요."

"자넨 자네가 말해 놓고도 잊어버린 건가? 타임 홀을 손에 쥔 곳이 가디언사가 아니라 샤인스타사, 아니 블루스타사라면서? 타임 홀을 손에 넣기 위해서는 그걸 최초로 생성시킨 존재가 필요했을 걸세. 그리고 그 정도의 일을 쉽게 해낼 수 있는 건 다국적 기업 외에는 불가능하지. 아닌가?"

김치성 교장이 절규하듯 외쳤다. 기술부장은 정신이 아득해지는 기분에 입술을 깨물었다. 그건 모든 물리법칙에 어긋나는 거라고 말하고 싶었다. 블랙홀도 아니고 어떻게 사람이 타임 홀을 연단 말인가? 애초에 상상조차 해 보지 않은 일이었다. 애가 탔는지 김치성 교장이 말을 이었다.

"난 물리학은 잘 모르네만, 그런 이야기를 들은 적이 있어. 아인슈타인만큼이나 천재로 추앙받았던 에딩턴이란 사람이 그랬다더군. 물질을 파고들면 들수록 그 심연에는 사념만이 존재한다는 것을 알게 된다고. 그땐 무슨 이야기인지 몰랐네만, 이제야 알 것 같네. 최소영은 아역 탤런트였지. 모든 것을 손에 쥔 존재였어. 그런 애가 바닥에 내쳐지는 사건이 벌어진 게야. 이름조차 알 수 없는 희귀병에 걸린 셈이니까. 그 어마어마한 좌절감이 블랙홀처럼 작용하지 않았을까? 도망치고 싶다. 이 시대에서 도망치고 싶다는 생각이 타임 홀을 만들어 냈다면? 물질이 곧 사념이라면, 강력한 사념은 물질을 만들어 낼 수 있다는 거니까. 알아, 아네. 말도 안 되는 이야기라는걸. 하지만

이 우주에는 우리가 모르는 신비가 가득하다는 걸 자네도 인정할 게야. 그러니 이건 아예 접어 둘 이야기가 아니네."

기술부장은 천천히 숨을 들이키며 고개를 끄덕였다. 김치성 교장의 말에 100% 아니라고 대답할 수는 없었다. 과학이 정복하지 못한 영역은 너무나도 컸다. 파고 또 파도 수수께끼는 항상 존재했다. 또한 그 수수께끼는 이것이 진리라고 자부하는 법칙들을 인정사정없이 깨부수곤 했다.

"하긴 그렇다면 왜 마더콤이 진서를 검색해 내지 못했는가에 대한 답이 나오네요."

기술부장이 쓴웃음을 지으며 말했다. 이토록 쉬운 문제를 어째서 그동안 아무도 풀어내지 못한 걸까, 의구심이 들 정도였다. 헛웃음을 터트리며 기술부장이 말을 이었다.

"3년에서 4년 정도의 오차는 마더콤이 검색해 내지 못해요. 진서는 아니 최소영은 원래 시대로 돌아간 거니까 검색이 될 리가 만무하죠. 머물러도 별 탈 없었을 테고. 하지만 그 이야긴 진서가⋯⋯."

"최초의 타임 슬리퍼란 소리지. 내가 아니라."

기운 없는 얼굴로 김치성 교장이 말을 받았다. 기술부장은 뜨끔한 얼굴로 입을 다물었다. 김치성 교장의 마음을 알 것 같았다. 세계 최초의 타임 슬리퍼로 온갖 조명을 받아 왔는데, 그게 아니라니 충격을 받고도 남을 일이었다. 안타까운 듯 김치성 교장을 바라보던 기술부장은 이내 고개를 돌려 막 너머를 바라보았다. 이젠 사라져 버린 과거의 시간 속에서 막 10시를 알리는 종소리가 울려 퍼지고 있었다. 은은하면서도 슬프게 들리는 맑은 소리.

"최소영이 만약 명호를 사랑했다면 10대의 시절로 돌아가려고 했을 법해요. 하지만 그렇게 됐다면 타임 홀은 닫혔을 거예요. 어마어마한 시공간좌표 왜곡현상을 일으킨 주체가 원래 시대로 돌아간 거니까. 하지만 타임 홀은 닫히지 않았어요."

"이 모든 것이 억측이라는 건가?"

기술부장의 말에 김치성 교장이 물었다. 기술부장은 입맛을 다시며 화면을 바라보았다. 경력란을 바라보다가 레이저 자판을 두드리기 시작했다. 그러고는 만족스러운 미소를 지으며 새끼손가락으로 버튼을 살짝 눌렀다. 화면에 흐릿한 사진 한 장이 떠올랐다. 실종 전단지에 찍힌 사진이었다. 눈이 부시도록 아름다운 소녀의 얼굴은 무척 낮이 익었다.

"명호의 실종된 여동생이에요. 최진석과 김미정의 친딸로 아역 탤런트라고 적혀 있네요. 아직까지도 미스터리 사건으로 남아 있을 정도로 당시에는 아주 유명한 실종 사건이었네요."

기술부장이 말했다.

"진서와 대조해 볼 수 있나? 그러니까 얼굴 특징이라든가……."

김치성 교장은 주머니에서 담배를 꺼내 입에 물었다. 초조한 얼굴의 김치성 교장을 보며 기술부장은 조용히 물었다.

"후회하지 않으시겠어요?"

"내가 왜 후회를 하지?"

"타이틀이 날아갈지도 모르니까요. 굉장히 소중하게 생각해 왔던."

"그딴 거 개나 주라고 해. 아라네만 살릴 수 있다면 난 상관없네."

"좋습니다. 그럼."

기술부장은 재빠르게 가상 자판 위로 손가락을 놀렸다. 하지만 뭔가 안 풀리는지 기술부장의 미간이 잔뜩 찌푸려졌다.

"어라?"

"왜 그러는가?"

"마더콤에서 인식 거부를 하네요. 뭐야, 이거. 누가 이따위 제어를 걸어놓은 거야. 쳇, 이따위 것 깨 버리면……."

기술부장의 얼굴이 창백해졌다.

"음, 실시간으로다가 날 방해해! 너 누구야!"

신음소리를 내며 기술부장이 말했다.

하지만 가상 화면에서 목소리가 들려올 리 만무했다. 기술부장이 성을 내며 놀리는 손가락 속도가 점점 더 빨라졌다. 하지만 이내 여기저기 띄워놓았던 화면이 하나 둘 촛불 꺼지듯 꺼져 갔다. 기술부장은 "안 돼. 안 돼. 그렇다고 하드까지 몽땅 날려 버리지 마!" 하며 소리를 질렀다. 하지만 결국 모두 꺼지고 나자, 기술부장은 신음소리처럼 "당했다."라고 말하며 고개를 푹 숙였다. 다시 고개를 든 기술부장의 눈초리에 눈물 한 방울이 달려 있었다.

"괜찮은가?"

김치성 교장이 놀라 물었다. 기술부장은 아이처럼 다소 히스테릭한 목소리로 외쳤다.

"초콜릿이 필요해요. 그것도 왕창!"

"잠깐, 잠깐 있어 보라고. 내가 연락을 할 테니."

허둥대는 김치성 교장의 뒤로 갑자기 무언가가 번쩍하며 터졌다. 기술부장은 막 너머의 세계가 지금 소멸했다는 것을 깨달았다. 환한 빛이 꺼지자마자, 방금 전까지 건재했던 명호네 집은 흔적도 없이 사라졌다. 비단 집뿐만 아니라, 주변에 있던 상가 건물들과 버려진 집들까지 모두 땅에 까만 흔적만 남긴 채 소멸했다.

김치성 교장의 눈이 휘둥그레졌다. 기술부장은 어안이 벙벙했다. 하지만 정작 두 사람을 놀라게 한 것은 회계부장의 등장이었다. 평소와 티끌 하나 다른 것이 없어 보이는 눈빛을 하고 그는 천천히 제로 그라운드로 걸어 들어갔다. 그러고는 손을 들어 폭발이 일어난 땅을 살며시 쓰다듬었다. 마치 유적이라도 발굴하는 것처럼 부드러운 손놀림에 드러난 건 아라였다.

피투성이가 된 아라는 진서를 끌어안고 있었다. 진서는 상처하나 없이 온전해 보였다. 아라는 힘겹게 고개를 들어 회계부장을 바라봤다. 해를 등지고 선 회계부장은 마치 계시라도 내리는 것처럼 낮게 울리는 목소리로 읊조렸다.

"이건 모두 네 잘못이야."

함께 짓는 미소에서 광기가 느껴졌다. 그렇게 중얼거리던 회계부장은 무언가 거슬렸는지 고개를 돌려 뒤를 바라보았다. 기술부장은 그와 눈이 마주쳤다. 온몸이 저릴 만큼 강렬한 눈빛에 기술부장은 저도 모르게 뒤로 물러섰다. 회계부장은 분명 마더콤에서 보고 있는 기술부장을 바라보고 있었다. 이내 회계부장의 입가에 미소가 걸렸다. 그러더니 막이 뿌옇게 흐려져 갔다.

그리고 다시 맑아지지 않았다. 이내 막 위로 '더는 영상화 불가.'라는 글자가 점멸했다.

할 말을 잃은 기술부장은 그저 입만 떡 벌린 채 그 글자를 바라봤다. 김치성 교장은 담배를 끄며 말했다.

"나가지."

2060년 11월 12일. **돈이라는 만능키**

　회계부장을 피해 중앙통제실에 와 있던 서울지부장은 마침 내 나타난 기술부장을 보곤 무척 반겼다. 기술부장은 입에 초콜 릿을 가득 담은 채 마땅치 않다는 얼굴로 말했다.

　"컴퓨터가 해킹당해서 몽땅 날아갔어요. 순식간에, 아주 깨 끗하게."

　"그게 무슨 소린가? 자네 컴퓨터를 해킹할 정도면 마더콤 정 도는 되어야 하잖아."

　"여기 있는 마더콤은 아니겠죠. 하지만 본사에 있는 마더콤 이라면 가능하죠."

　"맙소사, 일 났군. 긴급 회의를 미뤘다고 회계부장이 수를 쓴 모양이군."

　서울지부장은 두 손을 모으며 주눅 든 목소리로 말했다.

　"어째서 그 인간이 설쳐대는 겁니까? 서울지부 총 책임자는

지부장님이시잖습니까?"

뒤이어 들어서던 김치성 교장이 소리쳤다. 서울지부장은 난색을 표하며 손사래를 쳤다.

"이런 말 하면 제 무덤 파는 거겠지만, 타임 가디언사에도 파벌이 여러 개 있네. 회계부장은 그 중에서도 타임 가디언사 최대 주주 라인에 서 있지. 앞으로 중앙지부장으로 올라갈 거라고 그러더군. 지금 그가 이렇게 일을 서두르는 건 바로 최대 주주가 그걸 원하고 있다는 소리네. 그러니 나도 말릴 수가 없어."

김치성 교장은 "기가 막히는 군." 하고 작게 중얼거리더니 뭐라고 쏘아 붙이려 했다. 그러다 갑자기 생각났다는 듯 이마를 치며 외쳤다.

"맙소사!"

"왜 그러십니까?"

기술부장이 물었다. 김치성 교장은 목이 졸리는 것처럼 컥컥대는 목소리로 말을 이었다.

"그날, 아라네가 좌초하던 바로 그 시간에 회계부장이 통제실에 들어와 있었네. 어디론가 가야 한다고 했어. 비밀 임무라고. 본사에서 내려온 지시라고. 난 시험 때문에 정신이 팔려 어디로 가는 건지 묻지도 않았지. 그런데 아라네 사건이 터지고 난 뒤, 그 치는 나만큼이나 하얗게 질린 얼굴로 통제실을 빠져나갔네. 난 그가 돈 문제 때문에 화가 난 거라고 생각했어. 그런데 아니었던 거야. 그 치였어. 회계부장이 좌표를 조작하고……."

"히야, 김 교장. 날 범죄자로 모는 건가? 너무하는군. 이날 이때껏 자넬 밀어준 건 나라고. 나!"

굳게 잠겨 있어야 할 문이 열리며 회계부장이 대답했다. 서울지부장은 깜짝 놀라 멈칫대며 한 걸음 뒤로 물러섰다. 그러자 회계부장은 차갑게 웃으며 한 발 앞으로 걸어 나왔다.

"이런, 이런. 지부장님. 제가 무슨 악마라도 되는 것처럼 구시네요. 그렇게 무서워하시면 쑥스러워지지 않습니까? 아, 문이 어떻게 열렸는지 궁금하신 건가요? 지부장만 특권 명령권자가 아니랍니다. 최악의 상황을 통제하는 건 어디까지나 가디언 본사지요. 설마 그걸 모르신 건 아니겠지요?"

"가디언 본사라고?"

김 교장은 울 것 같은 표정을 지었다. 회계부장의 도를 넘는 행동에 뭔가가 이해된 모양이었다. 기술부장이 사색이 되어 말리려고 했지만 그 손길을 뿌리치며 김치성 교장이 물었다.

"자네 뒤에 서 있는 게 혹 샤인스타사인가?"

"호오, 기술부장에게서 뭔가 귀띔이라도 들으신 모양이구먼."

"이제야 알겠군. 어떻게든 너희는 진서를 찾아야만 했다. 하지만 찾을 수 없었지. 그 앤 자기 시대로 돌아갔으니까. 그래서 아라를 이용한 거고. 11조를 좌초시킨 것도 모두 네 놈, 아니 샤인스타사의 짓이로군."

"이것 참 섭섭하네. 김치성 교장. 난 그저 필연의 폭풍을 막기 위해 최선을 다하는 가디언사의 사원일 뿐이야. 일개 사원. 그런 나를 샤인스타사와 연관짓다니 너무하는걸."

"집어치워! 정말로 네 놈이 가디언사의 사원이었다면 이런 식으로 사건을 처리한 전례가 없다는 것을 알고 있을 거다. 모두 아니라고 하는데 네 놈만 그렇다고 하는 것부터가 그래! 막무가내 식으로 처리반을 파견하자고? 모조리 죽여서 폭풍의 원인을 없애자고? 네 놈 머릿속에는 이 일의 대가로 받은 돈뭉치밖에는 없겠지. 안 그런가?"

회계부장은 고개를 저으며 한숨을 내쉬었다.

"지금 화를 내는 이유가 정말로 그것 때문이야? 자신이 최초의 타임 슬리퍼가 아니란 사실에 충격을 받아서가 아니고?"

"헛소리는 그만둬. 고작 그깟 명예 때문에 아이들이 죽는 걸 내가 두 눈 뜨고 지켜보리라 생각하는 건가? 난 이 사실을 세상에 알리겠어. 샤인스타사가 꾸미고 있는 음모를 낱낱이 밝혀내겠다, 이 말이야."

김치성 교장이 외쳤다. 회계부장은 코웃음을 치더니 "세상 물정을 몰라도 너무 모르는군." 하고 중얼거렸다. 그때까지 듣고만 있던 기술부장은 한숨을 내쉬더니 말했다.

"이미 처리반들을 파견했군요."

"그래, 드디어 물고기를 낚았거든. 정말이지 돈이란 만능키야. 안 되는 게 없다니까."

회계부장이 대답했다. 순간 중앙 통제실이 싸늘하게 얼어붙었다. 조용히 숨죽이며 사태를 지켜보던 연구원들이 서로를 훑어보기 시작했다. 누가 배신을 한 거지? 누가 배신을 한 거냐고! 그렇게 외치는 묵언의 목소리가 귓가에 감돌았다. 하지만 찾아볼 필요도 없었다. 몇 명이나 되는 연구원들이 고개를 숙이며 괴로워하는 낯빛을 지었다.

"이건 반란이야! 자네가 아무리 최대 주주를 뒤에 이고 있다고 해도 이건 반역일세! 연합정부 차관들이 이 사실을 알게 되면 가만있을 것 같나?"

서울지부장이 외쳤다. 그러자 회계부장은 아주 천천히 소리내어 웃었다. 마치 오래된 테이프가 늘어난 것처럼 지지직거리는 느끼한 웃음소리. 그 웃음소리와 함께 여기저기서 시위 진압용 봉을 빼든 복면을 한 남자들이 모습을 드러냈다. 진압용 봉은 높은 전류가 흐르고 있어 몸에 닿으면 그대로 기절하고 마는 전기충격기였다.

서울지부장은 어쩔 수 없이 손을 들어 항복한다는 표시를 해보였다. 김치성 교장도 마찬가지였다. 두 사람은 경비원들에게 끌려 나갔다. 남겨진 기술부장은 어이없다는 얼굴로 회계부장을 바라보았다. 어째서 정작 자신은 안 끌고 나가는지 이해가가질 않았다. 그러자 회계부장이 만면에 미소를 지은 채 말했다.

"'망나니라도 가족은 가족이니까.'라고 전해 달라고 하더군."

그 말을 듣는 순간 기술부장은 있는 힘껏 주먹을 날렸다. 하지만 그것을 잡아낸 회계부장은 기술부장을 와락 떠밀어 버렸다.

"네 어리광도 오늘로 끝이야. 지금부터 서울지부는 내가 맡는다. 한 번 더 방해를 하면 네가 아무리 그분 손자라도 가만 두지 않겠어."

바닥에 넘어진 기술부장을 노려보며 회계부장이 말했다. 회계부장은 중앙통제실을 나갔다. 몇몇 연구원들도 그의 뒤를 따라 나갔다. 다른 연구원들의 매서운 눈길에 더는 앉아 있을 수가 없었던 것이다.

기술부장은 엉덩이를 털고 힘들게 일어났다. 그리고 흐느적거리며 비어 있는 자리 아무 곳에나 가서 앉았다. 기술부장은 두 팔을 축 늘어뜨리고는 기운 빠진 웃음소리를 흘렸다. 거의 신음소리에 가까운 웃음이었다. 불안한 듯 바라보던 연구원 한 명이 일어나 한쪽에 준비해 두었던 초콜릿을 집어 들었다. 기술부장은 멍한 얼굴로 옆에서 건네는 초콜릿을 받아 들었다. 그러고는 "고마워." 하고 건성으로 중얼거렸다. 초콜릿을 베어 물려다가, 기술부장은 자리에서 천천히 일어섰다.

이제 시간은 새벽을 향해 가고 있었다. 딸깍 소리를 내며 시계가 분침을 옮겼다. 지금쯤 아라네는 크나큰 위험을 맞이하고 있을 거였다. 그런데도, 10대의 아이들이 그렇게 죽어 가게 생겼는데도 할 수 있는 일이 아무 것도 없었다.

'또야, 또. 언제나 거역은 용서하지 않아. 언제까지고 그 늙은이의 손에 놀아나는 꼭두각시 신세인 거야. 나란 존재가 발버둥 쳐 봤자 뭘 할 수 있겠어. 그래. 한숨 푹 자고 눈 뜨자마자 과일 샐러드나 먹으러 가자. 그걸 먹으면 기분이 한결 좋아질 거야.'

기술부장은 생각에 잠긴 채 흐느적흐느적 발길을 옮겼다. 하지만 그런 마음과는 달리 머리는 여전히 맹렬하게 돌아가고 있었다. 풀리지 않는 궁금증 때문에 도저히 생각을 멈출 수가 없었다. 기술부장은 땀이 배어 나오는 손을 마주 비비며 머릿속에 떠오르는 질문들을 이어가기 시작했다.

'결국 이걸로 확실해진 거야. 최소영과 진서는 분명 동일 인물이야. 정확히 어떤 원리인지는 신만이 아시겠지만, 어쨌든 최소영은 블랙홀처럼 시공간 왜곡현상을 불러왔고 그로 인해 시공간이 찢어진 거야. 할아버지는 그걸 알아차리고 최소영을 손에 넣었어. 그리고 최소영의 존재 자체가 타임 홀임을 알게 된 거겠지. 하지만 최소영은 수리남 바이러스에 걸려 있었어. 그건 즉, 타임 홀이 조만간 닫힌다는 걸 의미해. 그런데도 할아버지는 가디언사를 세우고 타임 홀을 본격적으로 활용하기 시작했어. 마치 타임 홀이 절대 닫히지 않음을 확신이라도 하는 것처럼.'

"젠장."

기술부장은 저도 모르게 입에서 욕이 튀어나왔다. 설마하니 통제실 연구원들까지 매수하리라곤 생각하지 못한 자신의 순진함이 원망스러웠다. 이마를 마구 비벼대며 다리를 달달 떨었다. 너무 초조해 몸이 제멋대로 움직였다. 그렇게 부산하게 몸을 움직이며 생각을 이어갔다.

'초 강경수를 뒀다는 건 할아버지조차 예상하지 못한 일이 벌어졌다는 거야. 그건 딱 하나, 역시나 현성이네의 등장이야. 그 아이들의 등장으로 미래가 바뀌어 버렸다. 샤인스타사의 간판 역할을 하던 조차관이 죽었고, 그로 인해 손해본 게·어마어마하겠지. 그러니 현성이네를 무슨 수를 써서든 없애려 들겠지. 진서는 결국 캡슐 신세인가?'

머리를 마구 쥐어뜯던 기술부장은 벌떡 일어서며 소리 내어 외쳤다.

"그래! 수면캡슐! 맞아. 수면캡슐의 원리는 체내 시간을 연장하는 거야. 타임 홀의 유지를 위해서 진서는 꼭 필요하니까, 수리남 바이러스에 걸린 진서를 무슨 수를 써서든 살려두어야만 해! 그런데 수면캡슐에 넣으면 체내 시간이 연장되고, 그렇게 되면 생을 고무줄처럼 늘릴 수 있겠지. 그렇지만 이상하네. 캡슐에 넣는 건 2055년에도 충분히 할 수 있어. 하지만 그러지 않았지. 아라를 그곳에 좌초시켜서 찾을 수밖에 없었다는 건 필연적인 어떤 것을 거스를 수 없었기 때문이야. 그렇다면 그 필연이란? 그래! 진서는 명호와 만나야만 했던 거야! 진서와 명호가 강력한 필연인 거야!"

연구원들은 어안이 벙벙한 얼굴로 기술부장을 바라봤다. 있는 대로 소리치고 난 기술부장은 쑥스러운 듯 머리를 긁적이며 말을 이었다.

"누가 진서 프랭클린이 잠든 수면캡슐 병원에 연락 좀 해 봐. 평균적으로 수리남 바이러스 피해자의 수명은 발병 후 길어야 10년인데, 수면 캡슐에 넣으면 몇 년까지 생을 연장할 수 있는지 물어보라고. 아, 그리고 누구든 좋으니까 아라네와 연결 좀 해 봐."

그 말에 서너 명이 분주하게 움직였다. 그러다 한 연구원이 말했다.

"죄송합니다만, 그 권한은 본사의 특별 관리 대상이라고 뜨는데요."

"그럼 2030년에 연결할 수 있는 사람이 아무도 없나?"

"그쪽에 파견되어 있는 가디언 제리하고는 가능합니다. 물론 본사를 해킹해야 하지만요."

"좋아. 시도해 봐. 열 번 찍어 안 넘어가는 나무 없다니까 뭐든 해 보자고."

그러면서 기술부장은 주머니에 쑤셔 넣었던 초콜릿을 다시 꺼내 입에 물었다. 우물우물 달콤한 맛에 히죽이고 있는데 연구원이 다가왔다.

"저기, 부장님. 최명호 검사라는 분이 전화를 걸어오셨는데요."

"최 검사가? 아직 가족들에게는 알리지 않은 걸로 알고 있는데."

"네, 그런데 이미 다 안다고……. 기술부장님과 대화를 나누고 싶다고 자꾸 억지를 부리네요."

"뭐, 좋아. 뭔가 힌트를 얻을 수 있을지도 모르지. 연결해."

나머지 초콜릿을 왕창 입에 쑤셔 넣으며 기술부장이 말했다.

2030년 6월 26일. **타임 오버**

　투명한 오후였다. 크림 스프에 담근 라면처럼 보이는 외양과는 달리 명호가 끓여낸 라면 스파게티는 굉장히 매웠다. 하지만 감칠맛이 났다. 면을 소리 내어 입으로 빨아들이는 게 이렇게 맛있는 일인지 아라는 처음 알았다. 알약 음식을 먹기 전의 사람들은 제대로 영양소를 섭취하지 못했다고 하지만, 그래도 좋을 만큼 먹는다는 행위 자체가 음식의 맛을 더욱 높여 주는 것 같았다. 아라는 후루룩 소리를 내며 정말 맛나게 먹었다. 배가 부르도록. 모두들 동감인 듯 신 나게 먹어치웠다. 한 냄비나 되는 스파게티를 모두 해치우고 난 뒤에는 진서가 우려 낸 녹차로 입가심을 했다.

　쓴 맛이 아닌 단 맛이 나는 녹차였다. 그 맑은 초록빛이 기분을 상큼하게 만들어 주었다. 차를 마시고 나자 진서는 또 빗을 들고 나타났다. 그러고는 명호가 야유를 보내는 것에도 아랑곳

하지 않고 열심히 아라의 머리를 만져 주었다. 놀려 대다가 지쳤는지 명호는 결국 현성이네와 떠들어 대기 시작했다.

특별한 이야기는 아니었다. 미래 정보 누출이 걱정되었던지 현성이네가 이야기한 건 주로 소소한 것들이었다. 학교 이야기, 선생님 이야기, 그리고 수업 이야기. 어느 시대를 막론하고 같은 나라에서 학교를 다니고 있기에 통할 수 있는 우스갯소리들이 얼마든지 있었다. 연방 웃음이 터져 나왔다. 아라는 재미있는 이야기로 계속해서 웃기는 명호의 모습에 조금 놀랐다. 그리고 자신의 머리를 만지면서도 맞장구치듯 웃어 대는 진서의 목소리가 너무나도 듣기 좋았다.

한쪽 소파에는 진서가, 그 바닥에는 아라가, 맞은편에는 현성이네와 명호. 아라는 이 장면을 사진으로 담아 영원히 간직해 두고 싶다고 생각했다. 어린 시절부터 꿈꾸던 따뜻한 거실 풍경이란 게 바로 이런 게 아닐까, 얼핏 그런 생각이 들었다. 그때 갑자기 진서가 아라 귓가에 아주 작은 목소리로 이렇게 속삭였다.

"네 귀 명호랑 똑같아."

아라는 깜짝 놀라 하마터면 그 자리에서 일어설 뻔했다. 하지만 진서가 머리를 잡고 있는 통에 움직일 수가 없었다. 명호와 현성이네는 떠드느라 눈치 채지 못한 듯싶었다. 아라는 허둥대며 어색하게 웃었다. 그러자 진서는 흐뭇하게 웃더니 말했다.

"그래. 결국 명호도 결혼을 하고 귀여운 딸내미도 낳게 되는구나. 당연한 거지."

너무나도 작은 중얼거림이라 아라의 귀에만 들렸다. 그런데 그 목소리가 어찌나 쓸쓸한지 가슴이 아팠다.

"좋아하는 거야?"

시선은 여전히 현성이네게 둔 채 아라는 그렇게 중얼거렸다. 그러자 진서는 부드럽게 두 팔을 벌려 아라의 어깨를 꼭 끌어안았다.

"쉿, 비밀. 이 시대에는 아직 경계선이 존재하니까."

진서는 그렇게 속삭이고는 두 손으로 아라의 어깨를 탁 하고 내리치며 크게 외쳤다.

"자, 끝! 레이디스 앤 젠틀맨. 우리 귀여운 아라를 봐 주세요."

현성이네는 거의 동시에 시선을 돌려 아라를 보았다. 그러고는 웃어야 할지 울어야 할지 모르겠다는 얼굴로 서로 눈을 맞췄다. 아라는 볼멘 얼굴로 "뭐!" 하고 노려보았다. 어찌나 매서운지 현성이네는 터져 나오려는 웃음을 꿀꺽 삼켰다. 하지만 명호는 겁날 것이 없었다. 아라의 시선에도 불구하고 명호는 풋 하고 가볍게 웃음을 터트리더니 이내 배꼽을 잡고 웃어 댔다. 진서가 뿌루퉁한 얼굴로 짜증을 냈다.

"여자애를 앞에 두고 뭐 하는 짓이니?"

"안 웃게 생겼냐? 보름달에 야자수가 솟은 것 같구면."

"보름달?"

아라와 진서가 동시에 외쳤다. 그걸 보고 있던 현성이가 먼저 웃음을 터트렸다. 연이어 모두들 웃어 댔다.

"합창대회 같아."

가람이는 그렇게 중얼거리며 너무 웃어 흘러나온 눈물을 털어 냈다. 결국 아라는 해가 뉘엿뉘엿 질 무렵에야 자리에서 일어섰다.

"이제 귀환하는 건가?"

문 앞까지 따라 나온 진서가 물었다. 아라는 아쉽다는 얼굴로 고개를 끄덕였다. 그러자 진서는 입을 주먹으로 꾹 누르고는 복화술사처럼 목청만 사용해 말했다.

"넌 분명히 멋진 가디언이 될 거야."

어찌나 또렷하고 맑은 소리인지 아라는 "굉장하다." 하고 박수를 쳤다. 그러고는 힘차게 "응!" 하고 고개를 끄덕였다. 그게 작별인사였다. 명호는 물론 나오지 않았다. 2층을 내려가는 아라네에게 그저 손만 살짝 들어 줄 뿐이었다. 집을 나와 길을 걸으며 아라는 저도 모르게 깊은 한숨을 내쉬었다.

"뭐냐, 아까는 빨리 못 나와서 안달이더니. 막상 헤어지려니까 아쉬워?"

현성이가 중얼거렸다. 아라는 주먹을 쥐어 보이며 씩 웃었다.

"가만 보면 넌 꼭 매를 벌더라. 몇 대나 원해? 원하는 대로 때려 주지."

"그게 문제가 아니잖아. 기쁘지 않아? 우리 시험 통과한 거잖아!"

가람이가 말했다. 그제야 그 사실을 깨달은 아라는 입을 한껏 벌렸다. 현성이는 살았다는 얼굴로 씩 웃었다. 온주는 피식 웃더니 메리의 목줄과 약통을 흔들어 보였다.

"진서가 챙겨 줬어."

"히야! 우리 그럼 시험에 합격한 거야?"

아라는 너무 기뻐 팔짝팔짝 뛰었다. 현성이도 덩달아 아라 손에 잡혀 덩실덩실 춤을 추었다. 가람이가 깔깔 웃음을 터트렸다. 온주도 미소를 짓고 있었다. 하지만 뭔가 느낀 듯 가람이가 고개를 돌렸다. 모두 웃음을 멈췄다. 가람이는 한 번도 본 적 없는 그런 얼굴로 손가락을 입에 가져다 댔다. 그러더니 연이어 아라 앞을 막아섰다. 현성이도 아라도 '왜?' 하고 물으려 했다. 하지만 소리 없이 무언가가 날아들었다. 온주가 있는 힘껏 현성이와 아라를 밀어냈다.

모두 순식간에 벌어진 일이었다. 날아온 것은 그대로 가람이의 어깨를 관통했고, 쓰러진 아라는 자신의 손이 피범벅이 된 것을 알았다. 가람이가 정신을 잃고 쓰러져 있었다. 아라는 너무 놀라 비명도 나오지 않았다. 그런 아라를 현성이가 손을 잡아 일으켰다.

"뛰어."

평소와는 달리 낮고 작은 목소리였다. 온주가 주머니에서 짧은 막대기를 꺼내는 것이 보였다. 그것을 누르자 도르르 막대기에서 납작한 판이 튀어나와 마치 방패처럼 원반이 만들어졌다. 소리도 없이 원반에서 연기가 피어올랐다. 방금 가람이를 관통한 총알 같은 것이 날아들고 있는 모양이었다. 아라는 현성이가 잡아끄는 손을 뿌리치며 고개를 저어댔다. 가람이를 향해 손을 뻗으며 아라는 필사적으로 버텼다. 그러나 온주도 현성이도 가람이를 버려둔 채 원반으로 방어를 하며 아라를 계속해서 떠밀었다.

"가야 해!"

온주가 말했다. 아라는 싫다는 시늉을 했지만 소용없었다. 현성이에게 끌려 다급하게 길을 벗어났다. 한참을 달리고 달려 수풀이 우거진 나무 사이로 뛰어들고 나서야 숨을 돌릴 수 있었다. 아라는 어느 틈에 자신이 울고 있다는 걸 알았다. 멈추려고 해도 멈춰지지가 않았다. 눈물을 계속 닦으면서 아라는 벌벌 떨었다. 손은 여전히 가람이 피로 젖어 있었다. 그러자 현성이가 아라의 어깨를 잡고 흔들어댔다.

"정신 차려. 가람이는 괜찮을 거야. 이런 경우에 어떻게 해야 하는지 훈련을 받았으니까. 그보다 네가 정신을 차려 줘야 해. 네가 여기서 죽으면 죽도 밥도 안 되니까."

"그게 무슨?"

"쉿!"

아라의 입을 막으며 온주가 말했다. 채 몇 초 지나지 않아 불빛 하나 없는 어둠을 뚫고 가벼운 발걸음을 한 세 사람이 걸어왔다. 그들은 2030년에 흔히 볼 수 있는 옷차림이었는데, 특이하게도 모두 금테 안경을 쓰고 똑같이 짧게 친 머리를 하고 있었다. 모두 손에 든 휴대전화 화면을 보며 걷고 있었는데, 점점 빠르게 아라네 쪽으로 다가왔다. 그것을 지켜보던 온주는 황급히 주머니에서 귀환버튼을 꺼내들었다. 온주가 신호를 보내자 현성이도 버튼을 꺼냈다. 아라도 얼른 버튼을 꺼냈다.

목숨을 다투는 상황이었다. 앞뒤 가릴 것 없이 귀환해야 한다는 생각이 가득했다. 아라는 현성이를 보며 버튼을 누르라는 시늉을 했다. 하지만 현성이의 표정이 돌연 굳어졌다. 왜 그러는지 물을 틈이 없었다. 아라는 한 발 앞서 버튼을 눌렀다. 학교에서 수십 번 연습해 오던 거였다. 그냥 누르면 미리 입력되어 있는 가디언고로 귀환하는 시스템이었다. 그런데 아무런 일도 일어나지 않았다. 아라는 점점 다가오는 남자들을 바라보며 꾹꾹 몇 번이나 버튼을 눌러댔다. 하지만 여전히 작동하지 않았다. 아라는 울음이 터질 것 같은 얼굴로 온주와 현성이를 바라봤다.

"마더콤이 귀환을 거부하고 있어."

신음소리에 가까운 목소리로 현성이가 말했다. 아라는 말도 안 된다고 소리치려 했다. 하지만 온주가 손을 뻗어 아라의 버튼을 가로챘다. 더불어 현성이의 버튼도 받아들었다. 말릴 틈이 없었다. 온주는 버튼을 모두 손에 쥐고, 아주 빠른 몸놀림으로 풀숲에서 벗어났다.

온주가 튀어나오자마자, 세 사람이 그 뒤를 따랐다. 아라는 손으로 입을 틀어막으며 숨소리마저 낮췄다. 틈을 보고 있던 현성이는 장갑을 꺼내 끼더니 바로 그들 뒤로 뛰어들었다. 현성이는 몸을 솟구쳐 날아오르며, 주머니에서 무언가를 꺼내 던졌다.

그건 모래였다. 빛을 흡수한 것처럼 반질반질거리는, 동시에 찐득거리는 느낌의. 아라는 어리둥절해하며 푸르스름한 하늘을 배경으로 흩어지는 모래를 바라보았다. 그 모래는 그대로 세 남자에게 뿌려졌다. 그리고 그 모래가 닿자마자 남자들은 비명을 지르며 쓰러졌다. 아라는 제 눈을 믿을 수가 없었다. 모래가 닿은 부위는 모래가 되어 사라져 갔다. 한 남자는 어깨가, 또 다른 남자는 다리가, 그리고 나머지 한 사람은 머리가 모래가 되어 피와 함께 얼룩져 내렸다.

눈앞에서 펼쳐지는 끔찍한 광경에 아라는 있는 힘껏 비명을 질러댔다. 그런 아라에게 현성이가 다가와 끌어안았다.

"괜찮아, 아라야. 괜찮아. 진정해. 진정하라고!"

몇 번이나 다그치는 현성이의 목소리에 아라는 그제야 정신이 들었다. 갑자기 머릿속에 가람이가 떠올랐다. 눈물이 솟구쳐 올랐다.

"가람이, 가람이가."

"버튼을 개한테 달아놨어. 한동안 다들 헤맬 거야."

헉헉거리며 온주가 돌아왔다. 그러더니 물끄러미 주변을 살폈다. 온주는 두 손을 접었다 펴 보이며 가람이가 쓰러져 있는 쪽을 가리켰다. 현성이는 아라를 수풀로 와락 밀어넣었다. 그러고는 손 안에 쥐고 있던 딱딱하고 작은 둥근 물체를 아라 앞에 던져 주었다. 그건 렌즈형 컴퓨터였다. 눈에 넣었을 때는 부드럽게 렌즈처럼 변하지만 뺐을 때는 돌처럼 딱딱해졌다. 보석처럼 반짝이는 푸른색이 꼭 얼어붙은 눈물 같았다. 아라는 덜덜 떨며 렌즈형 컴퓨터를 집어 들었다.

"가람이는 어쩌고 이것만 가져 왔어?"

"잘 들어. 산을 넘으면 도로가 나와. 그러면 버스를 타. 그리고 진서네로 가. 그리고 절대 이 컴퓨터를 손에서 놓지 마."

"왜?"

아라가 물으며 고개를 들었을 땐 현성이는 이미 눈앞에서 사라진 뒤였다. 저 멀리로 뛰어가고 있는 온주와 현성이가 보였다. 저만치 앞에서는 수풀 여기저기서 모습을 드러내는 남자들의 모습이 보였다. 온주와 현성이는 모래를 뿌리며 뛰어나갔고,

쓰러지는 동료를 본체만체 덤벼드는 남자들의 고함소리가 요란했다.

아라는 무릎을 그러모은 채 사방이 조용해질 때까지 기다렸다. 왠지 모르지만 갑자기 너무 무서워졌다. 주변에는 인가가 별로 없어 너무 어두웠다. 하지만 울고만 있을 수는 없어서 뚜벅뚜벅 산을 넘기 시작했다.

산은 온통 가시나무 투성이였다. 살이 드러난 곳은 모조리 긁혔다. 어찌나 따가운지 하마터면 비명을 지를 뻔했다. 하지만 저 아래에서 무슨 일이 벌어지고 있는지 모르기 때문에 가까스로 참았다.

산을 넘자 정말 도로가 나왔다. 버스 정류장도 있었다. 현성이가 이걸 어떻게 알고 있었을까 싶었지만, 궁금해할 틈이 없었다. 버스가 오자 아라는 부리나케 뛰어서 올라탔다. 그곳에서 한참을 벗어난 후 아라는 다시 버스를 갈아타고 진서네가 있는 동네로 향했다. 문득 제리네로 갈까 싶기도 했지만, 그랬다간 길이 엇갈릴 것 같아 그냥 진서네로 갔다. 어제 현성이가 누를 때 봐둔 비밀번호를 누르고 들어서니 안이 어두컴컴했다. 불을 켠 아라는 그 고요함에 몸서리를 쳤다.

"이건 꿈이야. 분명 꿈일 거야."

아라는 꿈에서 깨고 나면 현성이를 한 대 때려 줘야지 마음먹으며 거실에 쓰러지듯 주저앉았다. 그리고 눈을 감고 억지로 잠을 청했다. 손에는 여전히 렌즈형 컴퓨터를 쥔 채였다. 땀이 배어 나왔지만, 현성이의 당부대로 절대 손에서 놓지 않았다.

얼마나 지났을까? 누군가 불을 켜는 바람에 아라는 잠에서 깨어났다. 살짝 눈을 뜨니 밤 11시가 다 되어 있었다. 집 안으로 들어서는 현성이와 온주가 보였다.

"가람이는?"

아라가 물었지만 현성이도 온주도 대답하지 않았다. 그러나 알 수 있었다. 현성이의 눈가가 퉁퉁 부어 있다는 것을, 온주 또한 흘러내린 눈물자국이 선명하다는 것을, 아라는 한눈에 알아보았다. 아라는 멍하니 피가 말라붙은 자신의 손을 바라보았다.

"그 남자들 누구야?"

자신이 내는 것 같지 않은 찢어지는 목소리로 아라가 물었다.

"처리반이야. 타임 가디언사 서울지부에서 몇 번 마주친 적이 있는 자들이었어."

온주가 담담한 목소리로 대답했다. 아라는 얼어붙은 듯 우뚝 멈춰 섰다. 머릿속이 혼란스러웠다.

"그 사람들이 왜 우릴 공격해?"

"우리 때문에 미래가 엉망이 되어서겠지."

"하지만 재판이 우선 아니야? 설령 우리 엄마가 실수를 해서 그렇다고 쳐도 필연의 폭풍에 휘말린 건 나쁜이야. 너희가 아니라. 근데 어째서 너희까지 죽이려고 해? 그러니까 그게 아닐 거야. 처리반 따위는 아닐 거라고."

그렇게 중얼거리는 아라 앞으로 현성이가 다가왔다. 아라의 어깨를 두 손으로 잡으며 현성이가 외쳤다.

"정신 차려! 처리반 맞아. 나도 아는 치들이었어. 모두 우릴 죽이려고 했다고."

"하지만, 하지만 이해가 안 돼. 재판도 없이 사람을 사살하는 경우는 100년 전에나 허용됐던 일 아냐? 게다가 너흰 왜 이렇게 침착한 거야? 마더콤이 귀환을 거부하고 있다는 사실은 언제 안 거야? 그리고 모래. 모래. 피."

귀를 가리려 드는 아라의 손에서 렌즈형 컴퓨터가 떨어져 바닥으로 굴렀다. 그걸 온주가 말없이 집어 들었다.

"아라야."

현성이가 다독이려 했지만 온주가 손을 들어 막았다. 울먹거리는 아라를 보며 온주가 말을 이었다.

"알았어. 이젠 너도 알 때가 된 것 같으니까 말해 줄게. 우린 2106년에서 온 타임 가디언이야."

"나 가람이한테 갈래."

"그동안 속인 건 미안해. 하지만 이유가 있었어."

"가람이에게 데려다 달라고!"

"가람이는 죽었어. 그러니까 제발 부탁이야. 들어줘. 2106년에 지구는……."

"거짓말!"

아라는 몸을 웅크리며 귀를 틀어막았다. 그런 아라를 거친 손놀림으로 온주가 일으켜 세웠다. 현성이가 말리려 들었지만, 인정사정 봐주지 않고 온주의 손바닥이 아라의 얼굴로 날아들었다. 어찌나 세게 맞았던지 아라는 그대로 바닥에 쓰러져 버렸다. 얼굴이 얼얼했다. 화끈거리는 뺨을 감싸며 아라는 이를 악물고 온주를 올려다봤다. 하지만 온주는 울고 있었다. 우박처럼 커다란 눈물이 바닥으로 뚝뚝 떨어졌다.

온주는 돌아서며 있는 힘껏 눈앞에 놓여 있던 의자를 발로 찼다. 몇 번이고 그렇게 차대면서 있는 대로 소리를 질렀다. 아라는 너무나 격하게 화를 내는 온주를 처음 봤기 때문에 흐르던 눈물을 멈췄다. 현성이가 온주를 잡았다. 하지만 발길질이 계속되고, 그 바람에 생채기가 생겼는지 신고 있는 양말에 피가 번져 나갔다. 그렇게 피가 흐르는데도 멈추지 않는 발길질을 아라는 말없이 지켜보았다.

세 사람 다 진정이 된 건 몇 시간이나 지난 뒤였다. 새벽의 축축한 공기가 창틈을 통해 스며들었다. 이젠 어느 정도 적응이 됐는지 그렇게 덥지는 않았다. 다만 피부를 타고 스며드는 끈적이는 느낌이 소름을 돋게 만들었다. 아니, 어쩌면 온주가 담담하게 풀어놓은 2106년의 이야기 때문에 그랬는지도 몰랐다.

"그러니까 너희 말을 정리해 보자면, 2105년은 타임 오버병 때문에 초토화가 되었다. 타임 오버병은 사람들이 D-포인트에서만 관찰되던 검은 모래로 변해 죽는 것을 말하고. 얼마가 죽었다고?"

아라가 물었다. 하도 울어서 눈이 산더미처럼 부어올라 있었지만 이젠 더 나올 눈물은 없는지 무표정한 얼굴이었다.

"딱 절반. 겨우 1년 만에. 남은 반 중의 반은 슬픔과 공포와 분노 때문에 죽어 갔지."

"근데 어째서 내가 원인이라고 생각한 거야?"

"검은 모래가 최초로 목격된 것이 서현역에 네가 좌초되면서부터거든. 그리고 그때부터였어. 마더콤이 귀환을 거부하는 존재가 생기기 시작한 게. 모두 시간모래와 관련 있는 시간여행자들이었지."

현성이는 아까 했던 말을 다시 한 번 반복했다. 아라는 크게 숨을 내쉬며 다시금 바닥에 벌렁 드러누웠다.

"혹시 진서가 식물인간이 되는 것도 나 때문이야?"

"우리 보스는…… 아, 너도 아는 사람이야. 서울지부 기술부장. '타임 홀의 이론과 실제' 특강 때 본 적 있지?"

"아, 그 마시멜로처럼 생긴."

"그래, 그 사람. 2106년에도 여전히 마시멜로 같아. 어쨌든 그 사람이 우리 보슨데, 보스 말로는 확증은 없다고 했어. 어쨌든 내일, 아니 벌써 오늘이네. 오늘 오전 10시 17분에 명호네를 기점으로 반경 50킬로미터가 모두 날아가는 원인불명의 폭발이 일어날 거야. 진서는 그 일로 식물인간이 돼 캡슐에 들어가게 되고 넌 공식적으로는 사망해. 네 아버지와 네 할머니는 다행히 그때 집에 없었던 관계로 살아남을 거고."

"원인불명의 폭발, 정말 그게 다야? 그걸로 인해 시간모래가 대규모로 생성된 건 아니고? 딱 맞췄다는 표정이네? 그래, 그랬구나. 하긴 그래서 너희가 파견된 거겠지. 단순히 서현역에서 검은 모래가 발견되었다는 것만으로 이렇게 위험을 무릅쓰고 가디언을 파견한다는 건 아무래도 석연치가 않지."

똑 부러지는 아라의 말투에 현성이는 온주의 눈치를 살폈다. 온주는 고개를 저었다. 현성이는 어쩔 수 없다는 얼굴로 어깨를 으쓱거렸다. 아라는 한숨을 쉬며 알겠다는 시늉을 했다.

"그래그래. 미래 정보 누출이란 거지? 설마 너희가 그 수칙 때문에 나에게 말 못할 일이 생기리라곤 상상도 하지 못했는걸. 정말 재밌다. 재밌어. 그래서 내가 왜 그 병에 걸리게 된 건지는 알아냈어?"

아라가 물었다. 현성이는 연거푸 내쉬던 한숨을 다시 한 번 내쉬며 말했다.

"이곳에 오기 전까지는 짐작도 하지 못했어."

"결국 지금은 알았으니 조치를 취하겠다?"

순간 현성이는 한 방 먹은 듯 표정이 굳어졌다. 당황해하며 눈길을 돌리는 현성이를 보고는 아라는 고개를 돌려 온주를 바라봤다.

"내가 왜 타임 오버인가, 그것을 밝혀내기 위해 파견된 거 맞지?"

온주는 고개를 끄덕였다. 현성이는 짜증난 얼굴로 일어서며 "젠장!" 하고 큰 소리로 외쳤다. 그리고는 손에 힘을 주어 자기 머리를 비벼댔다. 물끄러미 보던 아라는 조용히 물었다.

"넌 몇 년도 생이야?"

"뭐?"

현성이가 되물었다. 온주는 빙그레 웃더니 대답했다.

"우린 모두 2086년생들이야. 시간상으로 보면 스무 살이 됐어."

"그렇구나. 나이까지 속인 거구나. 어쩐지."

"우리가 늙어 보였어?"

온주가 웃음 섞인 목소리로 대답했다. 아라는 킥킥대며 말했다.

"아니, 그냥 왠지 모르게 연상인 것 같더라고. 현성이 빼고. 뭐, 그래 봤자 내가 2042년생이니까 너희보다 40년 넘게 위구나. 뭐야, 이거. 갑자기 늙은 기분이 드네."

"그럴 것까지야. 어쨌든 생물학적 나이로는 아라 너보다 우리가 위야. 우리가 그런 기분을 느껴야 정상이겠지."

"야! 너희 넉살도 좋다. 젠장."

현성이가 외쳤다. 아라도 온주도 멀뚱거리는 눈길로 바라봤다. 현성이는 제풀에 지쳐 털썩 바닥에 드러누웠다.

"난 아라 죽일 마음 없어. 할 수만 있다면 우주 끝까지라도 함께 도망칠 거야."

"그거 무슨 고백처럼 들리는데?"

아라가 깔깔 웃어 대며 말했다. 하지만 현성이는 눈을 감았다. 미간을 잔뜩 찌푸린 채. 온주는 손가락으로 눈썹 뼈를 톡톡 두드리더니 일어섰다.

"확실히 보스의 예상이 맞긴 했어. 하지만 어째서일까?"

"뭐가?"

아라가 물었다. 온주는 대답하지 않았다. 대신 온주는 턱을 매만지며 생각에 잠긴 얼굴로 창밖을 내다보았다. 어디선가 들려오는 아이의 웃음소리가 지금 닥친 상황을 몽롱하게 만들었다.

떠나올 때 온주는 보스에게 다짐을 해야 했다. 시간 왜곡현상을 극대화하고 있는 존재인 최아라에게 정을 주지 말 것, 원인이 파악되는 대로 무조건 제거할 것. 그것이 전 인류를 타임 오버병에서 구하는 유일한 길이라는 것을 항상 기억할 것. 확실히 보스의 말대로 아라가 타임 오버를 일으키고 있는 핵심인자

이기는 했다. 하지만 그 배경은 여전히 이해가 가질 않았다. 애초에 이건 아라의 엄마인 홍나영 박사가 불러온 폭풍이었다. 그렇다면 원인은 아라가 아니라 홍나영 박사여야 했다. 그런데 어째서 2060년의 세상에서 홍나영은 멀쩡했던 걸까. 그녀의 주변에는 단 한 톨의 검은 모래도 발생하지 않았다. 아라라는 타임 오버 현상이 극대화된 아이를 낳은 존재임에도 불구하고 그녀는 폭풍과 상관없다는 듯 살아가고 있었다. 게다가 더 이해가 안 가는 건 따로 있었다.

"단순히 한 사람을 캡슐에 넣어 그 생명을 늘린다고 해서, 그리고 그의 유전자를 받은 나란 존재가 태어난다고 해서 그토록 어마어마한 폭풍이 불어올까 궁금한 거지?"

생각에 잠긴 온주를 향해 아라가 말을 이었다. 온주는 자신의 속내를 들여다본 듯한 아라의 발언에 미소를 지었다. 지난 3년 동안 한팀으로 지내오면서 정을 주지 않으려고 했지만, 그건 불가능했다. 이렇게 말하지 않아도 서로 마음이 통하는 사이가 되어 버렸는데, 이제 와서 함부로 칼을 휘두른다는 건 온주로선 불가능했다. 가람이가 조금의 망설임도 없이 아라를 구하기 위해 생명을 버렸을 때 이미 자신들의 길은 정해졌는지도 몰랐다.

'아라를 제거하는 쉬운 길 대신 어렵겠지만 진실을 밝혀야 해. 설령 실패하고 이곳에서 죽음을 맞을지라도. 그것이 가람이에 대한 의리고, 아라와 현성이에 대해 할 수 있는 전부야.'

마음을 굳힌 온주는 손에 쥐고 있던 렌즈형 컴퓨터를 눈에 끼웠다. 그러고는 눈을 감았다. 이내 초록색 원이 공중에 떠오르더니 빠르게 정보를 찾아 움직이기 시작했다. 이윽고 찾아낸 건 병원 의무 기록이었다. 기록 맨 위에 적힌 이름을 본 아라가 눈을 동그랗게 떴다.

"최소영? 우리 고모?"

"그래."

온주는 대답하고는 현성이에게 눈짓을 했다. 현성이는 기록을 읽고는 예상했던 바 그대로였다는 얼굴로 말했다.

"역시나네. 남녀성징 동시 발현. 그것 때문에 정밀 검사에 들어가야 한다는 소견이 적혀 있네. 어디 보자. 그러니까 그 날짜가 2026년 4월 5일이군."

"잠깐! 그러니까 지금 네 이야기는 우리 고모가 수리남 바이러스 피해자라는 거야? 그걸로 인해 죽었다는 거냐고."

"너희 고모는 죽지 않았어."

"그게 무슨 소리야?"

"우리가 조사한 바에 따르면 너희 고모는 실종되었어."

온주는 손가락으로 컴퓨터 화면을 가리켰다. 그러자 빠르게 점멸하며 갖가지 신문과 잡지에 실린 기사들이 떠올랐다. 모두 똑같은 기사를 대문짝만 하게 머리에 이고 있었다.

─아역 탤런트 최소영 실종! 거액의 보상금을 노린 유괴인가?─

"실종? 하지만 그런 말을 해 주는 사람은 아무도 없었어."

"그래. 그랬겠지. 자, 그리고 이건 2060년에서 알아낸 정보야."

온주는 바로 다음 사진을 불러냈다. 그건 2055년 신의주로 향하던 WTX에서 발견된 한 소녀에 대한 체코 정부 산하 국립 고아원 서류였다. 서류에는 사진이 붙어 있었는데, 놀랍게도 2026년의 신문에 실린 최소영의 사진과 똑같았다. 아라는 한 방 먹은 얼굴로 현성이를 바라봤다. 딱하다는 얼굴로 현성이가 읊조렸다.

"그래, 타임 슬립 한 거야. 2026년에서 2055년으로."

말라오는 입술을 침으로 다시며 아라는 다시 화면을 바라봤다. 그러자 이내 최소영의 사진은 한 장 한 장 달력처럼 넘어가면서 자라나는 모습을 보여 주었다.

그건 아주 기이한 광경이었다. 사람의 혼을 빼놓을 만큼 아름다웠던 한 소녀가 점점 소년이 되어 가는 모습은 광고의 한 장면처럼 느껴졌다. 어깨가 조금씩 넓어지고, 팔과 다리에 근육이 붙어나갔다. 인후가 튀어나오고 얼굴 또한 남자답게 갸름하면서 강인해졌다. 입술 위로 까뭇하게 돋아오른 수염은 그 얼굴에 무척이나 잘 어울렸다. 키 또한 쑥쑥 자라나는 것이 느껴졌다. 훤칠한 키에 긴 다리 때문인지 찍은 사진마다 모델 같은 분위기가 났다. 그리고 마침내 런던의 패션 화보에 실린 한 잡지 속에서 어린 소녀는 완전한 소년이 되어 무심한 얼굴로 서 있었다. 세상을 모두 초월해 버린 것 같은 눈빛을 하고.

아라는 덜덜 떨며 두 손으로 입을 막았다. 그러고는 도저히 믿을 수 없다는 얼굴로 낮게 신음소리를 흘렸다.

"저건 진서잖아! 어떻게 이럴 수가. 최소영이 어떻게 진서가 될 수 있어?"

"수리남 바이러스 피해자들 중 반 이상이 겪고 있는 증상 중 하나가 남녀성징 동시 발현이야. 그 때문에 괴물로 불리잖아. 어렵지 않게 추리할 수 있었어."

온주가 말했다. 아라는 흥분한 얼굴로 온주 앞으로 다가섰다.

"믿기지가 않네! 이 엄청난 사실을 내내 숨기고 있었단 거야?"

"알아낸 게 오늘 오후야. 명호네 집에 들어가다 보니 1층에 너희 고모를 찾는다는 전단지가 한쪽 구석에 쌓여 있더라고. 가람이가 그걸 스캔해서는 최소영 얼굴이 진서랑 너무 닮았다고 그러더라. 혹시나 해서 진서에 대해 조사를 해 봤는데 예상외의 결과였어."

"말도 안 돼."

털썩 엉덩방아를 찧으며 아라가 중얼거렸다. 그러고는 힘없이 웃었다. 아직도 소리칠 기운이 자신에게 남아 있는 게 신기했다. 그런 아라를 향해 온주는 조용히 말을 이었다.

"이미 2026년에 수리남 바이러스 피해자가 생기고 있었던 거야. 아주 조용하게."

"그러게. 서커스 바이러스니 뭐니 그냥 흘려들었는데 웃을 일이 아니었네. 우리 고모가 그럴 줄이야. 마음고생이 심했겠군. 2055년으로 타임 슬립 한 것도 도망친 것일 수도 있겠네. 어떻게 타임 홀을 이용한 건지는 모르겠지만."

안됐다는 얼굴로 쓴 웃음을 짓던 아라는 계속 말을 이었다.

"그럼 우리 엄마는 도대체 뭐야? 여자인 걸 알고 있었을 텐데 뭣 때문에?"

"그러게. 만약 더 조사를 할 수 있었다면 그것까지 알아냈을지도 몰라. 하지만 누군가의 압력으로 2060년의 모든 서버가 차단됐어. 혹시나 해서 귀환버튼을 확인해 봤더니 반응이 없더군. 애초에 이곳에 도착한 순간부터 우린 함정에 빠진 것 같아."

쓴웃음을 지으며 온주가 말했다. 망설이던 아라는 띄엄띄엄 물었다.

"누군지는 알아냈어?"

"모르지만 알 것 같아. 샤인스타사의 회장일 거야."

"샤인스타사! 그 다국적 기업 말이야?"

"그래. 샤인스타사의 회장은 우리 보스의 할아버지야. 사실 그의 명령으로 오늘 아침에 있을 서현역 폭발 사건은 미궁에 묻히고, 일급비밀로 처리될 거야. 즉, 아는 사람이 아무도 없단 거야. 보스는 피해자가 거의 없었기 때문에 가능한 일이었다고 그러더군. 하지만 그러면서 이렇게 덧붙였어. 그럼에도 불구하고 자신이 어린 시절 내내 2030년 6월 27일에 대한 악몽을 꾼 것은 서현역 폭발 사건이 바뀐 과거이기 때문일 거다. 즉, 바뀌기 전의 시간에서는 대규모 폭발 사건이 한반도를 덮쳤고, 그 일로 한반도에 거주하던 사람 거의 전부가 죽는 대참사가 벌어졌다고 하더군. 샤인스타사가 손을 써서 그런 대참사는 사라졌지만 그 흔적은 악몽으로 남았고, 그때를 살았던 많은 아이들이 동시에 악몽을 꾸는 바람에 사회 문제가 될 정도였다더라."

"과거를 그렇게 함부로 조작했다가는 대형 폭풍을 부르게 되는 거잖아. 그런데 어떻게?"

파랗게 질린 얼굴로 아라가 말했다.

"그래. 보스가 우릴 파견한 이유도 사실은 그거야. 원래 과거는 무엇인가? 최소영이 진서 프랭클린이란 사실만으로는 대답을 찾을 수가 없어. 너희 엄마가 설령 미래에서 돈을 보내 진서를 돌봐왔다고 할지라도 이 정도의 대형 폭풍을 부른다는 건 불가능해. 뭔가가 더 숨겨져 있는 거야."

온주가 대답했다. 아라는 두 손으로 관자놀이를 비비며 날카롭게 웃었다. 샤인스타사라니! 그런 거대기업이 도대체 평범하기 짝이 없는 자신과 무슨 상관인가 싶어 아라는 웃지 않을 수가 없었다.

"괜찮아?"

현성이가 손을 뻗어 어깨를 어루만지며 물었다. 피를 토할 것 같은 얼굴로 웃어 대던 아라는 그제야 웃음을 멈췄다. 온주는 낮은 목소리로 말했다.

"결국 우리에게 남은 길은 오직 하나. 진실을 밝혀내는 것뿐이야."

"진실? 그래. 진실이 나도 정말 궁금해지네. 우리 엄만 도대체 무슨 짓을 한 거야? 딸내미가 이 지경에 빠지리란 걸 알고 있었을 거면서 어째서 그런 거지? 도대체 왜! 서현역에서 폭발 사건이 일어나게 될 거란 걸 알면서도 어째서 날 말리지 않았느냐고! 가디언고에 진학하라고 충고한 건 엄마였어. 엄마였다고!"

머리를 쥐어뜯으며 아라가 소리쳤다.

"그만 해. 나름의 사정이란 건 다 있는 법이니까. 사실을 알고 나서 탓해도 늦지 않아."

현성이가 다독였다.

"좋아. 그럼 흩어지자. 난 진서네로 갈게. 일단 진서를 캡슐에 넣지 않는 것만으로도 희망은 있어. 너희는 제리네로 가. 가서 2060년의 보스와 접촉해 봐. 과거가 바뀌었으니 2060년의 보스는 훨씬 더 많은 정보를 가지고 있을 거야. 우리가 알아낸 사실을 밝히고 도움을 청해!"

온주가 말했다.

"진서네 주변은 처리반들로 가득 찼을 텐데?"

한숨을 내쉬며 현성이가 말했다. 온주는 어두운 얼굴로 창밖으로 고개를 돌렸다. 어둑해진 어둠 사이로 어디선가 비쳐 들어오는 색색의 불빛이 눈을 아프게 했다.

'아라가 이 모든 걸 감내할 수 있을까?'

온주는 눈살을 찌푸리며 속으로 번지는 의구심을 지우려 애썼다. 가디언이기에, 인정에 좌지우지 되어서는 안 되었다. 더구나 지금 같은 상황에서는 더더욱. 온주는 다시 고개를 돌려 현성이를 향해 딱딱하게 굳은 얼굴로 말했다.

"이게 우리가 할 수 있는 최선의 선택이야."

"싫어!"

아라가 말했다. 하지만 온주와 현성이는 들은 척도 하지 않았다. 둘 다 묵묵부답으로 서로 눈을 맞춘 채 침묵에 잠겼다. 이윽고 온주가 가볍게 몸을 일으켰다. 그리고는 아라에게 다가와 무릎을 구부리고 앉아 눈을 맞추며 말했다.

"보스의 꿈이 맞는다면 조금만 사건이 틀어져도 한반도 전체가 날아갈 수도 있어. 그러니까 제발 제리네로 가. 가서 방법을 찾아."

온주는 눈에서 렌즈형 컴퓨터를 꺼내 아라의 손에 쥐여 주었다. 현성이가 가볍게 "곧 따라갈게." 하고 중얼거렸다. 온주는 대답 대신 손을 들어보이고는 현관을 향해 걸어 나갔다. 아라는 황급히 다가가 온주의 팔뚝을 부여잡으며 말했다.

"가지 마! 이 바보야. 그 남자들은 살인 전문가들이라고!"

"사람을 죽여 본 적은 없지만 그런 자들을 상대하는 무술은 몸에 익혀 왔어."

온주가 아라의 손을 잡아 살며시 내려놓으며 말했다.

"미쳤구나! 그들과 넌 상대가 안 된다니까!"

"그렇겠지."

"어차피 글렀어. 마더콤이 지금쯤 우리가 이곳에 있다는 걸 알아냈을 거야. 그러니까 그냥 제리네로 가자. 가서 네 보스인지 뭔지 하는 사람에게 도움을 청하면 되잖아."

"네 손의 그거. 가람이의 선물이야. 넌 절대 걸리지 않아."

"뭐?"

"우리 몸의 세포마다 시공간좌표가 입력되어 있다는 건 알지? 때문에 다른 시간대에 가면 타임 오버를 일으키며 미세한 파동을 만들어 내게 돼. 그 원리를 이용해서 마더콤은 우릴 검색해 내는 거야. 필연의 폭풍도 사실은 그 파동이 너무 커지면 생겨나는 거고. 그 원리는 또 2100년에 우리 몸의 체내 시간을 초와 초 사이, 더 정확하게 말하면 메가 나노초 사이에 위치하게 만드는 기술을 개발해 냈어. 그 기술이 적용된 게 바로 그 컴퓨터야. 안전지대가 스무 발자국 안이라는 게 흠이라면 흠이지만."

"그럼 더더욱 가지 마!"

"진서를 이대로 둘 순 없어. 그게 만약 미래를 구하는 일이라면, 그게 설령 실낱같은 희망일지라도 잡을 수밖에는 없어."

온주는 보기 드문 미소를 지어 보였다. 그 미소가 쇠망치가 되어 아라의 가슴을 힘껏 내리쳤다. 아라는 두 손으로 머리를 감쌌다. 차마 하지 못했던 말이 마구 쏟아져나왔다.

"모두 만약에잖아. 확실한 건 아무것도 없잖아. 나 죽기 싫어. 죽고 싶지 않다고! 3년 동안 죽어라 노력해서 이곳까지 왔는데 고작 얻는 게 죽음이란 말이야? 싫어. 싫다고. 내가 왜 죽어야 하는 건데? 이런 곳에서 개죽음 당하고 싶지 않아. 죽고 싶지 않다고! 너희도 그렇잖아. 너희도 죽고 싶지 않잖아! 어째서 그렇게 담담한 거야. 어째서 그렇게 별일 아니란 듯이 말하는 거냐고!"

울듯이 소리치는 아라를 온주가 손을 내밀어 끌어안았다. 울지 말라는 듯 등을 토닥이며 온주가 가만 속삭였다.

"지난 3년 동안 우린 검은 모래에 대해 정밀 분석을 하고 또 했어. 마더콤이 귀환을 거부한 시간여행자는 백이면 백 모두 검은 모래로 인해 숨을 거뒀지. 그리고 의문의 폭발 사건이 일어나곤 했어. 하지만 가디언사는 필사적으로 그 모든 사건을 덮어 버리곤 했어. 그러자 의문이 생겼어. 어째서 가디언사는 저렇게 막무가내로 움직이는 걸까? 이 모든 의문의 사건의 씨앗이 최아라의 폭주에서 시작된 거란 걸 생각조차 안 하는 걸까,

하고 말이야. 그리고 그 폭풍이 커지고 커져 결국 2105년을 초
토화시킬 거란 걸 예상조차 못하고 있는 걸까 궁금해졌어. 때문
에 우리는 애초에 파견된 목적과는 달리 너와 함께 좌초되는 길
을 선택했어. 보스는 2060년까지 원인 파악이 안 될 경우 널 사
살하라고 했지만, 우린 원인 파악 전까지는 그럴 수 없다고 말
했지. 하지만 이건 이성적인 설명이고 사실은 네가 폭주로 죽음
을 맞지 않고 살아 주기를. 미래가 바뀌었을 때 그곳에 네가 있
기를 바라서였어. 그러니까 살아남아라. 최아라. 살아서 미래에
서 만나자."

온주는 마지막 작별인사라도 하는 것처럼 힘껏 끌어안고는
아라를 확 밀어버렸다. 아라는 털썩 주저앉았다. 이윽고 현관문
이 열렸다가 소리 없이 닫혔다. 온주의 발소리가 멀어져 갔다.
망연자실 앉아 있는 아라 뒤로 현성이가 다가섰다.

"자, 일어서. 우린 우리 할 일을 해야 해. 그게 최선이야."

미친 듯이 고함이라도 지르고 싶은 가슴을 억누르며 아라는
현성이가 내민 손을 살며시 잡았다. 현성이는 아라의 손을 힘주
어 움켜잡았다. 마치 마음 단단히 먹으라는 듯. 아라는 그 따스
함에 왈칵 눈물이 나올 것만 같아 열심히 눈을 깜빡여야만 했다.
하지만 그럼에도 불구하고 눈물은 흘러내렸다. 왼쪽 볼을 타고
흘러내리는 미지근한 느낌에 아라는 얼굴을 찡그렸다. 참으려
고, 어떻게든 참으려고 했지만 눈물은 계속해서 흘러내렸다.

2060년 11월 13일. **일그러진 기억**

"지금 뭐라고 하셨는지?"

황당한 얼굴로 기술부장이 물었다.

"수사를 당장 중지해 달라고 했소."

최 검사는 딱딱하게 굳은 얼굴로 말했다.

"지금 따님은 목숨이 위태로운 지경입니다. 영문도 모르고 살해당할 위기라고요!"

"이건 경고요. 당신도 가디언사 직원이니 필연의 폭풍이 뭔지는 알고 있겠지? 그러니 가만있으라고. 자칫했다간 한반도 전체가 날아갈 수도 있으니."

순간 기술부장은 2030년 6월 27일이 불길하다고 되뇌던 기억 그 너머를 보았다. 그건 악몽이었다. 그런 악몽을 어린 시절 내내 되풀이해서 꾸었다. 신기한 건 그런 악몽에 시달리는 게 자신뿐 아니라 같은 반 친구들 대부분이 그랬다는 거였다. 그

때는 몰랐지만 이제 와 생각해 보니 악몽이 역폭풍의 한 종류일 수도 있었다. 오늘 무너지는 건물들이 그랬듯이. 고쳐진 과거 때문에 원래 과거의 환영이 떠돌고 있는 것일 수 있었다.

'방송에서 떠들어 댈 때 헛소리라고 생각했었는데, 그게 아니었군. 맙소사. 실제였어.'

기술부장은 허탈하게 웃으며 손으로 이마를 문질렀다. 그러다 문득 온몸에 한기를 느꼈다. 최 검사가 불필요할 정도로 뭔가 더 큰 것을 알고 있다는 사실을 깨달아서였다. 최 검사의 목소리는 슬픔이 가득하거나 딸을 잃을 불안감에 떨고 있는 것이 아니라, 귀찮아 죽겠다는 목소리였다. 기술부장은 혹시나, 하는 생각에 손가락을 튕겨 개인회선을 불러냈다.

잠시 뒤, 기술부장은 우윳빛 불투명한 막으로 된 사각의 방에 서 있었다. 최 검사는 미간을 찌푸리며 보고 있었다. 기술부장은 그 얼굴을 뚫어져라 바라보며 '만약'이란 가설로 가슴에 묻어뒀던 이야기를 꺼냈다. 공간좌표도 입력되지 않은 채 타임 슬립을 한 아라가 진서에게 바로 연결될 정도의 강한 필연이라면 결국 답은 하나였다.

"아라의 엄마가 혹시 진서 프랭클린인가요?"

최 검사는 흠칫 놀란 얼굴로 기술부장을 바라봤다. 그러더니 일그러진 표정을 지었다.

"그걸 알아서 뭘 어쩌겠다는 거지?"

"맙소사! 후회하고 있는 겁니까?"

"시끄럽군."

"믿을 수가 없네요. '아라'라는 존재 자체가 역겨워 죽을 것 같다는 얼굴이군요."

그렇게 외치던 기술부장은 문득 짚이는 바가 있었다. 사람들이 수리남 바이러스 피해자들을 서커스 시위대라고 조롱하면서 내뱉는 말이 저도 모르게 튀어나왔다.

"설마 괴물이라고 생각하는 건가요?"

최 검사는 입꼬리만 틀어 올려 차갑게 웃었다.

"그렇다면 어쩔 거지?"

"기가 막히는군. 괴물을 안아 아이를 만들었다고 생각하는 겁니까? 당신 정말 쓰레기구먼!"

기술부장이 소리쳤다.

최 검사는 두 손이 하얗게 변할 정도로 움켜쥐며 부르르 떨었다. 그러고는 입술을 깨물어 화를 누르며 눈을 감았다. 깜깜해진 시야 너머로 그날의 일이 하나 둘 떠올랐다. 잊고 싶어, 용서받고 싶어 목 놓아 울던 열여덟 살의 굳어 버린 기억이었다.

처음에는 꿈이라고 생각했다. 귓가에 부드럽게 속삭이는 "오빠."라는 목소리가 감미로웠다. 소영이가 부드럽게 미소를 지으며 자신의 얼굴에 입을 맞추었다. 명호는 그 따뜻함이 좋아 점점 소영이의 품으로 파고들었다. 점점 격렬한 입맞춤이 계속되고, 명호는 그날 밤 소영이를 안았다.

하지만 아침이 되어 눈을 뜬 명호는 비명을 지르며 침대에서 뛰어내렸다. 그곳에 있는 건 소영이가 아니라 분명 진서였다. 명호는 덜덜 떨며 나체가 되어 누워 있는 진서의 몸을 보았다.

진서의 상반신은 분명 소년의 몸이었다. 하지만 아래는 아니었다. 친구들끼리 돌려보던 성인 잡지 속의 여자 몸과 똑같았다.

"여자?"

새된 목소리로 명호가 말했다. 그 목소리에 놀라 진서가 깼다. 벌어진 사태를 알아차렸는지 진서는 황급히 이불로 몸을 가렸다. 하지만 명호는 구역질이 솟구치는 걸 참을 수가 없었다. 그저 머릿속으로 괴물이란 생각뿐이었다. 어떻게 저런 존재가 있을 수 있는지 이해가 가질 않았다. 게다가 그동안 친구인 자신에게 단 한 번도 그런 사실을 비춘 적이 없다는 게 더 역겨웠다. 진서가 자신을 어떤 눈으로 보고 있었는지, 하루에도 몇 번씩 고백을 해대는 여자애들 앞에서도 왜 그렇게 태연했었는지 모든 것이 이해가 되었다.

명호는 옷을 챙겨 입고 방에서 나갔다. 저 괴물과 한순간이라도 같이 있고 싶지 않았다. 1층으로 가니 어머니가 보이질 않았다. 그 잠깐을 못 참고 또 술 마시러 새벽에 몰래 빠져나간 모양이었다. 그렇지 않아도 열이 올라 죽을 것 같은데, 어머니까지 그 지경이라 생각하니 골머리가 아팠다. 명호는 그대로 집 밖으로 뛰어나갔다. 눈에 걸리는 녀석 아무나 패야 속이 풀릴 것 같았다.

명호는 거리를 헤매다가 손에 걸리는 대로 몇 녀석들과 치고박고 싸워 피투성이가 된 얼굴로 밤이 늦어서야 다시 집으로 돌아왔다. 하지만 집이 있어야 할 곳에는 아무것도 없었다. 텔레비전을 통해 가스 폭발 사고가 있었다고 듣기는 했지만 그게 설마 자신이 살고 있는 집일 줄은 몰랐다.

검은 그을음만 남아 있는 그 황량한 제로 그라운드에서 자신을 맞은 건 진서와 같은 시대에서 왔다던 아라였다. 진서의 뒤를 졸졸 쫓아다니며 울 것 같은 얼굴을 하고 있던 그 계집애는 변해 있었다. 귀환이 안 된다며 엉엉 울 때는 언제고, 아라는 처음 보는 살벌한 표정을 하고 명호를 향해 손을 날렸다. 철썩 소리와 함께 입 안에 피가 고일 정도로 뺨이 아파 왔다.

"너 때문에 진서가 이렇게 된 거야. 모두 너 때문이야!"

아라는 있는 힘껏 외쳤다.

"내가 뭘!"

"기가 막혀. 어째서 진선 너 같은 인간을 좋아한 걸까. 너처럼 자기밖에 모르는, 세상에서 자신이 가장 힘들다고 생각하는, 항상 남에게 사랑을 달라고 구걸하는 인간을 사랑하게 된 걸까? 아무리 애를 써도 이해가 안 돼. 진서가, 천사처럼 착한 그 애를 어떻게 네가 그렇게 내칠 수 있니?"

"시끄러워. 그 괴물 이야긴 더 듣고 싶지 않거든!"

"진서 코마 상태야."

명호보다 갑절은 큰 목소리로 아라가 소리를 질렀다. 명호는 허탈하게 웃었다.

"코마라, 그래. 명분이 좋군. 그런 식으로 사람을 농락하고 도망쳐 버린 거군."

명호가 코웃음을 치며 말했다.

"뭐라고! 너 미쳤니? 그 앤 널 사랑했어."

"역겨운 소리 하지 마. 사랑? 끔찍해. 그 새끼가 날 어떻게 대한 건지 상상만 해도 토할 것 같다고."

"그 앤 널 위해 내게 애걸을 했어. 널 살려 달라고. 널 살려 달라고 말이야! 저질에 저밖에 모르는 놈을 살려 달라고 나에게 애걸을 했다고!"

"이게 계집애라고 봐줬더니 꺼지지 못해!"

손을 들며 명호가 외쳤다. 움찔 놀란 아라는 어느 틈에 흘러내린 눈물을 닦으며 말했다.

"넌 이제 지옥이 뭔지 알게 될 거야. 살아서도 죽은 것처럼 산다는 것이 뭔지 알게 될 거야. 영영 오늘을 잊지 못하게 될 거야. 왜냐고? 내가 그렇게 만들었거든. 내가, 내가 지옥을 불러왔거든. 난 행복해지고 싶었어. 평범하게 살고 싶었어. 하지만 끝이야. 너도 나도 이 지옥에서 나가지 못해. 절대 나가지 못할 거야. 너도 나도 이제 악마로 살아가야 할 거야."

아라는 내뱉듯 외치고 돌아섰다. 그러고는 가 버렸다. 쓸쓸하게 불어나가는 바람에 명호는 자신이 미처 알아채지 못한 어떤 일이 벌어졌다는 것을 느꼈다. 하지만 묻기에는 너무 늦었다. 모든 것이 이미 끝나 버렸다.

평생 두고 함께 할 친구라고 의지했던 진서가 자신을 배신하고, 자신을 두고 멀리 아주 멀리 가 버렸다. 명호는 마음을 열었던 존재들이 이렇게 불쑥 사라져 버리는 것을 더는 견뎌낼 수 없다고 생각했다. 명호는 그대로 무너지듯 쓰러져 뚝뚝 눈물을 흘렸다. 슬퍼서 나오는 건지 아니면 화가 나서 나오는 건지 알 수 없는 오열을 터트렸다. 땅으로 스며들던 눈물들이 하나 둘 기억 저편으로 사라져 갔다.

최 검사는 엄지로 미간을 비비며 붉어진 눈시울을 감추려 애
썼다. 그러면서 담담한 목소리로 말했다.

"당신이 뭐라 지껄이든 난 내 나름대로의 책임을 다하고 있
소. 그 애의 아버지로서 책임을 다하고 있지. 난 꽤 오랜 세월
을 잘 참아왔소. 그러니 당신이 날 비난할 이유 따윈 손톱만큼
도 없지. 그럼 바빠서 이만 끊어야겠소. 수사를 계속해 나를 괴
롭힐 경우 고소할 겁니다."

그 말을 마지막으로 최 검사의 모습이 사라졌다. 그와 동시
에 기술부장 주변으로 만들어졌던 벽도 사라졌다. 기술부장은
짜증난 얼굴로 빈 의자에 가서 앉았다. 그때 등 뒤에서 한 연구
원이 조심스레 다가오더니 귓가에 대고 속삭였다.

"저기 캡슐 병원에 연락해 봤는데요. 현재 기술로는 수명을
거의 열 배로 늘릴 수 있답니다. 그리고 좀 걸리는 기록이 하나
있는데."

기술부장은 의아한 얼굴로 바라봤다. 연구원은 믿기지 않는
다는 눈빛으로 말을 이었다.

"2042년에 출산 기록 확인되었습니다. 수면 캡슐 효과 때문
에 임신 기간이 무려 12년에 이르렀던 것 같습니다. 캡슐 병원
쪽에서는 산모를 수면 캡슐에 넣은 사실이 발각될까 두려워 사
실을 은폐한 것 같습니다."

"정말 딸이었군. 맙소사, 게다가 12년이라고! 시간왜곡이 극
대화되었겠군. 아라는 걸어다니는 타임 오버야. 그래서 그 사건
이 터지는 거로군! 하지만 아라는 죽지 않아. 죽지 않았어. 어
째서?"

머리를 쥐어뜯던 기술부장은 마치 '유레카!'를 외치는 것처럼 두 손을 번쩍 들며 소리쳤다.

"거대 블랙홀은 작은 블랙홀을 흡수하지. 아라의 에너지를 진서가 삼켜 버린 거군! 맙소사, 그렇게 되면 진서는 점점 더 시간 왜곡현상을 심화시킬 테고 타임 홀의 크기를 점점 늘렸겠군. 그래, 그런 거야! 그래서 지난 5년 동안 타임 슬립 할 수 있는 시간이 늘어났던 거야. 기술의 발전이 아니라 진서가 이 일을 반복하면서 그랬던 거겠지. 젠장, 머리 엄청 굴렸구먼. 굴려도 너무 굴렸다고!"

갑자기 통제실 안이 조용해졌다. 기술부장은 그제야 연구원들이 모두 자신을 바라보고 있는 것을 알았다. 기술부장은 멋쩍은 얼굴로 두 손을 내리며 쑥스러운 목소리로 물었다.

"그래서 2030년에 연결된 사람 아직 없어?"

다시 부리나케 자신의 일로 돌아간 연구원들이 부산하게 움직였다. 기술부장은 두 손으로 머리를 감싸며 고개를 수그렸다. 정말, 정말 찜찜했다. 진서를 이런 식으로 살리면서까지 타임 홀을 열어 둘 이유가 뭔지 알 수가 없었다. 샤인스타사는 세계 굴지의 대기업이었다. 가디언사가 아니라도 벌어들이는 돈은 지구의 절반을 사고도 남았다. 그런 어마어마한 부를 거머쥔 대기업이 어째서 타임 홀에 집착하는지 이해가 가질 않았다. 끙끙대며 머리를 쥐어뜯고 있는데, 저만치 떨어져 서 있던 한 연구원이 조심스러운 목소리로 기술부장에게 말했다.

"가디언 제리 연결이 가능한 것 같은데요."

"제리? 아라네가 머물고 있는 그 집이군. 좋아, 연결해. 그리고 프랭크 프랭클린 유엔 사무총장과 면담 요청해 줘. 최대한 빨리 통화했으면 좋겠다고. 진서 때문에 그런다고 말이야."

기술부장은 중앙 화면 앞에 섰다. 이내 머리를 노랗게 탈색한 다소 건방져 보이는 가디언이 나타나 꾸벅 인사를 했다.

"아, 제린데요. 저기 무슨 일이신지?"

2060년 11월 13일. 10인의 대주주

거대한 둥근 탁자 위로 하나 둘 홀로그램이 떠올랐다. 가운데 선 회계부장은 만면에 웃음을 머금고 있었지만 긴장이 되는 건 어쩔 수 없었다. 비록 최대 주주의 지원을 받아 서울지부장이 되었다고는 하지만, 여기 모인 회장단 중 단 한 명이라도 반론을 제기한다면 끝장이었다. 게다가 고작 십여 명밖에 안 되는 회장단은 세계 경제의 반 이상을 소유하고 있는 거부들이었다. 조금이라도 틈을 보였다간 목으로 칼이 날아들지도 몰랐다.

회계부장은 이마의 식은땀을 닦아 내며 인사를 했다. 열 명 모두 홀로그램이었지만 실물 크기라 카랑카랑한 인상들이 또렷하게 드러났다.

"이번에 서울지부를 맡게 되었습니다. 잘 부탁드립니다."

"인사는 됐고, 거사를 앞두고 엉망진창으로 문제가 꼬였다고 보고를 받았는데."

타임 가디언사의 숨겨진 창립자이며, 세계 여러 기업의 최대 주주이기도 한 이 남자는 회계부장이 가장 존경하는 인물이었다. 비록 그가 바보 같은 기술부장의 할아버지라고 해도 말이다.

"걱정하실 필요 없습니다. 방금 전에 처리반 열 명을 더 파견했습니다. 타임 가디언사에서도 내로라하는 실력을 가진 자들이니 걱정하실 필요 없습니다."

회계부장이 목소리가 떨리는 걸 숨기려 애쓰며 대답했다.

"그걸 지금 대책이라고 말하고 있는 건가?"

피둥피둥 살찐 얼굴로 시가를 물고 있는 중년 남자가 물었다. 역시나 대주주인 그는 상당히 어이없다는 얼굴로 회계부장을 향해 들으란 듯 코웃음을 쳤다.

"처리반 세 명이 정체불명의 모래에 당해 죽었다는 것쯤은 나도 알고 있네. 게다가 그 계집애를 둘러싸고 있는 녀석들의 정체도 모르면서 뭘 어쩔 셈인가? 그 녀석들을 죽인다고 해도, 또 다른 녀석들이 나타날 수도 있어. 그렇게 되면 애써 준비한 단 한 번의 기회를 한 방에 날려 버리게 되겠지."

"아, 그 남자애들은 걱정하실 필요 없습니다. 누구인지 조사가 끝났어요."

선해 보이는 인상의 할머니가 느릿느릿한 말투로 입을 열었다. 회계부장이 살았다는 얼굴로 바라보자, 할머니는 미소를 섞어 가며 말을 이었다.

"다행히 이 할미를 걱정한 손자가 2106년에서 연락을 해 주었답니다. 해서 사정을 거의 파악했고, 자세한 건 김 회장님께

올렸답니다."

"뭐야, 그럼 그들이 2106년에서 왔단 말이오?"

"어떻게 그런 일이? 이번 사건을 기점으로 시간여행 금지 조약이 발효된다고 들었는데."

"철저하게 보안이 되어 있는 타임 홀을 몰래 사용하다니."

여기저기서 회장단이 웅성댔다. 김 회장은 손을 들어 제지하며 말했다.

"자, 자. 여러분 저 혼자만 정보를 독차지할 생각은 없어요. 동업자 여러분을 위해 지금 정보를 전송하니, 읽어 보시지요. 그쪽에서 시뮬레이션 결과 이 정도의 정보는 누출해도 큰 피해가 없을 거라고 하더군요."

말이 끝남과 동시에 홀로그램 속 인물들이 모두 무언가를 읽어 내려가기 시작했다. 지켜보던 회계부장은 등에 식은땀이 흘러내리는 걸 느꼈다. 모두들 굉장히 당황한 얼굴들이었다. 입을 틀어막으며 "주여. 용서하소서."라고 중얼대는 사람도 있었다. 회계부장은 아직 저 정보에 다가설 만한 보안등급이 아니란 것이 너무나도 아쉬웠다.

이윽고 모두 다 읽었는지 회장단이 하나 둘 고개를 들었다.

"모두 이해하셨으리라 믿습니다. 가장 먼저 해야 할 일도 아셨으리라 믿겠습니다. 아, 회계부장. 거기 버튼 좀 눌러 주겠나?"

김 회장이 말했다.

"네!"

온 힘을 담아 대답한 회계부장은 탁자 위에 있는 온(ON) 스

위치를 눌렀다. 그러자 가상 모니터가 전면에 환하게 빛을 내며 떠올랐다. 모니터에 나타난 건 타임 가디언사 기술부장의 사진과 프로필이었다. 그 순간 회장들은 거의 동시에 김 회장을 바라보았다. 회계부장도 덜컥 막힌 숨을 간신히 삼키며 김 회장을 올려다봤다. 막상 시선을 받고 있는 주인공은 상당히 찌푸린 낯빛이었다.

"가장 무서운 적은 내부로부터라는 말이 있지요. 이 녀석이 2106년에 타임 홀을 해킹해서 일을 꾸민 모양이오. 지금 아라와 함께 있는 아이들도 이 녀석이 파견한 것이고. 뭐, 여러 가지 일들을 벌인 모양인데 아직 채 파악되지 않은 상태요."

"하지만 이 보고서에 따르면 이 사람은 앞으로 십여 년 동안 우리에게 엄청난 이익을 가져다 줄 기술 개발자군요. 이런 그까지 없앤다면, 가디언사에 생기는 손해를 감당하기 어렵게 될 것 같은데."

아직도 남아 있는 유럽 귀족 출신이 아닐까 싶을 정도로 우아함을 풍기는 한 부인이 답지 않게 날카로운 목소리로 중얼거렸다. 김 회장은 어두운 얼굴로 대답했다.

"게다가 그게 필연이란 점이 상당히 우리를 힘들게 하는 건 사실이지요."

"거참, 다들 뭣들 하는 짓인지. 애초에 그 괴물을 우리에 가둬 놓았으면 맘 편할 일 아닙니까. 도대체 왜 이런 걸 두고 골머리를 썩이는 겁니까. 바빠 죽겠는데."

겁먹은 목소리를 누르며 요란한 금붙이로 온몸을 장식한 남자가 말을 잘랐다. 그러자 매서운 눈길의 남자가 큰 목소리로 받아쳤다.

"자넨 아버지 뒤를 이은 지 얼마 안 돼서 모르겠지만, 그 앤 무슨 수를 써도 우리 곁을 빠져나갔네. 그리고 반드시 최 검사 곁으로 돌아갔지. 자네라면 맞서 싸울 적으로 세계 언론이 주목하는 국제적 공인을 택하겠나? 아니면 10대의 힘없는 사내애를 택하겠나? 원래대로라면 최 검사는 우리가 상대한 그 누구보다도 강력한 적이 되었을 거네. 그걸 막기 위해 우리가 몇 번의 시뮬레이션을 했는지 자넨 모를 거야. 그건 절대 만만치 않은 작업이었네. 들어간 돈도 천문학적인 금액이네. 그러니 알지도 못하면 잠자코 있게."

그렇게 말을 마친 남자는 김 회장을 바라보며 말을 이었다.

"그래서 우리가 어떻게 하면 좋겠소? 그렇다고 김 회장의 손자를 손댈 수도 없는 게 현실이니."

"물론이오. 필연의 법칙에 의해 손자 녀석을 우리가 멋대로 없애려 할 경우 죽음을 당하는 건 우리라는 걸 잊지 말아야 해요. 그러니 손자 녀석의 처리는 2106년에서 알아서 하는 걸로 맡겼소. 그쪽에서 타임 홀을 엄중 봉쇄했다고 했으니, 더는 끼어드는 자들이 과거로 오는 일은 없을 것 같소. 그러니 우리가 할 일은 하나요. 예정대로 모든 일을 돌리는 것. 그것을 위해 블루스타사 특수용병대를 2030년에 파견했으면 하오."

김 회장이 대답했다. 그 말에 회장단 모두가 눈이 동그래졌다. 오직 선한 눈매의 할머니만 빼놓고. 그녀는 이미 예상했던 듯 손을 들며 말했다.

"이번 일은 우리의 운명이 걸린 일이니 반드시 계획대로 돌아가도록 해야 해요. 그러려면 때론 강한 힘이 필요한 법이지요."

"자, 설명은 충분한 듯싶소. 어떻소. 특수부대를 파견하는 데 힘을 보태 주실 분들은 손을 들어 주시길 바라오."

김 회장이 말했다. 서로 눈치를 보던 회장단이 하나 둘 손을 들기 시작했다. 마지막으로 손을 든 브라운은 시가 연기를 뿜어 올리며 말했다.

"이거 신 나는 게임이 되겠군. 관전할 수 있을까?"

"물론입니다. 이미 전 회선이 열려 있어요. 원하시는 대로 용병들이 사냥하는 것을 보실 수 있을 겁니다."

껄껄 웃으며 김 회장이 대답했다.

2030년 11월 13일. 밝혀지는 진실

"저 애가 한반도 연합정부 차대 대통령 아들이라고 했던가?"

시가를 문 남자는 연기를 뿜어 올리며 물었다.

"그렇다더군요. 나이도 어린데 어쩜 저렇게 동작이 날랠까."

우아해 보이는 옷차림과는 달리 다소 천박해 보이는 인상의 여자가 대답했다.

둥그렇게 놓인 안락의자들 가운데에는 3차원 입체 홀로그램이 실제처럼 생생한 영상을 방송하고 있었다. 주인공은 온주, 그리고 싸우는 이들은 용병대 열 명. 한 명을 두고 열 명이 고전을 하는 모습은 모두의 흥분을 자아냈다. 사냥을 관전하기 위해 준비된 방 안에는 회장단 실물이 모여 앉아 있었다. 본사에 모두가 모인 것은 타임 홀을 발견한 이후 처음 있는 일이었다. 그 때문에 본사는 비상이 걸렸고, 회계부장은 이들의 눈에 들 기회가 왔다는 사실에 흥분해 주문하지도 않은 것들을 잔뜩 사다가

연달아 방으로 실어 나르고 있었다. 그러면서 그는 속으로 온주가 이기기를 빌고 있었다. 그래야만 자신이 파견한 처리반이 빛을 볼 테니까. 하지만 쉬워 보이지 않았다. 회계부장은 저러다 지면 처리반 파견에 대한 비용이 고스란히 서울지부로 돌아올 텐데 그걸 어떻게 메우나 싶어 남몰래 한숨을 내쉬었다.

바로 그 시각, 아라와 현성이는 택시를 타고 제리네 동네로 들어섰다. 아라는 연방 두리번거리며 혹시나 처리반이 근처에 있지 않을까 조바심을 쳤다. 하지만 현성이는 손에 들린 펜을 돌려가며 무언가를 열심히 조작하고 있었다.

"그게 뭐야?"

아라가 물었다.

"타임 오버 측정기. 만약 제 시간대가 아닌 인간이 있다면 잡아낼 수 있어."

현성이는 그렇게 말하고는 펜의 끝을 시야에 보이기 시작한 제리네 아파트로 향했다. 현성이는 마치 그림을 그리는 것처럼 뱅글뱅글 돌려보며, 연방 숫자를 확인했다. 택시는 이내 아파트 앞에 도착했다. 둘은 말도 나누지 않고 성큼성큼 계단을 뛰다시피 올라갔다. 제리네 집 앞에 이르러서야 겨우 숨을 돌리며 아라가 물었다.

"도대체 그게 얼마나 광범위하게 잡아내기에 겁 없이 구는 거니?"

"지금 안에 제리 혼자라는 것 정도는 알 수 있지."

현성이는 손짓을 해서 아라더러 물러서라고 신호했다. 조심스레 아라가 물러서자, 현성이는 숨을 들이키고 살며시 문을 열었다. 과연 저만치 놓인 책상 앞에 등을 돌리고 앉아 있는 제리가 보였다. 제리는 지금 누군가와 통신 중인 듯 현성이와 아라가 들어서는 낌새를 전혀 알아차리지 못했다. 아라는 불빛이 닿지 않는 현관에 선 채 귀 기울여 통신하는 소리를 들었다. 제리는 보이지 않는 화면 속 인물을 향해 이렇게 말하고 있었다.

"아, 그러니까 그 애들은 지금 몇 시간째 코빼기도 안 보이고 있다고요! 현상금 걸어봤자 소용없다니까요. 가디언들이 그렇게 한가한 줄 아세요?"

"그러니까 제가 어떻게 압니까! 그 애들이 하늘로 솟았는지 땅으로 꺼졌는지. 최아라와 어떻게든 이야기를 하고 싶다고요? 이것 보세요. 기술부장님! 정말 말귀를 못 알아들으시네. 저한테 아무리 아라 편이라고 설득을 하셔도 소용없다니까요."

고래고래 소리를 지르던 제리는 갑자기 누군가 밀치는 통에 그대로 옆으로 넘어졌다. 깜짝 놀라 돌아보니 아라였다. 아라는 가상 스크린에 떠 있는 남자를 향해 소리쳤다.

"당신! 왜 날 찾는 건데?"

"허, 거참. 이제 보니 정말 진서랑 닮았네."

기술부장이 중얼거렸다. 아라는 입에 초콜릿을 잔뜩 묻힌 채 중얼거리는 남자가 우스워 코웃음을 쳤다. 그러고는 물었다.

"닮다니? 당신이 진서를 어떻게 알아?"

"알지. 게다가 네가 모르고 있는 비밀까지도 알고 있다고."

"그게 뭔데?"

"그런데 말이다. 내가 너보다 스무 살이나 많거든!"

"아, 그러세요. 그렇다면 존댓말을 써 드려야죠. 아, 저, 씨.

그렇지 않아도 아저씨에게 용건이 있답니다."

짜증이 담뿍 담긴 아라의 말투에 기술부장은 눈살을 찌푸렸다. 그러자 아라를 밀치며 현성이가 얼굴을 들이밀었다.

"좀 충격받을 일이 많아서 그래요. 원랜 이런 녀석이 아닌데."

사근사근 웃으며 현성이가 말했다.

"뭐, 그런 사소한 일로 왈가왈부할 때가 아니긴 하지. 나도 너희를 찾고 있었던 참이니까, 사과는 됐어."

기술부장이 말했다. 현성이는 턱을 긁적이며 "무슨 일로?" 하고 물었다. 그러자마자 기술부장은 기다렸단 얼굴로 줄줄 지금까지 알아낸 사실들을 늘어놓기 시작했다. 침울한 얼굴로 앉아 있던 아라의 얼굴이 변한 것은 진서 프랭클린의 출산 기록에 대한 이야기에서였다.

"미치겠네. 그러니까 뭐야. 결국 그래서 타임 오버가 된단 소리였군. 맙소사, 기가 막혀. 이건 정말 말도 안 돼. 젠장, 그럼 도대체 우리 엄마는 뭐냐고요."

아라가 손톱을 물어뜯으며 중얼거렸다. 그러자 기술부장이 황당한 표정을 지었다.

"타임 오버! 알고 있었단 건가?"

"자, 자. 하던 말씀 계속하세요. 아라는 신경 쓰지 마시고."

현성이가 허둥대며 아라 앞을 가로막았다. 기술부장은 의심스러운 눈길로 바라봤지만 더 캐묻기는 뭐해 헛기침을 가볍게 했다. 그러고는 말했다.

"따라서 아라 넌 아주 위험한 상태다. 마더콤 안에서 계산한 걸로는 넌 오늘 오전 10시 17분에 폭주를 시작해. 네 시간 왜곡현상이 극대화돼서 더는 버틸 수가 없는 지경에 이르는 거지. 하지만 넌 살게 될 거야. 네가 뿜어낸 어마어마한 에너지로 인해 반경 50킬로미터가 날아가는데도 불구하고 넌 살게 되지. 진서 덕분이야. 진서와 네가 만나지 않았다면 넌 죽었을 거야. 아마도 만나지 않았다면 한반도 전체가 날아갔을지도 몰라. 2030년 6월 27일이 그래서 악몽으로 남아 있는 거겠지."

"잠깐! 잠깐만요. 그렇다면 아라는 반드시 진서를 만나야 한다는 건가요? 아라가 살려면 그 방법밖에 없다는 건가요?"

현성이가 놀란 얼굴로 물었다. 기술부장은 고개를 끄덕였다. 현성이는 하얗게 질린 얼굴로 자리에서 일어섰다.

"무슨 일이지?"

기술부장이 물었다.

"온주가 지금 진서를 피신시키러 갔어요. 저흰 도리어 둘이 만나지 않아야만 폭주가 최소화된다고 생각했거든요."

"샤인스타사에서 파견한 용병대를 우습게 보는군. 앉아, 앉으라고."

기술부장이 방을 나가려는 현성이에게 소리쳤다. 현성이는 방문을 열다가 멈춰 섰다. 기술부장은 이 방에 있기라도 한 것처럼 강한 어조로 현성이의 뒷덜미를 잡아끌었다.

"따로따로 행동할 때가 아니야. 아직 폭주까지 4시간이나 남아 있다. 이 시간을 최대한으로 활용해야 해! 온주란 녀석이 제아무리 날뛰어봤자 혼자 힘으로는 절대 진서를 빼돌리지 못한다. 그쪽에 지금 몇 명이나 파견되어 있는 줄 알아?"

현성이는 마지못해 자리로 돌아와 앉았다. 그 사이 어안이 벙벙한 얼굴로 기술부장을 바라보던 아라의 낯빛이 별안간 파랗게 변했다. 심호흡을 하던 아라가 숨이 쉬어지지 않아 컥컥거렸다. 아라는 가슴을 움켜쥐고 방바닥을 굴렀다. 너무 놀라 과호흡을 한 탓이었다. 바로 알아본 현성이는 얼른 뛰어가 눈에 띄는 대로 비닐봉지를 찾아들었다. 그걸 아라의 코와 입에 대고 숨을 쉬라고 몇 번이나 타일렀다. 제리도 놀랐던지 허둥대며 다가와 현성이를 도왔다. 그런 아라의 모습을 보면서도 기술부장은 진서가 타임 홀을 열고 닫는 열쇠인 것 같다는 이야기까지 모두 털어놓았다. 그리고 그렇게 만들기 위해 샤인스타사가 직접 개입하고 있을 확률이 90%에 이른다는 것도. 냉정하고 차분한 얼굴의 현성이는 2106년의 보스나 지금의 기술부장이나 그 속은 똑같구나 싶어 속으로 혀를 내둘렀다.

잠시 뒤 아라는 겨우 무거운 숨을 토해 내며 정신을 차릴 수 있었다. 현성이는 다행이라는 얼굴로 안도의 한숨을 내쉬고는 그제야 홀로그램 속 기술부장을 바라봤다.

"이 모든 것이 샤인스타사의 시뮬레이션 결과라면 완벽한 조작이네요. 아라의 폭주도 최소화하고 진서도 처리하고. 어째서 이런 일을 꾸민 건지는 알아내셨어요?"

현성이의 질문에 기술부장은 초콜릿을 덮은 은박껍질을 까며 작게 한숨을 내쉬었다. 그러더니 마치 초콜릿이랑 대화를 나누는 것처럼 시선조차 돌리지 않고 말했다.

"몰라. 모르겠어. 그걸 모르겠단 말이야. 타임 홀로 벌어들이는 돈이 크긴 하지만, 그것이 샤인스타사의 사운을 좌지우지

할 정도의 것은 아니란 말이지. 이렇게 완벽한 조작에 이르기까지 수천 번은 시뮬레이션을 했을 텐데, 그게 말이 쉽지 맨땅에 헤딩하기라고. 게다가 왜 하필 2030년인지도 의문이야. 2055년에서도 할 수 있는 일을 굳이 그 시대로 옮긴 이유가 뭘까?"

"시뮬레이션 결과 2030년이 가장 적합했나 보지요."

현성이가 말했다.

"물론 그렇겠지. 하지만 그게 좀 찜찜하단 말이야."

기술부장이 초콜릿을 한입에 밀어넣고는 우물우물 그 달콤한 맛에 빙그레 미소를 지으며 말했다. 현성이는 한숨을 내쉬고는 하얗게 질린 아라를 보다가 문득 떠오른 생각에 입을 열었다.

"수리남 바이러스 피해자를 줄이기 위해 타임 홀을 열어 두려고 한 건 아닐까요?"

"순진하군. 현성군, 샤인스타사는 말이지, 돈이 되느냐 안 되느냐를 최우선으로 두는 기업이야. 그런 곳에서 자원봉사 하겠다고 이렇게 복잡한 일을 꾸미겠어? 돈이 되니까, 회사에 이익이 되니까 하는 거지. 그럼 이익이 뭘까? 샤인스타사가 이런 일을 꾸며서 얻게 되는 이익이 도대체 뭐냐고? 그 답이 바로 정답이지."

기술부장이 또 다른 초콜릿 껍질을 까며 대답했다.

"저기 혹시 이 컴퓨터 안에 시간모래 피해자 명단도 들어 있어?"

불현듯 떠오른 생각에 아라가 물었다. 현성이는 의아한 얼굴로 고개를 끄덕였다.

아라는 마른침을 삼키며 기술부장에게 물었다.

"혹시 수리남 바이러스 예방 접종자 명단 가지고 계세요?"

"물론."

입에 초콜릿을 문힌 채 기술부장이 대답했다. 아라는 손바닥을 비비며 일어나 앉았다.

"두 명단을 비교해 보지요."

흐트러진 머리를 손으로 매만지던 아라가 떨리는 목소리를 감추려 애쓰며 말을 이었다.

"설마 예방 접종한 사람이 시간모래 피해자가 되었을 거라고 생각하는 거야? 피해자 숫자가 열 배는 차이가 난다고!"

현성이가 말했다. 하지만 아라는 단호한 얼굴로 대답했다.

"지금까지 알아낸 사실로 미루어 생각해 보면 2105년에 시간모래 피해자가 대규모로 생겨나는 건 내가 만들어 낸 필연의 폭풍 때문이 아니라 다른 이유에서야. 그 이유를 찾아보려는 것뿐이야."

"잠깐! 너희 지금 무슨 말을 하고 있는 거냐. 2105년이라니?"

기술부장이 황당한 얼굴로 물었다. 현성이는 마지못해 사실을 털어놓았다. 어째서 2060년에 파견됐는지, 어째서 가람이가 죽어야 했는지를. 기술부장은 엄청나게 놀란 얼굴로 바보처럼 입을 벌린 채 손에 든 초콜릿을 떨어뜨리고 말았다. 그러고는 두 손으로 머리를 쥐어뜯으며 말했다.

"그걸 왜 이제 이야기하는 거냐!"

"미래 정보 누출이니까요."

한숨을 쉬며 현성이가 말했다. 그러자 기술부장이 짜증난 얼굴로 외쳤다.

"젠장, 지금 그런 거 따질 때냐. 어차피 엉망이 된 거 가릴 게 뭐가 있다고! 빨리 보내 봐. 그 명단인가 뭔가."

초록으로 점멸하는 빛이 일순 방 안에 가득 찼다. 홀로그램 화면 너머 통제실 안도 마찬가지로 초록으로 점멸하고 있어 눈이 아플 지경이었다. 기술부장과 현성이는 소곤소곤 둘만 아는 기술적 전문 용어를 써가며 대화를 나누고 있었다. 제리도 반쯤은 알아듣는지 가끔씩 고개를 끄덕이며 호기심이 가득한 얼굴로 듣고 있었다.

아라는 정신없이 돌아가는 화면에서 눈을 돌려 창밖을 내다봤다. 하늘은 쪽빛으로 빛나고 있었고, 어디선가 들려오는 새소리가 어우러져 더없이 아름다운 아침이었다.

'아, 그러고 보니 엄마에게 얼굴도 안 비추고 왔네.'

아라는 귀환하면 어차피 그날이기 때문에 별로 필요 없다 싶어 그냥 온 것이 무척 후회스러웠다. 떠나오기 전 힘들더라도 만나자고 졸라볼걸 하는 아쉬움이 생겼다. 그러다 문득 궁금해졌다. 엄마는 어떻게 진서에 대해서 알게 된 건지, 어떤 인연이 있어 진서를 돌봐 온 건지 알고 싶어졌다. 게다가 진서가 낳은 딸인 자신까지 돌보다니. 그 냉혹한 남자 곁에서 모든 것을 참아 가며.

'하지만 뭐라고 묻지? 엄마는 엄만데. 이러니저러니 해도 날 키워 준 건 엄마잖아. 그런데 친엄마 어쩌고저쩌고 하면 엄마가 상처받지 않을까. 이제껏 아무 말도 없었던 건 어쩌면 내가 모

르기를 바라서인지도 몰라.'

아라는 두 손으로 얼굴을 비비며 시름에 잠겼다. 아무리 진
서가 친엄마라 해도 엄마라고 부를 수 있는 존재는 아니었다.
왠지 너무나 멀게 느껴졌다. 저렇게 아름다운 사람이 정말 내
엄마일까 싶은 마음도 생겼다. 그러고 있는 아라의 귓가에 현성
이가 주먹으로 책상을 내리치는 소리가 들려왔다. 어찌나 세게
내리쳤던지 귓가가 윙윙 울려 댔다. 아라는 놀란 얼굴로 귀를
틀어막으며 현성이를 바라봤다.

현성이는 울고 있었다. 잔뜩 화난 얼굴로 소리 없이 울고 있
었다. 홀로그램 화면 속 기술부장은 침통한 얼굴로 "수수께끼가
더 복잡해졌군." 하며 중얼거리고 있었다. 묻지 않아도 알 수
있었다. 결과가 어떻게 나왔는지.

"100퍼센트 일친가 보군."

"말도 안 돼. 그래 봤자 고작 예방약이야! 그게 어떻게 시간
모래를 만들어 낼 수 있어? 그건 에너지가 뭉친 거라고, 일종의
블랙홀이 사람 체내에 생기는 거라고 했단 말이야. 그런 걸 어
떻게 저 예방약이 만드냐고! 얼마나 많은 사람들이 죽었는데.
얼마나 허무하게 죽었는데. 결국 이건 시간 왜곡현상이 유전되
었다는 거잖아. 그래서 어린애들까지 죽어 버렸단 거잖아."

현성이가 울먹이며 말했다. 아라는 그런 현성이의 손을 잡으
며 다독였다. 그 모습을 보고 있던 기술부장은 누군가에게 초콜
릿을 있는 대로 모두 모아 오라고 지시를 내리고는 고개를 돌려
현성이에게 물었다.

"타임 오버 측정긴가 뭔가가 있다고 그랬지?"

"그런데요?"

흐느끼는 현성이 대신 아라가 대답했다.

"그걸로 주사패치에 있는 약의 생성 년도를 측정해 봐."

기술부장의 주문에 아라는 현성이의 주머니를 뒤져 타임 오버 측정기를 꺼냈다. 그러고는 그걸 주사패치에 가져다 댔다. 하지만 아무런 일도 일어나지 않았다. 현성이는 눈물을 닦으며 피식 웃더니 아라의 손에서 타임 오버 측정기를 건네받았다.

"그런 건 그냥 측정하면 안 돼."

현성이는 주사패치 한 장을 손에 들고는 보호필름을 떼어 냈다. 그리고 그걸 피부가 아니라 타임 오버 측정기의 작은 바에 대고 문질렀다. 피부에 녹아 스며드는 것처럼 주사패치는 측정기의 바에 녹아들었다. 그걸 흡수한 측정기가 바르르 떨리더니 손잡이 부분에 있는 작은 패널에 이내 숫자가 떠올랐다.

퉁퉁 부은 눈을 하고 들여다보던 현성이의 얼굴이 하얗게 질렸다. 홀로그램 속 기술부장은 답답하단 얼굴로 몇 년이냐고 물었다. 급했던지 제리가 현성이의 손에서 측정기를 낚아챘다. 그러고는 숫자를 읽었다. 제리는 이마를 마구 비벼대며 말했다. 도저히 믿을 수 없단 목소리로.

"2088년이요."

"과연! 그래, 그렇겠지. 그렇게 오버된 약품이 아니고서야 그 정도의 폭풍을 몰고 올 리가 없지. 사람 몸 안에 필연의 폭풍을 만든 셈이야. 그것도 아주 강력한. 그러니 순식간에 모래가 되어 버리지. 태초의 모습으로 돌아간 거야. 흙으로 돌아간 거지. 그래서 비료 효과가 어쩌고 하는 결과가 나왔었군. 허 참. 하지만 어째서? 어째서 이런 위험을 감당하면서까지 투약을 한 거지? 이런 결과가 나올 거란 걸 예상조차 못하지는 않았을 텐데."

기술부장이 기가 막히다는 투로 말했다. 아라는 입술을 물어뜯으며 만약이란 가정 하에 상상했던 일들을 털어놓았다.

"만약 샤인스타사에서 수리남 바이러스를 반드시 막아야만 하는 상황에 빠졌다면요? 그런데 그 약품이 2088년에 가서야 개발되는 거죠. 필연의 법칙을 어길 수는 없으니 기다릴 수밖에 없었을 테고요. 그렇게 개발된 약품을 샤인스타사는 전 시대의 사람들에게 투약하기 시작했을 거예요. 2105년에 타임 오버병을 몰고 올 거란 사실을 상상조차 하지 못한 채로요."

기술부장은 끙 앓는 표정을 짓더니 두리번두리번 초콜릿을 찾았다. 하지만 보이질 않자 눈에 띌 정도로 실망한 얼굴로 말을 이었다.

"우연과 필연의 법칙을 알아내기도 전에 투약이 실시됐다면 이란 가정을 한 거로군."

"저기 지금 제 느낌이 이상한가요? 왜 자꾸 샤인스타사가 설마 그랬을 거라 믿을 수 없다고 외치는 소리가 들리죠? 모르시겠어요? 아저씨가 말한 것처럼 샤인스타사가 이익에 의해서만 움직이는 기업이라면 남은 답은 하나뿐이에요. 투약을 해서 발병자 수를 줄인다. 그 사이 아무도 건드리지 못하는 슈퍼 파워풀 기업으로 성장한다. 하지만 들통 나면 큰일 날 테니 가디언의 양심을 이용해 선한 일처럼 가장한다. 이 일에 의심을 가지면 안 되므로 일부 발병자를 남겨 두어 2060년에 본보기를 삼는다. 그러니 결국 시간을 번 거예요. 자신들의 치부를 감춤!"

아라의 말에 현성이와 제리는 말문이 막힌 얼굴로 아라를 바라봤다. 기술부장은 땅이 꺼져라 한숨을 내쉬었다.

"네 추측이 맞는다고밖에는 말 못하겠군. 그 치부가 샤인스타사가 저지른 짓이라면 더더욱 그 사실이 드러나는 걸 막기 위해 조작에 조작을 했겠지. 필연과 우연의 법칙을 피해 꿰맞춘 시간이라. 허 참, 그러고도 시공간이 붕괴되지 않는 것이 더 경이로울 정도군."

"도대체 원래 시간대에서는 무슨 일이 벌어졌던 걸까요? 조작이 가해지기 전 순수한 과거를 기억하는 사람이 있기는 할까요?"

아라가 진지한 얼굴로 물었다.

"당연히 있지. 그런 사람이 있기에 시공간이 존재하는 거니까."

제리가 툭 끼어들며 말했다. 너무나 엉뚱한 소리여서 아라도 현성이도 그만 풋 하고 웃음을 터트렸다. 답지 않게 진지한 제리의 얼굴에 둘 다 웃음을 감출 수가 없었다. 제리는 새빨갛게 달아오른 얼굴로 외쳤다.

"내가 다니는 절의 스님이 그러셨다고. 시공간이란 결국 사람의 마음속에 존재하는 거라고. 그러므로 필연의 폭풍이니 뭐니 제아무리 과거와 현재와 미래가 뒤바뀌더라도 결국 태초의 시간을 기억하는 존재가 있을 거라고. 그 존재 때문에 시공간은 다시금 생성되고 덧붙여질 수 있는 거라고. 이것이 불가에서 말하는 '모든 존재는 부처다.'의 의미라고. 그러니까 그런 존재가 존재할 거라고."

"태초의 시간이라. 흠, 샤인스타사는……."

곰곰이 생각에 잠긴 얼굴로 기술부장이 운을 뗐다. 아라와 현성이는 간신히 웃음을 죽이며 애써 냉랭한 표정을 지어 보였다. 하지만 한 번 터진 웃음은 멈춰지지 않았다. 기술부장은 손가락에 묻은 초콜릿을 핥아먹고는 입맛을 다시며 말을 이었다.

"샤인스타사는 그러니까 원래는 작은 곡물회사였어. 아시아와 남아메리카를 잇는 곡물 수출입 회사였지. 주요 수입품이 유기농 곡물이었다고 들었던 것 같아. 그걸로 떼돈을 벌었다고 자랑하는 걸 종종 들었지."

"신기하네. 요즘 유기농 곡물회사들 모두 수사 들어가서 난리던데."

제리가 어이없단 얼굴로 말했다. 아라도 현성이도 의아한 얼굴로 바라보자 제리는 어깨를 으쓱거리고는 말을 이었다.

"요즘 방송에서 하도 난리라서 말이지. 유기농이란 타이틀을 달고 돈을 번 회사 대부분이 유전자 조작 곡물을 몰래 섞어 팔았다고 보도가 떴거든. 먹는 거 가지고 장난치는 버릇은 어느 시대에나 있나 봐. 그것 때문에 지금 한반도가 발칵 뒤집혔다니까. 듣기론 특히 쌀이랑 옥수수랑 밀가루가 심각한 상황이라고 하더라. GMO 조작 농산물 수입이 금지된 지 10년이 넘었는데 사실은 버젓이 밥상에 오르고 있었더라, 뭐 이런 거지."

"샤인스타사가 지금 이 시대에 이미 있었던 건가요?"

아라가 물었다.

"흠, 그 이름은 훨씬 나중에 조민서가 지었어야 하는 이름이고, 모체가 되는 회사는 전혀 다른 이름이었어. 이미 10년 전에 생겼다고 들었던 것 같은데. 맞아요?"

제리가 물었다. 기술부장은 맞는다는 시늉을 하고는 드디어 도착한 초콜릿들이 담긴 상자를 품 안에 그러안으며 행복한 미소를 지어 보였다.

"그 시절 이야기는 만날 때마다 들어서 잘 알고 있지. 김씨 아저씨네 소박한 밥상이란 이름의 작은 회사였어. 그때 유일하게 깨끗한 걸로 판정되어 유기농 수출입 회사로서의 명성을 얻었거든. 그걸로 떴다고 했어. 코스닥에 상장될 정도로 비약적인 발전을 이룩했지. 그렇게 해서 돈을 번 거지. 그 돈으로 조민서 박사에게 투자를 했고, 그는 슈퍼 종자를 개발해 냈지. 그런 식으로 성장한 거야. 그 전에는 적자를 메우지 못해 허덕였다고 하더군."

말을 하면서 허겁지겁 초콜릿을 움켜쥐던 기술부장은 아라와 현성이의 시선이 자신의 등 뒤에 쏠린 것을 보고는 저도 모르게 고개를 돌려 뒤를 돌아보았다. 통제실 메인 화면에는 실시간 방송이 진행 중이었다. 주인공은 온주 그리고 뒤를 쫓는 용병대. 험상궂은 남자들은 마치 사냥을 하는 것처럼 온주를 막다른 길로 몰아넣고 있었다. 온주는 온몸이 피투성이가 된 채 가쁜 숨을 몰아쉬고 있었다. 아라는 입을 틀어막으며 울지 않으려고 애썼다. 현성이가 놀란 얼굴로 기술부장을 바라봤다. 기술부장은 그제야 정신을 차리고 연구원에게 물었다.

"이게 어디서 날아온 영상이야?"

"신의주 가디언 본사를 해킹하다가 잡았습니다. 2030년을 실시간으로 방송하고 있기에 뭔가 싶어 보니……."

연구원은 말끝을 흐렸다. 기술부장은 손에 집어 들었던 초콜릿을 단숨에 으스러뜨렸다. 신의주에서 무슨 짓거리를 하고 있는지 묻지 않아도 빤했다. 고작 18세밖에 안 된 어린애가 죽어 가는 꼴을 구경거리로 삼다니, 해도 해도 너무한다는 생각에 기술부장의 얼굴은 시뻘겋게 달아올랐다. 기술부장은 터져 나오려는 고함을 억누르며 현성이와 아라를 향해 외쳤다.

"저치들은 내가 맡지. 너희는 온주에게 가 봐. 최선을 다해 도와주지. 지금 할 수 있는 최선은 진서를 만나되 캡슐에 담지 않는 거로군. 그럼 이상!"

홀로그램이 사라지고 화면이 잠잠해졌다. 제리가 잔뜩 구겨진 얼굴로 주머니에서 뭔가를 꺼내들었다. 귀환버튼이었다. 하지만 아라네 것처럼 단순 귀환 기능만 있는 것이 아니었다. 귀환버튼은 지피에스 화면으로 변해 작은 점이 빠르게 이동하고 있는 것을 보여 주었다.

"이걸 가져 가. 온주 녀석을 찾으려면 이 수밖에 없구먼. 상황이 이렇게 됐으니 난 가디언들을 불러 모아 보겠어. 몇 놈이나 내 말에 귀를 기울일지는 모르겠지만."

"모아서 뭘 어쩌려고요?"

아라가 물었다.

"카운트다운은 이미 시작된 거잖아? 그러니 폭발 이후에 너와 진서를 보호하려면 사람들이 필요하지 않겠어?"

제리가 어깨를 으쓱거리곤 말했다.

"만약 제가 가지 않겠다면요?"

"한반도 전체가 날아갈 텐데도?"

현성이가 물었다. 아라는 가슴속이 꽝꽝 얼어붙는 기분에 부르르 떨었다. 하지만 그런 상황이 닥쳐온대도 가고 싶지 않았다.

"친엄마잖아. 날 낳아 준 친엄마라고. 차라리 한반도를 날려 버리는 게 속이 편할 것 같다면, 나더러 미쳤다고 할 거야?"

"아니, 난 우리 가족이 모래가 되어 사라져 갈 때도 차라리 지구가 몽땅 모래로 변해 버렸으면 좋겠다고 소망했었으니까."

허공을 바라보는 몽롱한 시선으로 현성이가 중얼거렸다. 까만 눈이 더욱 까맣게 보였다. 어둠이 가득 담긴 눈빛. 얼마나 많은 사람들의 죽음을 코앞에서 지켜본 걸까? 아라는 문득 그런 생각이 들어 우울해졌다. 들이쉬고 내쉬는 숨마저 회색빛 무거운 연기처럼 느껴졌다. 돌처럼 굳어 버린 두 사람의 어깨에 따스한 온기가 올라앉았다.

"이대로 서 있으면 누가 밥 먹여 준다냐? 가디언 시험 중이긴 해도 너희도 가디언 아냐. 가디언! 가디언으로서의 할 일을 해. 바보들아, 가서 너희 동료를 구하라고!"

제리가 아라와 현성이의 등을 떠밀며 말했다.

그 말에 번뜩 아라와 현성이는 온주를 떠올렸다. 그 잠깐 새에 우울함에 빠져 온주를 잊었다는 게 우스웠다. 현성이가 아라에게 손을 내밀며 말했다.

"갈까?"

아라는 기쁘게 그 손을 잡았다.

2060년 11월 13일. **폭풍 전야**

"왜 그러지?"

기술부장의 전화를 끊으며 최 검사가 물었다.

"아니, 그냥 좀……."

비서는 말끝을 흐리며 어색하게 웃었다. 하지만 최 검사는 지난 10년간 함께 일해 온 사이다 보니 그 뒷말을 바로 알 수 있었다.

"마음에 들지 않는 거로군. 내 행동이."

"네. 다른 건 안 그러시면서 따님과 관련된 일에는 꼭 딴 사람 같아 보이는 게, 아무리 시간이 지나도 익숙해지지가 않는군요."

"이유를 모르겠다는 게 정답이겠지."

"물어봐도 됩니까?"

"내가 대답을 하리라 생각하는가?"

"지금은 해 주셨으면 합니다. 개인적으로 아라를 귀여워하거든요. 아라가 과거에 좌초되어 생사가 불분명한 상황인데 이렇게 모른 척하는 검사님 대신 제가 움직여야 하나, 이런 생각이 들고 있는 중이거든요."

비서의 말에 최 검사는 길게 한숨을 내쉬었다. 그러고는 의자에 깊숙이 몸을 묻으며 혼잣말처럼 물었다.

"2030년 6월 27일이란 소리를 들으면 뭐가 떠오르지?"

"뭐가 떠오르냐고요? 지금 악몽에 대해 말씀하시는 건가요? 그 당시에 아이들이 집단으로 악몽을 꾸어서 사회 문제가 되었잖아요."

"자네도 꿨나?"

"그때 저는 태어나지도 않았는걸요."

"그래? 2030년에 나는 고등학생이었지. 나는 꿨어. 여동생을 찾지도 못하고 온몸이 산산조각 나 죽어 가는 꿈을 꾸곤 했지. 그때부터 꾸기 시작한 그 꿈이 아직도 계속되고 있다네."

"악몽을 30년이나 꿔 왔다는 겁니까?"

"왜? 상상이 안 가나? 꾸다 보면 익숙해져. 반복되고 또 반복돼서 지겨울 뿐이지."

"도대체 어떤 꿈입니까?"

"2030년 6월 26일, 아라는 내 친구와 싸웠어. 함께 떠나자고 했는데 친구가 거절했거든. 그리고 다음 날 아침, 대폭발이 일어나지. 뭐가 어떻게 된 건지 정확히는 모르지만 아라와 내 친구 때문에 벌어진 일이야. 꿈속에서 난 그 생각을 하면서 온몸이 타 들어가는 고통을 겪거든. 꿈에서 깨면 온몸이 진짜로 화상을 입은 것처럼 화끈거리지. 그야말로 지옥도지. 그런데 말이야. 그 지옥도에서 벗어날 방법이 있다면 어떻게 하겠나?"

"아라의 수사를 멈추게 하는 대신 그 방법을 알려주겠다고 누군가 제안을 했군요."

"그래. 더불어 내 여동생의 행방까지 알려주겠다고 하더군."

"그게 도대체 누굽니까? 도대체 누가 수십 년이 걸려도 흔적조차 찾을 수 없는 최소영의 소재지를 알고 있는 겁니까? 범인이 아니고서야."

"범인은 아니야. 게다가 그 누군가는 자네도 알고 있는 사람이네."

"제가 안다고요?"

"그래."

"도대체 누굽니까?"

"홍나영."

"네? 사모님이요?"

"사모님? 그래. 한때는 그런 이름이었지. 사실 내 입장에서 그녀는 가정부였지만 말이야. 아니, 아라 때문에 고용한 유모라고 하는 편이 더 맞겠군. 당시에 난 여자관계가 꽤 복잡했거든. 그런데 결혼이란 걸로 여자관계가 그렇게 쉽게 정리될 줄 정말 몰랐지. 게다가 더는 필요 없다고 했더니 쉽게 떠나 주더군. 정말 마음에 쏙 드는 일꾼이었어."

"그런 말도 안 되는 이야기를 저더러 믿으라는 겁니까?"

"믿지 않아도 상관없어. 난 사실만을 말하고 있는 거니까."

"검사님!"

"됐네. 이제 그만 퇴근해. 누가 보면 내가 악덕 고용주인 줄 알겠어. 새벽까지 도대체 뭣 하러 남아 있는 거야? 그리고 지옥 도에서 날 건져낼 방법이 없다면 아라 일에 손대지 마. 이건 경고야."

싱글대며 최 검사가 말했다. 비서는 마지못해 고개를 끄덕였다. 최 검사가 이렇게 말할 때는 다른 수가 없었다. '그래도 딸이잖습니까!' 하는 말이 목구멍에서 맴돌았지만, 결국 인사를 하고 나가는 수밖에 없었다.

문이 닫히고 나자 최 검사는 깍지 낀 손가락으로 미간을 꾹꾹 눌러댔다. 아라와 관련된 일에 자신이 너무 잔인하다는 건 잘 알고 있었다. 하지만 밤만 되면 찾아드는 그 지옥도 속에서 아라는 진서만큼이나 괴물이었다. 죽어 가는 그 순간 자신은 혼자가 아니었다. 진서가 곁에 있었다. 너무 끔찍해 닿기조차 싫은 진서의 품에 안겨 자신은 타 들어가고 있었다. 그것만으로도 지옥인데, 진서는 울면서 애걸을 했다. 저만치 떨어져 서 있는 아라에게 자신을 살려 달라고 빌고 있었다.

그건 지옥 속의 지옥이었다. 아라는 악마라도 된 양 자신을 보며 비웃었다. 고소하다고 말했다. 저런 건 죽어 없어져야 한다고도 했다. 그 욕설에 차라리 진서가 한마디 맞서기라도 했다면 속이라도 시원했을 텐데. 그런데도 진서는 그런 아라에게 제발 자신을 살려 달라고 울며 빌었다. 역겹고 역겨워서 차라리 이대로 죽어 버렸으면 하고 생각하는 순간 항상 꿈에서 깨어났다.

'집이 날아가던 날 나타난 아라는 꿈속의 아라인지도 몰라.

표정이 딱 그 표정이었지. 원래의 아라는 그런 여자애가 아니었는데. 그리고 지금의 아라 또한 그렇게 변할 것 같지는 않은데. 복잡하군. 시간여행이 생겨나면서 점점 더 뭐가 뭔지 모르게 되어 버린 것 같구먼.'

그늘진 얼굴로 최 검사는 깊은 한숨을 내쉬었다.

"제 연락을 기다리셨나 보네요."

예의 침착하고 귀에 익은 목소리가 들려왔다. 그제야 고개를 든 최 검사는 홍나영의 홀로그램이 책상 앞에 서 있는 것을 보았다.

"이쪽에서 받지도 않았는데 어떻게 접속한 거지?"

최 검사가 얼굴을 찌푸리며 물었다.

"제 고용주에겐 불가능한 것이 없습니다."

담담한 얼굴로 홍나영이 말했다. 최 검사는 어이가 없어 살짝 혀를 찼다. 여전하다 싶었다. 아라에게는 진짜 어머니처럼 굴면서 유독 자신에게만은 차갑게 대하던 여자. 웬만한 여자들이 자신에게 잘 보이려고 발버둥을 치는데도, 이 여자는 조금의 관심도 없다는 듯이 굴었다. 하긴 진서가 낳은 아이를 데리고 나타났을 때도 시종일관 무심한 눈길이었다. 그래서 멍청한 줄 알았는데, 알고 보니 박사 학위가 몇 개나 되는 수재였다. 도대체 정체가 뭘까 궁금했다.

"좋아. 뭐, 그건 됐고. 그래서 내 여동생은 어디에 있지?"

최 검사는 줄지어 떠오르는 의문들을 지우며 대뜸 물었다.

"가디언사에는 연락을 하셨나요?"

홍나영이 물었다. 최 검사가 고개를 끄덕이자, 홍나영의 눈동자가 순간 반짝 빛났다. 그건 섬뜩한 기운이었다. 차갑게 얼어붙은 얼음들이 우수수 떨어져 내리는 한기에 최 검사는 움찔 놀랐다. 그러나 홍나영은 여전히 담담한 어조로 말을 이었다.

"그럼 여동생 분의 자료를 컴퓨터로 바로 넣어 드리겠습니다. 유전자 대조 분석표부터 시작해서 얼굴 변화도까지 상세하게 첨부했으니 100퍼센트 안심하셔도 됩니다."

홍나영은 말을 끝맺고는 씩 웃었다. 최 검사는 눈을 부릅떴다. 그 표정은 꿈속에서 아라가 타 죽어 가는 자신을 볼 때와 똑같았다. 그제야 최 검사는 홍나영이 아라와 무척 닮았다는 것을 알았다. 전에는 그저 비슷한 정도로 생각했는데, 18세가 되어 다 자란 아라의 얼굴은 분명 저기 서 있는 홍나영과 많이 닮아 있었다. 목구멍이 화상이라도 입은 듯 화끈거렸다. 최 검사가 놀란 얼굴로 바라보고 있자, 홍나영이 손을 들어 말했다.

"자아, 어서 보세요."

기대감에 가득 찬 목소리였다. 떨떠름한 표정을 지으며 최 검사는 마지못해 컴퓨터 화면을 불러냈다. 초록의 부팅 화면이 점멸하더니 이내 공중에 차례대로 여러 가지 자료들이 떠오르기 시작했다. 그걸 보던 최 검사는 조금씩 뒤로 물러섰다. 그리고 마침내 2055년 WTX에서 발견된 소녀에 대한 기사에 이르렀을 때 벌떡 일어섰다. 하지만 더 큰 놀라움은 그 뒤에 있었다. 소녀의 얼굴이 따로 스캔되어 뜨더니 성장과정을 보여 주었다. 그러면서 한쪽에는 프라하 국립 고아원에서 발부한 진단서가 떠올랐다.

"수리남 바이러스에 의한 유전자 3급 장애. 남녀성징 동시 발현자로 판명됨?"

저도 모르게 그걸 소리 내어 읽던 최 검사는 털썩 의자에 주저앉았다. 설마란 생각에 정신이 어질어질했다. 하지만 성장과정을 보여 주던 컴퓨터는 작업을 끝내고, 그 결과물을 눈앞에 커다랗게 띄워 보여 주었다. 그곳에 서 있는 건 설마라고 생각했던 진서 프랭클린이었다.

"농담이지?"

어색하게 웃던 최 검사는 갑자기 가슴에서 뭔가가 터져 나가는 것 같은 기분에 힘껏 소리를 질렀다. 최 검사는 손에 집히는 대로 진서의 홀로그램을 향해 집어던졌다. 하지만 영상은 사라지지 않았다. 미친 듯이 소리치는 최 검사의 귓가로 갑자기 웃음소리가 날아들었다.

"내가 경고했지. 최명호, 넌 절대 이 지옥에서 벗어날 수 없다고. 넌 널 위해 모든 것을 바쳤던 소영이를 죽게 내버려 둔 거야. 마음 깊숙한 곳까지 칼질을 해댔지. 그리고 그 소영이가 낳은 아이를 넌 죽음의 구렁텅이로 밀어넣었지. 왜 고개를 돌려? 똑똑히 봐, 최명호! 네가 한 짓이 뭔지 정확히 보라고! 넌 소영이를 죽게 만들고, 소영이가 낳은 딸마저 버렸어. 괴물은 바로 너야. 네가 괴물이라고!"

홍나영이 지옥도의 아라처럼 크게 소리 내어 웃으며 외쳤다. 날카로운 웃음소리가 뇌 속까지 파고들어 생채기를 냈다. 갑자기 온 세상이 하얗게 탈색됐다. 최 검사는 두 손으로 얼굴을 감싸며 "그만!" 하고 소리를 질렀다. 그러고는 눈물범벅이 된 얼굴에서 서서히 손을 뗐다. 어느 틈에 홍나영은 사라지고 없었다.

멍하니 시선을 옮기던 최 검사는 책상 위에 놓인 총을 보았다. 남은 길은 하나뿐이다, 라고 말해 주고 있는 것 같았다. 최 검사는 총을 집어 들었다. 그러고는 총구를 머리에 가져다 댔다.

"저기 최 검사님, 지금 뭐 하시는 건가요?"

최 검사는 화들짝 놀라 고개를 들었다. 책상 앞에 가디언사 서울지부 기술부장이 서 있었다. 분명 아까 연락을 끊었다고 생각했는데 회선이 이어져 있었다니 가슴이 철렁 내려앉았다. 조금 전까지 홍나영이 지껄인 말을 전부 들은 건가 싶어 최 검사의 얼굴은 하얗게 질렸다. 기술부장은 그런 최 검사의 얼굴을 빤히 들여다보더니 닫힌 문을 눈짓으로 가리키며 말했다.

"방금 전 홍나영 박사 아닌가요?"

"그래서?"

최 검사는 총을 내려놓으며 딱딱한 얼굴로 물었다.

"아하, 제가 혹시 뭔가 엿들었을까 봐 그러시는 건가요? 안타깝게도 아까 최 검사님은 확실하게 연락을 끊으셨습니다. 전 방금 해킹해서 접속한 거거든요. 바로 말을 걸려고 했는데 바쁘신 것 같아서 그냥 서 있었죠."

"간이 배 밖으로 나왔군. 아님 현직 검사를 우습게 보는 건가?"

"아니지요. 절대 아니에요. 그저 거래를 트고자 해킹한 겁니다. 검사님이 솔깃해할 정보가 제 손에 있거든요."

"아라의 일이라면 거절하지. 그건 이미 내 손을 떠났어!"

"만약 최소영에 관련된 일이라면요?"

"그것도 됐네. 다 끝났어. 모든 것이 다 엉망진창되어 버렸지."

"그 엉망진창을 고쳐 낼 수 있다면요?"

기술부장의 질문에 최 검사는 입술을 깨물었다. 고쳐 낼 수 있다면 고치고 싶었다. 진서를 괴물이라고 부른 것은 순간의 실수였다. 그런데 그 말 한마디에 짊어져야 하는 짐이 너무나 컸다. 게다가 진서가 여동생이라니! 그토록 애타게 소영이를 찾아왔는데 그 허탈감은 이루 말할 수 없었다. 최 검사는 숨을 크게 들이키며 잠시 생각에 잠겼다. 그리고 이내 결심했다. 이건 저울대에 놓을 만한 문제조차 안 되었다. 의자에 기대앉으며 최 검사가 말했다.

"거래하지. 소영이를 구할 수 있다면 뭐든 하겠네."

2030년 6월 27일. **혼돈의 아침**

　온주는 맞서 싸우던 용병들을 모두 전투불능으로 빠트리고 가까스로 도망쳤다. 가쁜 숨을 몰아쉬며 전에 봐 두었던 길과 길 사이에 있는 작은 다리 아래로 숨었다. 그곳에서 옷을 찢어 베인 상처들을 묶고 치료했다. 하지만 어깨에 난 칼자국에서 흐르는 피는 좀처럼 멎지를 않았다. 그 때문에 팔이 시큰거려 오고 점점 손가락이 무뎌지는 게 느껴졌다.

　'진서가 무사히 도망쳤어야 할 텐데.'

　온주는 힘들게 손가락을 쥐락펴락하며 속으로 중얼거렸다.

　용병대들을 피해 가까스로 명호네에 뛰어든 것은 불과 한 시간 전이었다. 2층으로 뛰어올라간 온주는 진서와 눈이 마주쳤다. 진서는 코까지 골며 잠에 빠져든 명호를 가슴에 꼭 끌어안고 있었다. 온주는 너무 놀라 그대로 뒷걸음질쳤다. 진서가 최소영이란 사실을 알고 있었지만 이런 광경은 미처 예상치 못하고 있었다. 그러다 문득 알았다. 진서가 아라의 엄마라는 것을. 그러면 앞뒤가 맞았다. 아라가 타임 오버가 되는 것도. 최초의 시간모래 피해자가 되는 것도. 온주는 상상도 못했던 일을 갑자기 깨달은 까닭에 낮게 신음하며 우뚝 멈춰 섰다. 그런 온주 뒤로 진서가 조용히 침실을 나왔다. 진서는 울었는지 눈가가 부어 있었다. 그런 슬픈 얼굴을 하고 진서가 물었다.

"이 밤중에 웬일이야?"

"도망치라고 알려주려고 왔어. 10시가 되기 전에 이 집에서 빠져나가야 해. 어디든 가. 최대한 이곳과 떨어진 곳으로 가."

"어째서?"

"설명할 시간이 없어."

온주는 진서의 동그래진 눈에 한숨을 내쉬고는 마지못해 설명을 덧붙였다.

"그냥 네가 낳을 딸을 위해서라고만 알아둬."

"내 딸?"

깜짝 놀란 진서는 알아차린 듯 손으로 입을 막으며 중얼거렸다.

"어떻게 그걸. 잠깐! 설마 아라가 내 딸이야?"

"그래. 그럼 난 간다."

바쁘게 계단을 뛰어내려가는 온주를 진서가 와락 잡아챘다. 온주가 놔달라는 얼굴로 바라보자 진서는 덜덜 떨며 물었다.

"아라는, 아라는 괜찮은 거야? 그러니까 나처럼 몸이……."

"괜찮아. 정상이야."

"다행이다. 정말 다행이야. GMO 돌연변이라는 거 유전되는 게 아니었구나."

눈물을 그렁그렁 담은 채 중얼거리는 진서의 말에 온주는 멈칫 뿌리치려던 손길을 멈췄다.

"GMO 돌연변이?"

"역시 넌 2060년에서 온 사람이네. 참 신기하지. 다들 작정이라도 한 것처럼 2026년의 일은 까맣게 잊어버리고 있으니."

"무슨 의미야?"

"수리남 바이러스라고 생각한 거지? 하긴 2055년에 검사받을 때 의사가 그렇게 이야기하긴 하더라만. 바이러스는 무슨 바이러스. 난 말이야, GMO 때문에 염색체에 이상이 생긴 거야. 2026년에서는 유명한 이야기였어. 그게 왜 2060년에 수리남 바이러스로 둔갑해 있는지는 모르겠지만 어쨌든 그래."

진서의 말에 온주는 뒤통수라도 얻어맞은 것처럼 두 눈을 부릅떴다. 샤인스타사가 소멸될 때 제리가 그 이름을 기억했던 것처럼 과거에서 뚝 떨어져 나온 방랑자는 언제나 진실을 기억했다. 그렇다는 건 지금 진서가 말하는 과거가 진실일 수 있었다. 샤인스타사가 조작한 시간의 원본. 무언가 아주 중요한 열쇠를 얻었다는 기분이 들어 온주는 마른침을 삼켰다. 하지만 동시에 가슴에 한기가 서렸다. 만약 이 사실을 진즉 알았더라면.

"어째서 숨기고 있었던 거야?"

사나운 목소리로 온주가 물었다.

"뭐?"

당황한 얼굴로 진서가 되물었다.

"어째서 진실을 알고 있으면서도, 수리남 바이러스로 이름이 바뀌었다는 걸 알면서도 말하지 않은 거냐고! 2055년으로 타임 슬립 했을 때 말했다면, 맙소사! 그때 말했다면……."

괴로운 듯 이마를 매만지는 온주를 보며 진서가 갈라진 목소리로 물었다.

"알고 있었던 거야?"

"그래. 네 본명을 우린 알아."

"우와, 너무해. 알면서도 모른 척한 거야?"

"너무한 건 너야. 네 한마디로 세상이 구원받을 수도 있었다고."

"내가 뭘 어쨌다고 그렇게 상처받은 듯 구는 거야? 내가 뭘 어쨌다고. 나도 괴로웠어. 괴로웠다고. 13세에 판정을 받고 살 날이 채 10년도 남지 않았다고. 그것도 모자라 점점 몸이 남자가 되어 갈 거란 소릴 듣고 제정신일 수 있었을 거라 생각해? 죽으려고 했어. 촬영장에서 뛰어내렸다고. 하지만 깨어 보니 2055년이더라. 처음에는 신이 날 도운 줄 알았어. 이런 괴물이 되었어도 명호라면 '날 받아 주겠지. 날 사랑해 주겠지.'라고 생각했어. 하지만 알아보니 아니었어. 소문난 바람둥이가 되어 있더군. 그것도 예전의 내 모습과 비슷한 여자들만 골라서 말이야. 결국 난 명호에게 들킬까 봐 전전긍긍하며 살아야 했어. 이곳에 돌아와서야 겨우 한숨 돌렸다고. 겨우 말이야!"

진서는 눈물을 그렁그렁 담은 눈을 하고는 그렇게 말을 맺었다. 온주는 그런 진서를 가만히 바라봤다. 그러고는 생각을 곱씹는 얼굴로 말했다.

"가 볼게."

"날 잡으러 오는 건가?"

시간여행 실종자를 잡으러 온다는 거냐고 묻는 투였다. 온주는 더 설명을 붙이려다 말고 말을 삼켰다. 알려서 좋을 건 하나도 없었다.

"응. 반드시 도망쳐라."

온주는 꾹 다짐하듯 말하고는 황급히 계단을 뛰어내려갔다. 심장이 마구잡이로 쿵쾅거렸다. 이 사실을 알려야만 한다는 생각이 자꾸 들었다. 아라에게 그리고 보스에게 알려야 했다. 그러다 보니 미처 주의를 기울이지 못했다. 명호네에서 채 열 발자국도 떨어지기 전에 온주는 자신이 용병대로 둘러싸였음을 알았다. 처리반은 저리 가라 할 정도로 살기를 내뿜는 남자들이었다. 온주는 직감적으로 샤인스타사가 직접 개입하기 시작했음을 알았다.

'샤인스타사는 농산물 수입회사로 시작했다고 했어. 뭔가 큰 실수를 했고 과거를 조작했는데 그게 어마어마한 일이 되어 버린 거겠지. 이런 용병대를 투입해야 할 정도로 꼭 지켜야만 하는 거라면 역시 그것이겠군.'

지난 몇 년을 이 비밀을 알아내기 위해 바쳐 왔는데, 어떻게든 살아남아야 한다는 생각에 온주는 있는 힘을 다해 싸웠다. 그리고 가까스로 도망치는 데 성공했다. 하지만 들키는 건 시간문제였다. 어떻게든 이곳에서 나가기 위해 힘을 내려 했지만 몸이 말을 듣지 않았다. 피를 너무 많이 흘린 탓인지 점점 정신이 흐릿해졌다. 온주는 벽을 타고 바닥에 주저앉았다. 더러운 물 때문에 바지가 고약한 냄새를 풍기며 젖어갔다. 머릿속에서 아라의 얼굴이 뱅글뱅글 돌았다.

'여기서 쓰러지면 아라가 많이 울 텐데. 미안해서 어떡하지.'

갑자기 사방이 핑 도는 것 같았다. 어지럽다고 느끼는 순간 온주는 옆으로 쓰러져 시궁창에 얼굴을 박았다. 그리고 그대로 정신을 잃고 말았다.

온주가 정신을 차린 건 어슴푸레 날이 밝아 오는 새벽이 되어서였다. 귓가를 울리는 총소리에 바닥으로 가라앉던 정신을 가까스로 부여잡았다. 어느 틈엔가 어깨는 붕대로 칭칭 감아져 지혈되어 있었고, 쓰러졌던 다리 아래가 아니라 정체불명의 골목길에 기대앉아 있었다. 아무래도 누군가 업어다 놓은 모양이었다.

온주는 어깨를 부여잡으며 가까스로 자리에서 일어섰다. 그리고 총소리와 고함소리가 들려오는 곳을 향해 조용히 움직였다. 길의 끝에 이르자 쓰레기통이 있었다. 그 뒤에 숨어 살며시 내려다보니 용병대와 맞서 싸우고 있는 현성이가 보였다. 내리막길이라 아주 훤하게 다 보였다. 현성이는 시간모래를 뿌리며 저항하고 있었지만, 상대는 전문 킬러들이었다. 빈틈을 노려 총을 쏘기도 했지만 용병들이 둘러선 원은 점점 좁혀졌고, 그만큼 사격 빈도도 높아져만 갔다.

보다 못한 온주는 작은 쓰레기차를 발견했다. 슬그머니 그곳으로 다가가 쓰레기차를 있는 힘껏 밀었다. 구역질이 올라올 것 같은 냄새가 났지만 그런 걸 따질 때가 아니었다. 덜덜거리며 밀려 내려가는 쓰레기차 뒤를 온주는 있는 힘을 다해 따라갔다. 쓰레기차는 현성이 바로 옆을 감싸고 돌던 용병대에게로 뛰어

들었다. 고함소리와 함께 원이 흩어졌다. 온주는 쓰레기차에 올라타면서 현성이에게 손을 내밀었다. 현성이도 단숨에 차에 올라탔다. 무게 때문에 덜컹거리면서도 쓰레기차는 용병대를 뒤로 하고 빠르게 달려 내려갔다. 뒤에서 타닥타닥 힘차게 구르며 뒤따르는 발소리가 요란했다.

"아라는?"

온주가 물었다. 현성이는 피투성이가 된 얼굴을 닦으며 외쳤다.

"끌려갔어."

"명호네로?"

"응."

"제길, 어째서? 가람이 컴퓨터를 줬잖아."

그렇게 외치던 온주는 현성이의 눈빛에 설마란 얼굴로 주머니에 손을 넣었다. 렌즈형 컴퓨터가 들어 있었다.

"젠장!"

온주는 이를 악물며 외쳤다. 어차피 저 용병대의 관심거리는 자신들이 아니었다. 아라와 진서 그 둘뿐이었다. 아라가 그걸 알고 용병들을 유인한 게 틀림없었다. 현성이는 덜컹거리는 와중에도 온주에게 기술부장에게서 들은 이야기와 주사패치의 정체에 대해 털어놓았다. 온주는 아라가 진서가 엄마인 걸 알고는 숨도 제대로 못 쉬더란 말을 들을 때에는 열이 오르는 얼굴로 가쁜 숨을 내쉬었다.

"죽을 것 같냐?"

현성이가 물었다.

"안타깝게도 지금은 아닌 것 같은데."

쿨럭거리며 온주가 대답했다.

"그래, 다행이다. 아라가 너랑 나 죽는 꼴은 못 본다고 무슨 일이 있어도 절대 오지 말라더라."

"아라가 설마하니 진서 대신 날 선택할 줄은 몰랐는걸."

"선택이라기보다도 다른 수가 없었던 거야. 이대로라면 아라는 한반도 전체를 날려 버릴 테니까. 완전히 시간에 갇힌 셈이지."

"시간에 갇혔다. 적절한 표현이군. 그래. 우린 시간에 갇힌 거야. 샤인스타사가 만든 시간의 감옥. 옴짝달싹 못하는. 그러니까 열쇠는 도리어 다른 시간대에 있어."

"뭔가 찾아냈나 보네?"

엉뚱하게도 그렇게 물은 건 현성이가 아니라 현성이의 주머니에서 튀어나온 목소리였다. 현성이는 어색하게 웃으며 제리의 귀환버튼을 꺼내들었다.

"보스야. 아니, 그러니까 2060년의 기술부장님."

"말해 보게. 온주군. 잘 들리니까. 뭘 찾아낸 거지?"

쩌렁쩌렁 목소리가 울려나왔다.

"진서는 GMO 돌연변이라고 했습니다. 남녀성징 동시 발현이라던가 기타 증상들이 2026년에만 해도 GMO 돌연변이로 인한 거였는데 그것이 2060년에 수리남 바이러스로 변해 있었다고 말했어요."

온주가 대답했다. 기술부장은 잠시 말이 없더니, 도저히 믿기 힘들다는 말투로 이렇게 물었다.

"GMO 돌연변이는 극복됐어. 분명히 극복됐다고. 벌써 수십 년 전의 일이지. 게다가 그 둘은 증상이 달라. GMO는 염색체 이상과 기형아로 나타나지만 수리남 바이러스는 급작스러운 피부 괴사와 기형에 가까운 신체 이상 증상 등 22세기형 나병이라고 불리고 있다고!"

"이 시간대는 이미 조작된 시간대입니다. 그러니까 우리가 미처 모르고 있는 하나가 더 있을 수 있습니다. 예를 들면 예방 접종이 이미 한 차례 있었고, 그 예방 접종이 그저 억제제에 지나지 않아 수리남 바이러스로 재탄생했다던가. 그래서 그 바이러스를 막기 위해 다시 예방 접종이 시행되었고, 그 결과가 2105년에 대참사로 나타난 것일 수 있습니다. 즉, 우리는 우리 시대에서 수리남 바이러스 예방 접종을 2030년의 사람들에게 하고 있다고 생각하지만 사실은 2086년에서도 2060년대의 사람에게 접종을 하고 있을 수 있습니다. 이런 식으로 계속해서 땜빵을 하다가 2105년에 대참사를 불러오게 되는 것일 수 있어요. 그래서 샤인스타사가 몇 번이나 과거에 손을 댔는지 짐작조차 할 수 없다는 말입니다."

온주가 말했다. 기술부장은 한 방 먹은 듯 잠잠했다. 온주는 살짝 한숨을 내쉬고는 말을 이었다.

"제가 온 미래에서 샤인스타사는 무너진 지구를 재건하는 데 지대한 공을 세운 기업입니다. 사람들은 샤인스타사를 종교로 여기고 타임 홀을 십자가 삼아 기도를 올립니다. 그런 기업에 의심을 가지다니 말도 안 되는 일이라고 생각했지요. 하지만 우리 보스는 빛이 강할수록 그림자도 강해지는 법이라고 했습니다. 그리고 오늘 저는 그 그림자를 확실하게 봤습니다. 용병대까지 파견할 정도로 미쳐 날뛰는 거라면 역시 그런 이유밖에는 없습니다."

"제길, 제리의 말이 맞았군. 태초의 시간을 기억하는 자가 있었어."

"네?"

"진서가 열쇠라는 소리야. 진서가 기억하는 과거로 돌아가야 한다는 의미라고. 그러면 이 모든 상황이 정리되겠지. 결국 진서의 과거가 언제부터 조작되기 시작했는지를 알면 원상복구가 가능하다는 소리로군. 조작을 막으면 되는 거니까. 그때가 언제라고 생각하나?"

기술부장의 질문에 온주는 생각에 잠긴 얼굴로 눈을 감았다. 지켜보던 현성이는 머뭇거리며 입을 열었다.

"처음으로 타임 슬립을 했을 때가 아닐까요? 진서가 최소영으로서의 기억이 온전히 남아 있다면 최초의 시점부터 모두 보존되었다는 거니까요."

"온주 군의 생각은?"

"저도 그렇게 생각합니다. 그때가 가장 들어맞는 것 같습니다."

눈을 뜨며 온주가 말했다. 그러자 박수소리가 들려왔다. 텅 빈 공간을 웅웅 울려 대는 소리에 현성이와 온주는 눈을 동그랗게 떴다. 현성이는 의아한 얼굴로 귀환버튼을 눌러 홀로그램 모드로 전환했다. 그러자 초콜릿을 산더미처럼 쌓아 놓고 우물거리고 있는 기술부장과 최명호 검사가 떠올랐다. 박수를 치고 있는 건 최 검사였다. 둘러서 있는 연구원들이 떨떠름한 표정을 짓고 있는 것이 얼핏 눈에 들어왔다.

"미래를 바꿀 수 있다고 해서 왔더니 말도 안 되는 소리를 지껄이는군. GMO 돌연변이는 이미 극복한 지 오래야. 그게 수리남 바이러스와 도대체 무슨 상관이 있다는 거지?"

"자, 자. 최 검사님 조작된 과거를 원본대로 기억하는 사람은 시간의 방랑자밖에는 없는 법이랍니다. 그러니까 일단 진정 좀 하시고. 자, 제군들. 10시 15분이네. 폭주로 인해 그곳까지 영향이 미칠 테니 부상을 조심하도록. 이상."

다짜고짜 그렇게 외친 기술부장의 모습이 일순 사라졌다. 현성이는 어깨를 으쓱거리고는 귀환버튼을 다시 주머니에 집어넣었다. 이윽고 쓰레기차의 속도가 점점 줄어갔다. 내리막길이 끝나자, 삼거리가 나왔는데 그곳은 평지였다. 얼마쯤 가다가 쓰레기차가 멈췄다. 온주와 현성이는 한숨을 쉬며 서로 마주보았다. 말하지 않아도 지금이 10시 17분이라는 걸 느낄 수 있었다. 뒤에서 쫓아오던 용병대들이 순식간에 사라진 걸 보면 확실했다.

온주와 현성이는 천천히 쓰레기차에서 내려섰다. 시간이 되었을까 조바심이 드는 순간 번쩍 머리 위가 환해졌다. 그와 동시에 주변에 둘러서 있던 상가의 모든 유리창이 깨져나갔다. 온주와 현성이는 손으로 머리를 가리고 그대로 주저앉았다. 비처럼 유리조각이 우수수 머리 위에 쏟아져 내렸다. 상가 유리창만 깨진 게 아니었던지 급정거를 하는 요란한 바퀴 소리와 함께 자동차끼리 서로 부딪쳐 충돌하는 소리가 들려왔다. 사이렌이 미친 듯이 울리고 여자들이 비명을 질러대고 어린아이들이 울기 시작했다. 온주와 현성이는 신음소리와 함께 몸을 일으켰다. 유리조각에 긁혀 상처에서 피가 흘러내렸다. 하지만 상처를 어쩔 틈이 없었다. 둘 다 대충 유리조각을 털어 내고 하늘을 올려다봤다. 폭발이 끝났는지 하늘은 다시 맑게 개어 있었다. 현성이와 온주는 서로 눈을 맞췄다. 그러고는 말도 없이 뛰기 시작했다.

얼마쯤 달리자, 오토바이가 한 대 보였다. 멋스러운 장식을 여기저기 갖다 붙인 꽤 비싸 보이는 오토바이였는데 주인은 난장판이 된 도로를 구경하느라 멀찌감치 떨어져 있었다. 온주와 현성이는 재빠르게 오토바이에 올라탔다. 그걸 본 오토바이의 주인이 뛰어왔다. 운전석에 앉은 현성이는 출발하려 했지만, 지문 인식으로 시동이 걸리는 시스템이란 걸 그제야 알았다. 난감해하고 있는데, 주인이 다가와 섰다.

"이 녀석들이 지금 뭣들 하는 짓이야!"

남자는 소리를 내지르며 온주의 어깨를 부여잡았다. 칼을 맞아 다친 자리였기 때문에 남자의 억센 힘에 피가 배어 나왔다. 온주가 신음소리를 내는데도 남자는 더더욱 힘을 주어 붙잡았다. 온주는 어쩔 수 없이 오토바이에서 내려섰다. 그러고는 히죽거리는 남자를 향해 한 방 날렸다. 남자는 그대로 기절했다. 온주는 무표정한 얼굴로 그런 남자의 손을 들어 지문 인식란에 가져다 댔다.

이내 시동이 걸렸다. 온주는 남자를 인도 위에 올려놓고는 다시 오토바이로 돌아왔다. 현성이는 페달을 밟아 속도를 내기 시작했다.

"난 네가 굉장히 이성적인 인간인 줄 알았어."

얼마쯤 달리다 말고 현성이가 말했다.

"나도 내가 이렇게까지 할 줄 몰랐어."

온주는 담담한 목소리로 대답했다. 현성이는 크게 웃음을 터트렸다. 시원한 바람이 싱싱 귓가를 스쳤다. 하지만 얼마 지나지 않아, 뒤에서 사이렌 소리가 들려오기 시작했다. 아무래도 아까 그 남자가 깨어나 신고를 한 모양이었다.

현성이는 힘껏 페달을 밟았다. 속도가 점점 올라갔다. 주변 풍경이 흐르는 강물처럼 휘리릭 흘러나갔다. 새벽이라 차들이 그리 많지 않았기 때문에 현성이는 유연하게 사이를 뚫고 달릴 수 있었다. 점점 사이렌 소리가 멀어져 갔지만, 이번에는 오토바이들이 여기저기 나타나기 시작했다.

그런데 순찰용 오토바이가 아니었다. 할리데이비슨 같은 고가의 오토바이도 있었고, 앙증맞은 분홍색의 스쿠터들도 있었다. 운전자들은 모두 현성이보다 나이가 조금 많은 정도로 보이는 사람들뿐이었다. 그들은 말없이 가슴에 붙은 버튼을 내보였다. 그제야 현성이는 알았다. 모두 가디언이라는 것을.

현성이도 온주도 바짝 긴장했다. 자신들을 잡으러 온 걸까? 하지만 그런 것치고는 다들 표정이 부드러워 보였다. 어떻게 해야 할까 둘 다 고민하고 있는데, 빨간 스쿠터가 통통거리며 바짝 다가와 붙었다.

"내가 몽땅 불어버렸어. 다신 그딴 주사 못 놓게 할 거야."

엄지손가락을 들어 보이며 제리가 말했다.

2030년 6월 27일. **폭주**

처리반에게 납치된 아라는 그대로 명호네 앞마당에 내동댕이쳐졌다. 손이 등 뒤로 묶인 데다가 발까지 묶여 있어서 움직일 수가 없었다. 꿈틀거리며 겨우 어렵사리 몸을 일으키자 처리반이 귀환하는 것이 보였다. 무언가에 쫓기는 것처럼 서둘러. 아라는 시간이 됐나 싶어 마음이 무서워졌다. 일단 밧줄부터 풀자 싶어 몸부림을 치는데, 현관문이 열리고 명호가 뛰어나왔다. 명호의 옷차림은 엉망진창이었다. 바지 지퍼는 미처 잠그지 못해 다 열려 있고, 위에 걸친 교복 셔츠 또한 단추가 몽땅 풀려 있었다. 아침이라서 그렇겠지 하기에는 석연치 않은 차림새였다. 표정 또한 괴상했다. 명호는 잔뜩 일그러진 얼굴로 아라를 보더니 어이없다는 얼굴로 소리 내어 웃었다. 그러더니 그대로 마당을 가로질러 뛰어나가 버렸다.

아라는 기가 막혀 명호의 뒷모습을 노려보았다. 사람이 묶여 있는데 비웃고는 가 버리다니. 아라는 이를 악물고 몸부림을 쳐 가까스로 발에 감긴 밧줄을 풀었다. 그러고는 손에 묶인 밧줄을 풀려고 애를 쓰는데 다시 현관문이 열리고 거실에 걸린 괘종시계가 얼핏 보였다. 10시 16분이었다.

아라는 눈을 질끈 감았다. 이제 끝장이다란 생각만 들었다. 하지만 부드럽게 얼굴을 어루만지는 손길에 감았던 눈을 살며시 떴다. 그러자 진서가 보였다. 자다가 일어났는지 부스스한 얼굴로 명호처럼 아무렇게나 주워 입은 옷차림이었다. 하지만 명호와는 달리 얼굴에는 슬픔이 가득했다.

"괜찮아?"

아라는 진서에게 "도망쳐!"라고 외치려는 순간 몸 안에서 무언가가 번쩍 터져나가는 것을 느꼈다. 순식간에 지우개로 지운 것처럼 눈앞의 진서가 사라졌다. 그리고 시곗바늘이 맹렬하게 도는 것처럼 온 세상이 빙글빙글 돌았다. 코앞에서 해가 뜨는 것처럼 점점 세상이 밝아졌다. 빛이 어찌나 강한지 주변이 순식간에 하얗게 변했다.

잠시 후, 가까스로 정신을 차린 아라는 숨을 쉴 수 없다는 걸 깨달았다. 온몸이 마치 고치에 휩싸인 것처럼 옴짝달싹할 수가 없었다. 몸부림치고 있는데 머리 위가 시원해지더니 누군가 몸을 덮고 있는 흙을 파헤쳤다. 손이 묶여 있었기 때문에 몸을 꿈틀거리는 것밖에는 할 수 없었다. 그걸 아는 모양인지 누군가는 아주 열심히 아라를 끌어올렸다. 겨우 숨통이 터졌다.

밖으로 나온 아라는 엎드린 채 쌕쌕 가쁜 숨을 몰아쉬었다. 고개를 들어 보니 엄마가 진서를 끌어올리고 있었다. 즐겨 입는 트렌치코트 차림에 지난번 화상통화를 했을 때 하고 있던 머리 스타일 그대로였다. 아라는 손을 마구 움직여 밧줄을 풀어내고는 일어나 앉았다. 뭐라고 불러야 할지 알 수가 없었다. 눈앞에 있는 엄마도 엄마였고, 옆에 잠든 엄마도 엄마였다. 이윽고 진서가 밖으로 완전히 나왔다. 엄마는 이마에 맺힌 땀을 닦으며 안도의 한숨을 내쉬었다. 키워 준 엄마, 낳아 준 엄마. 아라가 갈등하며 진서를 보고 있을 때 키워 준 엄마가 다가와 가슴에 끌어안았다.

"고생 많았지?"

"엄마가 여긴 어떻게?"

"마중 나왔지. 진서를 캡슐에 넣기도 해야 하니까, 그 일도 처리할 겸."

부드럽게 말하는 엄마의 목소리에 아라는 저도 모르게 고개를 끄덕일 뻔했다. 하지만 멈칫했다. 뭔가 이상했다. 일이라니. 진서와 관련된 이 엄청난 상황에 어떻게 일이란 말을 붙일 수가 있지? 아라는 어색하게 웃으며 물었다.

"저기 엄마, 진서를 어떻게 안 거야? 에, 그러니까 진서는……."

"그래. 진서가 널 낳았지. 알고 있고말고. 그러니까 이렇게 돌보는 거야. 소중한 공주님처럼 아름다운 유리관에 넣어 오래도록 그 아름다움을 지키도록 돌보는 거지."

"하지만 진서를 캡슐에 넣을 순 없어. 그러니까 설명하기가 좀 복잡한데. 수리남 바이러스가 말이야. 2105년에……."

허둥대며 말을 잇던 아라는 일순간 엄마의 싸늘한 눈빛에 입을 다물었다. 아라가 놀란 것을 알아차렸던지 엄마는 얼른 그 눈빛을 지우며 말했다.

"마더콤이 널 절대 귀환시키지 않을 거야. 어떡할래? 이곳에서 어떻게 먹고 살지 궁리를 해 봐야 하지 않겠어?"

"나더러 50년 뒤의 세상이 엉망진창이 되든지 말든지 일단 먹고 사는 일부터 신경 쓰란 거야?"

기막혀 묻는 아라의 말투에 엄마는 눈을 빠르게 깜빡였다. 무척 곤란할 때 나오는 버릇이었다. 이마를 매만지며 머리가 아픈 듯 인상을 찌푸리던 엄마는 한숨을 내쉬며 물었다.

"그게 왜 문제지? 일단 먹고 사는 게 먼저잖아."

"엄마!"

"혹시 모래로 변할까 봐 그래? 걱정하지 마. 그건 우리에겐 해당 안 되는 일이거든. 도리어 반도 넘는 사람들이 죽는 바람에 세상이 훨씬 넓어지고 깨끗해졌지. 고귀한 핏줄만이 살아남은 까닭에 그 세계는 굉장히 아름답단다. 딱 한 번 가 봤는데 완전히 반했지."

"그 세계가 아름다웠다고?"

"그래. 너무 멋졌어."

그때의 일이 떠오른 듯 몽롱한 눈빛을 하고는 엄마가 말했다. 아라는 가슴 깊숙한 곳이 얼어붙는 것 같았다. 쩍쩍 소리를 내며 얼어붙어 가는 소리가 귓가를 울렸다. 불현듯 눈앞의 엄마가 낯설어 보였다. 처음 보는 사람 같았다. 설마란 생각이 들었지만, 물어보지 않을 수가 없었다. 입 안이 말라오는 걸 느끼며 아라는 가까스로 목소리를 내어 물었다.

"샤인스타사가 하려는 짓을 엄마가 도왔다는 거야?"

"어머, 애 좀 봐. 하려는 짓이라니? 그건 이 썩어빠진 지구에 꼭 필요한 일이었어. 타임 홀이 곧 신의 분노임을 보여 줬기 때문에 지구는 새로워진 거야. 그게 2060년에 벌어진 일이 아니라는 게 아쉽지만, 얼마 남지 않았지."

"미쳤구나."

아라는 어이가 없었다. 그러자 갑자기 엄마의 인상이 싹 바뀌더니 손이 날아왔다. 얼굴을 있는 힘껏 맞는 바람에 아라는 옆으로 쓰러지고 말았다. 얼굴이 화끈거리며 달아올랐다. 어찌나 아픈지 눈물이 찔끔 났다. 한 번도 맞아 본 적 없는 아라는 엄마에게 맞을 줄은 생각도 하지 못했었다. 아라는 볼을 감싸쥐고 고개를 들어 엄마를 바라봤다. 엄마는 한숨을 쉬며 자리에서 일어서더니 말했다.

"아버지를 증오하잖아. 그 남자가 세상에서 영영 사라져 버렸으면 좋겠다고 생각하지 않아? 그가 나에게 한 걸 보면서 네가 그랬잖아. 저런 잔인한 남자 따윈 죽어 버렸으면 좋겠다고. 내가 떠날 때 네가 그렇게 말했잖아. 기억 안 나?"

아라는 대답할 말을 찾지 못해 엄마를 그저 바라만 봤다. 엄마는 답답하단 얼굴로 날카롭게 말을 이었다.

"아직 상황파악이 안 되니? 넌 이미 복수를 했어. 그 남자는 오늘부터 악몽에 시달릴 거야. 밤이면 밤마다 지옥도에 빠져 신음하겠지. 이게 모두 샤인스타사 덕분이야. 살아서 지옥에 떨어진 것보다 더 끔찍한 일이 있을까? 내가 이곳에 좌초되어 친구도 가족도 단 한 명의 아는 사람도 없이 외로움에 몸부림치며 살아가야 했던 것처럼, 그도 그렇게 고통받은 끝에 결국 스스로 목숨을 끊게 될 거야."

엄마의 얼굴이 말을 하면서 점점 일그러졌다. 그러다 놀라 바라보는 아라의 시선을 알아차리고는 화사하게 웃었다. 광기 어린 눈빛에 아라는 몸을 부르르 떨었다. 믿기 어렵지만, 진실을 알게 된 것 같았다. 뺨을 매만지던 손을 내리며 아라는 차분한 어조로 물었다.

"당신 누구야?"

"누구라니? 난 네 엄마야."

"좋아. 질문을 바꿀게. 30년 전 불리던 이름이 뭐야?"

아라의 질문에 엄마는, 아니 홍나영은 입을 다물었다. 아라를 쏘아보는 홍나영의 눈길이 아주 매서웠다. 아라는 소름이 돋았다. 두 팔을 비벼대며 아라는 허탈하게 웃었다.

"나였던 거야? 내가 날 키운 거야? 이건 완전 코미디로군. 내가 날 키운 것도 모자라, 세상이 그 지경이 되도록 도왔단 거야? 가람이를 죽게 만들고 온주와 현성이를 사지로 몰아넣고. 그리고 진서를, 날 낳아 준 친엄마를 저 지경으로 만든 거야?"

"그래. 발버둥 쳐 봤자 넌 나야."

"그래. 난 당신이야. 하지만……."

아라는 웃음기를 거두며 홍나영을 바라봤다. 자신을 어쩌지 못해 안달이 난 홍나영의 눈빛을 보며 아라는 알 수 있었다.

"그러나 미래의 난 당신이 될 수 없겠지. 그래서 온 거지? 원래대로라면 난 당신처럼 갖은 고생을 하며 점점 황폐해졌겠지. 그리고 당신이 되었겠지. 하지만 과거가 너무 많이 바뀌어서 그럴 수 없다는 걸 알고 샤인스타사가 당신을 이리로 보낸 거겠지. 날 설득하기 위해. 날 당신처럼 만들기 위해. 당신처럼 자신의 행복만을 위해 살아가는 지독한 인간으로 만들기 위해."

"지독하다고 말하지 마. 그래. 솔직히 네가 내가 될 수 없다는 거 인정해. 정말이지 어이가 없었어. 네 이야기를 듣고는. 고작 친구 세 명이 생겼다고 내 과거가 바뀔 수 있다는 게 믿어지지가 않더라. 정말이지 내가 그때 가디언 본사에 있지 않았으면 사라져 버릴 뻔했지. 너 때문에 사라져 버릴 뻔했다고! 그 사실을 알고 얼마나 기가 막히던지. 뭐, 좋아. 난 살아남았으니까. 그러니까 난 너한테 충고를 해 주러 온 거야. 넌 여기 버려진 거야. 홀로. 돈 한 푼 없이. 아는 사람 하나 없이. 모든 가디언은 너와의 접촉을 금지당할 거야. 넌 극도의 불안정 요소거든. 마더콤마저 귀환을 거부한. 그러니까 샤인스타사, 아니 빌어먹을 네 그 잘난 친구들 때문에 블루스타사가 되었지. 어쨌든 블루스타사에 입사를 해서 일을 해야 해. 그들이 시키는 대로만하면 돼. 그러면 2106년의 신세계에 들어갈 수 있을 거야. 당당히. 그곳에서 넌 최고로 대접받으며 살게 될 거야."

들뜬 듯 지껄이는 홍나영을 빤히 바라보며 아라는 아무런 표정도 짓지 않았다. 그런 시선이 못마땅했는지 홍나영은 말을 모두 마치고는 손을 내밀었다.

"자, 어쨌거나 그게 내가 할 수 있는 충고의 전부야."

"거절한다면?"

"그렇다면 넌 여기서 죽어. 귀찮긴 하지만 처음부터 다시 시작하면 그만이야."

손가락을 튕기며 홍나영이 말했다. 홍나영의 뒤에는 처리반이 서 있었다. 그들 뒤에는 수면캡슐이 동화 속의 한 장면처럼 반짝반짝 빛을 내며 놓여 있었다. 폭발로 모든 것이 날아가 아무것도 없는 황량한 벌판이라 도망쳐 숨을 곳도 없었다. 아라는 절망하며 홍나영을 올려다봤다. 마지막 기회라는 듯 홍나영이 다시 한 번 손을 내밀었다.

그 사이 처리반 중 몇 명이 진서를 안아 들어 캡슐로 옮겨 담았다. 유리로 만든 캡슐 문이 닫히자마자 파란 수면 용액이 캡슐 안에 차올랐다. 그와 함께 진서가 허공으로 떠올랐다. 천사처럼 부유하는 그 모습을 보며 아라는 뚝뚝 눈물을 흘렸다. 뭐든 하고 싶었지만 아무것도 할 수 없었다. 그렇게 지켜보는 가운데 처리반 한 명이 진서의 캡슐을 가지고 사라졌다. 안전한 장소로 옮긴 것 같았다. 아라는 허탈하게 하늘을 보며 소리를 내질렀다. 마구 비명을 지르며 머리를 쥐어뜯는 아라를 홍나영은 말없이 지켜보았다. 아라가 엉엉 소리를 죽이며 울어 대자 홍나영은 결국 참지 못하고 다가와 다시 한 번 손을 내밀었다.

"아라야, 제발."

그 목소리가 너무 애절해 아라는 서서히 울음을 멈췄다. 하지만 손을 잡을 순 없었다. 죽은 가람이를 배신할 순 없었다. 현성이와 온주가 목숨을 걸고 지키려 했던 미래에 등을 돌릴 순 없었다. 졌다는 얼굴로 홍나영은 손을 거뒀다. 그러고는 턱짓을 했다. 처리반 몇 명이 아라에게로 다가와 꼼짝달싹 못하게 양쪽에서 부여잡았다. 잠시 후 처리반 중 한 명이 군용 나이프를 꺼내 들었다.

뒤에 좀 떨어져 선 홍나영은 손톱을 물어뜯었다. 초조하거나 마음이 불안할 때 나오는 행동이 자신과 너무 닮아 아라는 그 와중에도 웃음을 터트렸다. 그러자 발길질이 날아들었다. 그래도 웃음을 멈출 수가 없었다. 아라는 피를 토하는 것같이 날카롭게 웃어 대며 땅 위를 굴렀다.

"어이, 최아라. 혼자서 웬 청승이냐?"

갑자기 뒤에서 따스한, 너무나도 반가운 목소리가 들려왔다. 처리반들이 긴장하며 발길질을 멈췄다. 아라는 고개를 돌려 소리가 들려오는 쪽을 바라봤다. 온주였다. 그리고 현성이가 뒤따라 다가왔다. 홍나영은 손톱을 물어뜯던 걸 땅바닥에 뱉고는 "미치겠네. 진짜." 하고 중얼거렸다. 그러더니 귓가에 걸고 있는 귀걸이를 잡아당기며 누군가를 향해 중얼거렸다. 홍나영이 입을 다물자마자 바로 용병대가 나타났다. 그들은 기다리고 있었다는 듯 목을 우두둑거리며 싸울 준비를 했다.

온주와 현성이는 아라에게 다가가 와락 일으켜 세웠다. 일어선 아라는 화들짝 놀라 친구들을 밀쳤다.

"도망쳐! 저 남자들 용병들이야. 너희 둘로는 어림도 없어."

"바보. 말했잖아. 보이지 않는다고 혼자라고 생각하지 마."

현성이가 말했다. 온주가 미소지으며 말을 이었다.

"우리만 온 게 아니야."

그제야 아라는 뿌연 먼지를 일으키며 다가오는 가디언들을 알아보았다. 그들은 손을 흔들며 아라를 향해 인사를 했다. 끽, 요란스런 소리를 내며 오토바이가 코앞까지 와서 섰다. 제리였다. 아라 앞에 서자마자 제리는 무언가를 내밀었다. 받아 들고 보니 귀환버튼이었다. 아라는 어리둥절해하며 제리를 바라봤다.

"원본 복구 시공간좌표가 입력되어 있대. 그러니까 가서 일 그러진 과거를 제대로 펴. 기술부장으로부터의 전언이야."

잠깐 동안 망설이던 아라는 결심이 선 얼굴로 고개를 끄덕였다. 현성이와 온주도 이미 받았는지 귀환버튼을 꺼내들었다. 그 모습에 뒤에 서 있던 홍나영이 앞으로 쏜살같이 다가왔다.

"바보 같은 짓 하지 마! 그런 짓 했다간 우리 존재 자체가 사라질 수도 있어."

홍나영이 두 손으로 아라를 잡아채며 말했다.

손아귀 힘이 억세 잡힌 곳이 아팠다. 하지만 아라는 있는 힘을 다해 뿌리치며 외쳤다.

"그래도 상관없어."

"죽는 게 무섭지 않다고?"

신음소리처럼 홍나영이 물었다. 아라는 고개를 끄덕였다. 의연한 그 표정에 홍나영은 허무한 듯 두 손으로 얼굴을 감싸쥐었다.

"어째서 넌 두려운 게 없는 거지? 왜 아버질 원망하지 않는 거야? 그 인간이 진서를 저렇게 만든 거야. 날 이렇게 만든 거라고!"

"당신이 날 그렇게 키웠으니까. 당신처럼 되지 않도록 날 이렇게 키운 건 당신이야."

아라가 대답했다. 그러자 홍나영이 웃었다. 홍나영은 모든 것을 날려버릴 듯한 얼굴로 소리 내어 웃더니 갑자기 사라졌다. 빛이 번쩍인 걸로 봤을 땐 2060년으로 돌아가 버린 모양이었다. 책임자가 사라지자 용병대는 잠시 우왕좌왕하는 것 같았다.

대장으로 보이는 남자가 말했다.

"뭣들 하는 거야! 그 여자가 없어도 할 일을 해. 명령받은 대로 움직이란 말이야! 고용주들이 보고 있다는 걸 잊지 마라."

그제야 정신을 차렸는지 용병대는 험상궂은 얼굴로 덤벼들었다. 하지만 가디언들이 그들을 막아섰다. 제리는 멀찌감치 선 채였지만, 용병이 날아오자 소리를 지르며 덤벼들었다. 그러면서 말했다.

"뭐 해! 어서 가! 가서 샤인스타사를 한 방 먹여 주라고! 아, 이건 너희 아버지로부터의 전언이야."

아라네는 치열한 싸움을 뒤로 하고 그곳을 빠져나왔다. 조금 떨어진 곳에 셋이 둥글게 모여섰다. 아라는 버튼을 쥔 손을 내밀었다.

"만약 현재가 바뀌면 너희는 날 잊겠지?"

울음 섞인 목소리에 현성이는 버튼을 쥔 손을 내밀며 말했다.

"그래도 상관없잖아?"

"그래. 우린 필연이니까."

온주도 버튼을 쥔 손을 내밀었다. 셋은 서로 한 번씩 눈빛을 마주쳤다. 그것만으로도 서로의 마음을 알 수 있었다. 울음을 참고 가야 할 길. 셋은 동시에 버튼을 눌렀다.

2060년 11월 13일. **바로잡힌 시간**

아라네가 사라지는 모습을 가디언 본사에 모여 있던 대주주들은 지켜보고 있었다.

방금 전까지 그들은 온주와 현성이의 등장에 다들 흥분하고 있었다. 또다시 내기 돈을 건다 어쩐다 떠들썩하게 굴다가 갑자기 둘이 사라져 버리는 통에 탄식을 터트리고 있었다. 아라 문제야 다시 타임 슬립을 하면 될 일이지만, 싸움에 건 내기 돈은 이미 억 단위를 넘어서 있었던 것이다.

"이것 참 싱겁게 끝났군."

온주에게 돈을 걸었던 중년의 이탈리아인은 그렇게 말하며 시가를 피워 물었다. 북유럽에서 온 듯 보이는 여인도 얼굴을 살짝 찌푸리며 짜증을 냈다. 하얀 백발에 멋들어진 차이나 드레스를 입고 있던 노인은 돈을 날리지 않았다는 다행스러움에 들떠 억지로 굳은 표정을 지으며 자리에서 일어섰다.

"뭐, 게임이 끝났으니 이제 가야겠군."

"아, 게임은 이제 시작입니다요!"

갑자기 뒤에서 커다란 목소리가 터져 나왔다. 놀라 돌아본 노인은 화면 가득 김 회장의 손자가 나타난 것을 보고는 눈을 부릅떴다. 가디언사 서울지부 기술부장은 살짝 고개를 숙여 보이고는 씩 웃었다. 아무래도 이쪽이 보이는 모양이었다. 대주주들은 모두 당황해 김 회장을 바라보았다. 김 회장은 섬뜩한 기분이 들었지만, 애써 웃어 보였다.

"네 녀석이 왠일이냐?"

"말씀드렸잖아요. 이제부터 게임 시작이라고요. 자, 방금 전 최명호 검사가 특별수사 요청권을 발부받기 위해 국제 재판소에 출두했습니다. 보통 이런 건 비밀리에 진행되는 건데 워낙 사건이 사건이다 보니 그 내용이 공개될 것 같아요. 그게 공개되면 전 세계 사람들이 두고두고 못 잊을 거예요. 너무 충격적이라서요."

"뭐라고?"

김 회장이 어이없어하며 물었지만, 기술부장은 할 말을 마치고 화면에서 사라졌다. 이윽고 화면에서 흘러나오기 시작한 건 국제 사법 재판소에서 수사 요청권을 받아서 나오는 최명호 검사의 모습이었다. 그는 재판소 계단에서 멈춰서더니 단호한 어조로 어째서 이런 특별수사에 들어가게 되었는지에 대해 설명하기 시작했다. 2030년 수리남 바이러스 예방약에 대한 의혹과 2026년 GMO로 인한 유전자 돌연변이 그리고 그 병명이 어떻게 수리남 바이러스로 변했는지 대한 결정적 증거 자료가 있다고 최 검사는 말했다. 이에 대해 증인을 모으기 위해 최 검사는 전 세계 정부에 특별수사 팀을 꾸릴 것을 요청했다는 말도 덧붙였다.

그건 분명 전 세계로 방송되고 있는 게 틀림없었다. 화면 아래로 작은 창들이 긴급 뉴스 속보라는 글자를 떠올리며 점멸하기 시작했다. 세계 주요 국가들의 뉴스 데스크에서 내보내는 것들이었다. 대주주들은 창백해진 얼굴로 화면을 바라봤다. 멍한 얼굴로 보고 있던 김 회장은 손에 들고 있던 유리잔을 화면을 향해 던졌다. 하지만 홀로그램이었던지라, 잔은 화면을 통과해 벽에 부딪쳐 깨졌다. 김 회장은 탁자를 치며 비서를 호출했다. 그러고는 말했다.

"처리반을 서울지부로 파견해. 당장 기술부장을 잡아들여. 말을 안 들으면 사살해도 좋다!"

그러나 비서의 목소리는 들려오지 않았고, 대신 기술부장의 대답이 들려왔다.

"죄송, 죄송. 미처 말씀을 못 드렸네요. 현재 시간부로 가디언사의 모든 기자재와 설비를 가디언들이 접수했어요. 물론 처리반도 접수했습니다. 사무실을 나오면 아시겠지만, 지금 대주주 여러분들은 감금상태십니다. 솜씨가 꽤 좋은 가디언들이 그곳에 가 있어요."

"우습구나. 고작 가디언 몇 명 손에 넣었다고 으스대다니! 여기 있는 사람들의 한마디면 한 나라의 군대가 출동할 수도 있어. 그걸 모르지 않을 텐데?"

부들부들 떨며 김 회장이 말했다. 하지만 감정조차 일지 않는 담담한 목소리로 기술부장이 말했다.

"네. 알아요. 저 하나 죽이겠다고 핵폭탄을 날리고도 남을 사람들만 거기 앉아 있다는 것도. 하지만 그거 아세요? 아마 애들 싸움 구경하느라 못 보셨겠지만, 여기 베를린 국제 재판소에는 전 세계 정부 차관들이 모여 있어요. 다른 회의 때문에 말이지요. 잘된 일이지요. 너무나도 빠르게 이 재판을 진행시킬 수 있을 것 같거든요. 2088년산 주사패치를 실제로 보여 주는 게 더와 닿잖아요. 시험품인 타임 오버 측정기도 실험해 볼 겸."

"미쳤구나. 미쳤어. 그렇게 되면 필연의 폭풍이 전 세계를……."

"알고 있어요. 각오하고 있고요. 하지만 전 세계가 각오를 다 질 문제잖아요. 앞으로 50년 뒤에 닥칠 일이라면 차라리 지금 각오를 하고 문제를 맞아들이는 게 낫다고 생각해요. 멍청한 선조들 때문에 후손들이 고생하는 거 그거 정말 괴로운 거거든요. 뭐, 이건 제 경험담이기도 해요."

"알았다. 알았어. 그래. 네가 원하는 게 뭐냐? 조건을 말해 봐. 협상을 하자."

"협상이라고요? 맙소사, 절 돈으로 매수하시려는 거예요? 전 제 특허기술료만 가지고도 충분해요. 아니면 인정에 호소하시려고요? 방금 절 죽이라고 명령까지 하시고요?"

"영주야!"

"이야, 할아버지 입에서 제 이름이 나오다니 가슴이 다 뭉클하네요. 그럼 이 질문에 대답을 해 주시려나? 최소영이 WTX에 나타나던 날, 최명호도 그 열차에 타고 있었어요. 그런데 둘이 만나지 못한 건 우연인가요? 필연인가요? 할아버지가 손끝도 까닥 안 하신 게 맞나요?"

"당장 그 입 닥치지 못해! 널 이날 이때껏 키워 준 은혜도 모르고 나를 배신하려 드는 게냐!"

"아, 역시 개입하셨구나. 할아버진 찔리는 게 있으면 꼭 그런 식으로 화를 내시곤 하셨죠. 사실 알면서 물어본 거예요. 혹시 할아버지가 양심선언이라도 하실까 봐요. 아, 애들이 도착했네요. 그럼 제가 베를린에서 차관들에게 미주알고주알 설명을 할 동안 보고 계세요. 꽤 재미있을 거예요."

딸깍 전화가 끊어졌다. 그러자마자 밑에 있는 뉴스 창 중 하나가 커다랗게 떠오르며 방금 전까지 방송되던 영상 위를 덮었다. 대주주들은 그 영상 속 주인공들을 보고 숨을 쉴 수가 없었다. 그도 그럴 것이 그곳에 있는 건 바로 아라와 현성이 그리고 온주였던 것이다. 그리고 그 장소는 대주주들이 극비에 부치고 있던 타임 홀이 있는 장소였다.

"네 녀석이, 끝끝내!"

부들부들 떨며 김 회장이 소리쳤다. 하지만 그 목소리는 방 안에 작게 메아리쳤을 뿐 이내 자기부상열차가 미끄러져 들어오는 소리에 삼켜지고 말았다.

아라네가 도착한 곳은 기차역이었다. 프랑스로 향하는 WTX 승강장이었다. 온주가 얼떨떨해하는 걸 아라는 진서, 아니 최소영이 타임 슬립을 한 곳인 것 같다고 말해 주었다. 그리고는 기다리면 될 거라고 덧붙였다. 온주는 그런 아라를 보며 미소를 머금었다. 그 미소에 왠지 따스함이 가득했기에 아라는 쑥스러워졌다. 그렇다고 왜 웃느냐고 쏘아붙일 수도 없어서 그냥 마주웃어 주고 말았다. 그리고 고개를 돌리니 갑자기 전광판으로 글자가 점멸하며 지나갔다.

'지금 들어오는 기차를 탈 것. 10번 칸 2열.'

딱 한 번 지나간 글자였지만, 아라는 놓치지 않고 읽을 수 있었다. 지시한 대로 들어오는 기차에 몸을 실었다. 지정한 좌석에 앉고 난 세 사람은 말도 없이 계속해서 주변을 살폈다. 그러던 중 아라는 통로를 지나가는 아버지를 보았다. 그다지 달라보일 것은 없었지만 들고 있는 브리프케이스가 새것이라는 점이 조금 달랐다. 저 브리프케이스를 산 것이 5년 전이란 생각이떠올랐다. 그때쯤이라면 대략 2055년이다. 아라는 대충 계산한연도를 현성이네에게 말해 주었다. 둘 다 뭔가 잔뜩 기대하는얼굴로 연방 손을 비비며 두리번거렸다.

하지만 별일 없었다. 기차는 서울과 평양을 지나 이윽고 신의주역에 다다랐다. 열차 안은 점점 더 많은 사람들로 채워져갔다. 그래도 칸막이 방음이 잘 되어 있어 조용했다. 모두들 자기 칸에 설치된 텔레비전을 보거나 게임을 하거나 잡지를 읽고있었다. 아라네만이 밖을 보고 있었다.

신의주역을 막 지나칠 무렵이었다. 열차의 천장이 소용돌이 모양으로 휘말리며 일그러졌다. 소용돌이는 주먹크기로 아주 작았지만, 그 까만 빛깔은 지금까지 봐 왔던 그 어떤 어둠보다도 짙었다. 셋 다 놀라 바라보는데, 그 소용돌이에서 불쑥 한소녀가 튕겨져 나왔다. 정체불명의 소녀의 얼굴은 낯익었다. 아라는 하마터면 "최소영!" 하고 소리를 지를 뻔했다. 하지만 가까스로 입을 다물었다. 과거에 함부로 개입하는 건 안 되었다. 더군다나 이처럼 섬세한 상황이라면 일단 지켜보는 것이 가디언 규칙이었다.

아라는 몸을 낮춰 의자 옆으로 살짝 얼굴을 내밀어 살폈다. 현성이가 얼굴을 들이댔지만 뭐라 할 수가 없었다. 둘이 얼굴을 꼭 붙인 채 보고 있으려니, 뒤에서 온주가 필사적으로 웃음을 참는 소리가 들려왔다.

비틀거리며 일어선 소영이는 손으로 제 몸을 감싸며 어리둥절 주변을 살폈다. 그러고는 마치 무언가에 끌리는 것처럼 최명호 검사가 있는 쪽을 향해 걸어갔다. 그 모습을 지켜보던 아라는 놀라 벌린 입을 다물지 못했다. 저쪽 칸에서 들려오는 건 분명 구노의 〈아베마리아〉였다. 2030년에 명호가 부르고 있던 노래. 그제야 아라는 아버지의 휴대전화 벨소리가 언제나 〈아베마리아〉였음이 떠올랐다.

너무나 작고 낮았지만, 그리고 금방 그쳤지만 소영이는 분명 그 노래에 끌려 발길을 옮겼다. 하지만 채 세 발자국을 옮기기도 전에 검은 양복을 입은 사내가 앞을 가로막았다. 그는 소영이를 보고 상냥하게 웃으며 물었다.

"어딜 가니? 꼬마야."

"무슨 일인가?"

그제야 눈치 챈 듯 좌석에 앉아 있던 중년의 남자가 고개를 들었다. 아라와 현성이는 전혀 알아보지 못했지만, 그 남자는 바로 유엔 사무총장인 프랭크 프랭클린이었다. 검은 양복의 사

내는 프랭클린 사무총장의 질문을 기다리고 있었다는 듯 씩 웃
으며 말했다.

"길을 잃은 아이인가 봅니다."

그 대답에 아라는 샤인스타사가 어떻게 개입했는지 한눈에
파악했다. 아라는 몸을 일으켜 온주를 바라봤다. 온주는 힐끔
그쪽을 보더니 작은 목소리로 말했다.

"프랭크 프랭클린 유엔 사무총장이야."

"뭐야, 그럼 저 사람이 진서의 양아버지가 된단 말이야?"

아라는 실소를 터트릴 뻔했다. 그렇다면 저 검은 양복의 사
내는 프랭클린 사무총장의 보디가드였다. 그리고 바로 그가 샤
인스타사에 의해 준비된 패였다. 그렇다면 할 일은 딱 하나였
다. 아라는 벌떡 일어섰다. 저만치 남자가 도망치려 드는 소영
이의 팔목을 잡으려는 게 보였다. 프랭클린 사무총장에게 데려
가기 위해서. 아라는 무슨 짓이냐고 소리를 치려 했다. 하지만
한 발 앞서 현성이가 몸을 날렸다.

일순 남자가 앞으로 넘어졌다. 남자는 고함을 지르며 몸부림
을 쳤다. 그러면서 총을 빼들었지만, 온주가 발로 차 멀리 날려
버렸다. 아라는 황급히 달려가 총을 집어 들었다. 그러자 사람
들의 비명소리가 터졌다. 프랭클린 사무총장을 습격하려는 테
러리스트쯤으로 생각했는지, 프랭클린 사무총장은 다른 보디가
드들에 의해 겹겹이 둘러싸여 다른 칸으로 옮겨졌다. 그 소동을
지켜보던 사람들까지 놀라서 허둥대며 다른 칸으로 물밀듯 빠
져나갔다.

이제 이 칸에는 아라네와 그 남자뿐이었다. 소영이는 놀란

듯 엎치락뒤치락거리는 둘에게서 달아났다. 현성이는 소영이가 달아날 동안 어떻게든 남자를 잡고 있으려고 했지만, 역시나 약했다. 남자의 발길질에 한 방 먹은 뒤, 현성이는 그대로 풀썩 자리에서 넘어졌다. 남자는 휙 돌아섰다. 그리고 저만치 뛰어가고 있는 소영이를 잡으려고 들었다. 그 앞을 막아선 건 아라였다.

아라는 총을 겨누며 쏘겠다고 외쳤다. 하지만 남자는 씩 웃었다. 왜 여유만만이냐며 한마디 쏘아주려 했지만, 함정이었다. 남자가 손을 내밀며 아라에게서 총을 빼앗아 들려고 했다. 아라는 놀라 피했다. 다행히 다시 현성이가 덤벼들어 남자의 목을 졸랐다. 아라는 다시 총을 겨눠 쏠까 했지만, 현성이가 빠짝 붙어 있어 엄두가 나질 않았다. 그렇게 꼼짝도 못하고 있는 사이 온주가 뚜벅뚜벅 다가오더니 명치를 향해 주먹을 날렸다. 그 단 한 방에 남자는 나가 떨어졌다. 그제야 한숨 돌린 아라네는 허겁지겁 문으로 다가갔다. 문에 달린 창으로 뒤 칸의 모습이 보였다.

너무 놀라 울음을 터트린 소영이에게 최명호 검사가 다가서고 있었다. 도저히 믿어지지 않는다는 얼굴로 그는 소영이에게 손을 내밀었다. 소영이는 어리둥절한 표정이었다. 하지만 이내 소영이의 눈이 반짝 빛났다. 30년이나 지나 완전히 변해 버린 얼굴이었지만 명호를 알아본 것 같았다. 그리고 그 순간, 아라는 머리 위에 검게 빛나고 있던 타임 홀이 서서히 작아지는 것을 보았다. 그것은 점점 작아져, 이윽고 사라져 버렸다.

필연.

그것이 얼마나 강력한 힘인가란 생각에 잠긴 채 아라는 빙그레 웃었다.

"이걸로 된 걸까?"

"응. 된 것 같은데."

희미해진 손을 들어 얼굴을 가리며 현성이가 대답했다. 온주가 손을 뻗어 아라의 어깨를 두드렸다.

"우리가 해냈어."

아라는 '응!' 하고 기운차게 대답하려 했다. 하지만 고개를 돌려 보았을 때 온주는 사라지고 없었다. 천천히 다시 앞을 보았을 땐 현성이마저도 없었다. 눈물 한 방울이 아라의 볼을 타고 흘러내렸다. 아라는 자신의 몸 또한 희미해져 가는 것을 느꼈다.

"안녕, 애들아. 정말 고마워."

아라는 들릴 리 없는 작별인사를 했다. 그러고는 아라 역시 흔적도 없이 사라졌다.

2080년 11월 11일. **제자리**

'이제 어떻게 되는 걸까?'란 의문이 머릿속에서 깜빡깜빡 점 멸했다. 소스라치게 놀라며 아라는 눈을 떴다. 그러고는 허겁지 겁 자신의 몸을 살펴보았다. 상처 하나 없이 말짱했다. 다만 다 른 것이 있다면 입고 있는 옷이 다르다는 것뿐이었다. 그것도 즐겨 입는 청바지에 티셔츠가 아닌 초록으로 물든 나풀나풀한 원피스였다.

"그렇게 싫었니?"

차를 운전하다 말고 최 검사가 말했다.

"네?"

아라는 당황한 얼굴로 되물었다. 어째서 자신이 아버지 차의 조수석에 멀쩡한 얼굴로 앉아 있을까 고민하며. 그러자 최 검사 는 웃더니 말을 이었다.

"그래도 네 엄마는 그런 옷차림을 좋아하니까 엄마를 위해서 한 번만 참아라. 응?"

"엄마?"

"그래, 엄마. 지금 엄마 보러 가는 길이잖니."

아버지의 말에 아라는 하마터면 고함을 지를 뻔했다. 생전 처음 들어 보는 자상한 목소리. '정말 아버지 맞아요?' 하고 물어볼 뻔했다. 하지만 참았다. 아라는 애써 웃으며 두근거리는 가슴을 안고 앞을 바라봤다.

차는 이내 산등을 타고 넘어 아름다운 숲속에 이르러 멈췄다. 아라는 숲길을 걸었다. 아버지와 함께. 10분쯤 걸어 들어가고 나니, 하얀 십자가 수백 개가 서 있는 정원이 나타났다. 아라는 놀라 걸음을 멈췄다. 아버지가 어리둥절한 얼굴로 아라를 바라봤다.

"십자가가 참 많네요."

아라가 창백한 얼굴로 말했다.

"그래. 저번보다 더 늘었지. GMO 합병증의 발병률이 최근 들어 급격히 증가했거든."

씁쓸한 얼굴로 대답한 아버지는 그 중 한 곳으로 아라를 이끌고 데려갔다. 십자가 앞에 선 아라는 그제야 떠올렸다. 소영이가, 진서가 아니 엄마가 죽어 가던 마지막을.

"사랑한다. 우리 딸."

그래. 마지막에 엄마는 분명 그렇게 말했었다. 아라는 눈물을 삼키며 묘비명을 읽었다.

"최소영. 2055년에 사랑을 찾았고, 2062년에 영원한 사랑이 되었다."

아라는 콧속이 시큰거리는 걸 느끼며 떨리는 목소리로 말했다.

"난 2062년생이고, 올해는 2080년이군요. 나이는 18세고. 그래. 18세로 귀환한 거구나. 그리고 엄마는 날 낳고 돌아가셨고."

"오늘따라 이상하구나. 엄마 묘비명에 뭔가 잘못된 게 있어 보이니?"

"아뇨, 아녜요. 헷갈려서. 갑자기 기억이 나지 않아서."

뒤바뀌었던 모든 것이 원래대로 돌아왔음을 깨닫고 아라는 옅게 웃었다. 점점 더 알지 못했던 과거가 지금까지 알고 있던 과거를 메워 가고 있었다. 아라는 안개 낀 것처럼 뿌옇게 흐려져 가는 현성이와 온주 그리고 가람이의 얼굴이 떠올라 눈물이 나오려고 했다. 아버지는 엄마 때문에 그러는 줄 알았던 모양인지 손을 들어 아라의 어깨를 끌어안아 주었다. 아버지의 팔에 기댄 채 아라는 눈을 감았다.

"그래. 우린 필연이니까."

아라는 그렇게 중얼거리고는 눈을 반짝 떴다.

"뭐라고 했니?"

아버지가 물었다.

"제가 무슨 말 했어요?"

아라는 고개를 갸웃거렸다.

"그래. 필연이 어쩌고 그러지 않았니?"

"아뇨. 안 했는데. 그나저나 아버지 오늘 공판 4시 아니었어요?"

"아, 맞다. 이런, 늦겠구나."

"어서 가요."

아라는 아버지의 손을 잡았다. 그러고는 엄마에게 살짝 인사를 하고 기운차게 돌아섰다. 숲길이었다. 산새 울음소리로 물든 햇살 속을 아라는 아버지와 힘차게 걸어 나갔다.

타인은 우주다

프랑스의 작가 장 폴 사르트르는 "나 아닌 타인은 지옥이다."라는 말을 한 적이 있습니다. 타인이 존재함으로써 '나'란 존재는 무력감, 소외감, 초라함으로 이름 붙여진 깊은 절망감을 체험하게 되니까요. 아마도 이 세상에 태어나 '절망'이란 단어를 모르고 사는 인간은 없을 겁니다. 세상에 다시 태어난 적이 없는 미남에다가 왕자의 신분, 그것도 모자라 극상의 미녀까지 부인으로 맞은 고타마 싯다르타조차도 늙어 가고 죽어 가는 타인의 모습에 절망하며 출가를 결심할 정도였으니까요. 그는 부처가 되어 그 모든 고통에서 벗어났다지만, 우리 보통 인간들은 여전히 "타인은 지옥이다!"를 외치며 절망스러워하고 있지요.

과연 그 절망감을 넘어서는 방법은 없을까요?

이 이야기는 바로 그 해답을 찾는 제 마음속의 항해 일지입니다. 우리 모두는 최초의 타인인 부모로부터 갖가지 상처를 받으며 자랍니다. 부모는 때로는 괴물 같고, 때로는 천사 같으며 때로는 생판 모르는 철저한 타인처럼 보입니다. 이 이야기 속

주인공인 아라 또한 자신의 아버지가 괴물과 천사라는 두 가지 얼굴을 지닌 것에 고통받습니다. 그 아버지를 이해하는 건 불가능한 것처럼 느껴지지요.

하지만 다행히도 신이 정해 주신 필연이란 축복에 의해 아라는 아버지의 세계 속으로 성큼 발을 디딥니다. 그리고 펼쳐지는 건 우주만큼이나 광막한 현실과 숨겨진 진실, 그리고 그 가운데 어쩔 수 없이 악인이 되어 가는 아버지의 모습입니다.

네, 그렇습니다. 아버지를 한 인간으로 마주 보기 위해서는 시공간을 뛰어넘고 그 속에 숨겨진 진실과 마주할 수 있는 용기가 필요합니다. 한 사람을 이해한다는 것은 그만큼이나 어렵고 힘들지만, 마침내 그럴 수밖에 없었구나! 하고 받아들일 때 비로소 우리는 진정한 평온함이란 무엇인가를 알게 됩니다.

그런 의미에서 전 타인은 지옥이 아니라 우주가 아닐까 합니다. 그저 별과 암흑물질이 전부인 것처럼 보이지만, 밝혀내면 밝혀낼수록 신비로운 우주와 마찬가지로 이 세상에 태어난 모든 인간 또한 알면 알수록 깜짝 놀라게 만드는 진실들을 품고 있습니다. 그 진실을 듣고 안 듣고는 자유지만, 듣지 않고 그 사람에 대해 이해한다고 말하는 것은 가식입니다.

아라 또한 그런 자신의 모습을 알게 되고, 최초의 타인인 아버지에게 손을 내밉니다. 함께 살아가자고, 인간으로서 눈높이를 마주하게 되지요. 어쩌면 우리 모두는 아라처럼 그런 순간을 고대하고 있는지도 모릅니다. 지옥인 타인이 우주로 돌변하는 그 신비로운 순간을. 그러므로 세상 모든 사람들이 심해를 탐험하고 화성을 개척하는 사람들을 용기 있는 자들이라 칭송할 때, 진짜로 용기 있는 자들은 사랑하는 사람들의 소우주 속으로 성큼 발을 딛는 사람들이 아닐까 합니다. 지옥에서 우주로, 당신의 좌표는 어디입니까?

2011년 3월, 새순이 돋는 풍납토성에서
백 은 영

푸른책들이 펴낸 〈백은영 작가〉의 판타지소설, 더 읽어 보세요!

백 은 영

1975년 대전에서 태어났으며, 경희대학교 생명과학부를 졸업한 뒤 서울 애니메이션센터에서 애니메이션 시나리오를, '어린이책을 만드는 사람들'에서 동화를 공부했다. 2005년 '샘터문학상' 수상에 이어 2006년 'MBC 창작동화대상'과 '푸른문학상'을 수상하며 작품 활동을 시작했다. 『타임 가디언』은 천사와 악마라는 두 얼굴을 지닌 아버지의 이중성을 이해하지 못하던 아라가 필연이라는 장치를 통해 아버지의 과거를 여행하면서 숨겨진 진실을 알게 되고, 아버지를 진정으로 이해하게 되는 과정을 과학적인 상상력을 곁들여 그린 청소년을 위한 에스에프 소설이다. 지은 책으로 제4회 푸른문학상 '미래의 작가상' 수상작 『주몽의 알을 찾아라』를 비롯하여 『고양이 제국사』, 『토끼는 달리는 것을 좋아해』, 『집이 도망쳤다!』, 『타임 가디언』 등이 있다.

푸른도서관은 10대에서 20대까지 눈부신 성장을 거듭하는 푸른 세대를 위한 본격 문학 시리즈입니다.

＊〈푸른도서관〉 시리즈는 계속 나옵니다!